小学館文庫

あの日、君は何をした

まさきとしか

小学館

目次

一部

2004年

「女性連続殺人の容疑で逮捕された林竜一《はやしりゅういち》容疑者が、宇都宮《うつのみや》警察署から逃走して三日がたちました。栃木県警は二千人態勢で行方を追っていますが、いまだ身柄は確保されていません。

林容疑者は三月二十三日に、宇都宮警察署のトイレから逃走。その後、自転車を盗むところが防犯カメラに映っていましたが、逃走ルートはつかめていませんが、すでに栃木県を離れ、近隣県に潜伏している可能性もあるとのことです。

凶悪犯の逃走劇に、地域住民の不安の声が高まっています」

「近隣県って、じゃあ、この近くにいるかもしれないってことじゃないか。まったく、警察はなにやってるんだか」

昼の情報番組を観《み》ながら部長が言った。ひとりごとを装っているが、反応を欲しているのはまちがいない。しかし、三人の事務職の女たちは部長を無視して無言で弁当を咀嚼《そしゃく》している。最年長の彼女もそうだった。一瞬、条件反射で、ほんとですよね、と相づちを打ちかけたが、もうすぐ会社を辞めるのだから気をつかう必要はない、と思い直した。

いつもなら昼休みは、タモリの「笑っていいとも！」を映す会議室のテレビだが、この日はなぜか部長がコンビニ弁当持参で現れ、勝手にチャンネルを情報番組に変えた。そのため女たちの機嫌は悪かった。

テレビに映し出された林容疑者は短髪で体格がよく、細い目は冷酷そうにつり上がり、いかにも残虐な殺人犯といった風貌《ふうぼう》だ。ふたりの女性を殺して金を奪った林容疑者が、警察署のトイレから逃走したのは三日前、逮捕された当日のことだった。

「君たちも気をつけるんだぞ」

女たちを見まわして部長は言ったが、返答はない。

「なあ。気をつけるんだぞ」

部長は最年長の彼女を見据えて繰り返した。眼鏡越しの目が、君ならそんな心配いらないよな、と嘲笑《ちょうしょう》しているように見えた。

彼女が生命保険会社の支社に現地採用されて十八年になる。そのあいだ生保事務の女性社員はどんどん辞め、代わりに入ってくるのはアルバイトの若い女たちだった。いまでは女性の正社員は彼女ひとりだ。部長をはじめとする男たちが、自分が退職することを望んでいるように感じられ、ずっと肩身が狭かった。しかし、四つ下の恋人と半年後に結婚することが決まり、来月末で寿退社をする。

彼女はテーブルの上の携帯電話を手に取った。まだ彼からの返信はない。

昨日の会社帰りに買い替えた携帯電話は動画を送れる最新タイプのものだ。〈携帯電話、買い替えたよ！〉というメールとともに、自分の部屋を撮影した動画を送ったのは昨晩のことだ。新しいものが好きな彼が反応しないなんておかしい。もしかしたらメールが未送信になっているのかもしれない。あとで確認してみようと考える。


「いま、新たな情報が入りました。

今日の午前二時頃、宇都宮市から約七十五キロ離れた前林《まえばやし》市で、林竜一容疑者の目撃情報があり、パトカーが駆けつけたところ無灯火の自転車に乗った不審な人物を発見しました。

警察官が職務質問をしようとしたところ、自転車は約一キロにわたって逃走し、駐車中のトラックに激突しました。

自転車に乗っていたのは、前林市内に住む十五歳の男子中学生であることが判明しました。男子中学生は頭を強く打ち、搬送先の病院で死亡が確認されたとのことです。

男子中学生は、林容疑者とは無関係だと見られています。県警は、男子中学生が亡くなったことは残念だが追跡行為に問題はなかった、とコメントしています」

「ちょっと！　前林市だって！　うちじゃないの！」

興奮した声を出したのはアルバイトの女だった。

「じゃあ、犯人も前林にいるってこと？」

もうひとりの女も興奮した様子だ。

「やだ。怖いね」

「結局、目撃情報ってこの死んだ中学生のことだったのかな？」

「それはまだわかんないみたいだね」

さっきまで無言を貫いていたふたりの女は、箸を止めてにぎやかに話しはじめた。

「でも、中学生ってまだ子供でしょう。普通、犯人にまちがえるかな」

「体の大きな子だったのかもね」

「どっちもどっちだな」部長が口を挟んだ。「警察は大失態だし、夜中の二時に外をうろつく中学生も中学生だし。だいたい、警察に呼び止められて逃げたんだからやましいことがあったんだろうよ。愚連隊かなにかじゃないか」

愚連隊、という言葉に最年長の彼女は心のなかで苦笑した。

「……グレンタイ？」

アルバイトのふたりはきょとんとしている。

「ろくでもないってことだよ。中学生のうちから夜遊びして、挙句の果てに迷惑かけて、まったく最近の親はどういう教育してるんだか。こういう子の親に限って、子供が死んだのは警察のせいだって言ったりするんだから、ほんとうにたちが悪いよ」

なあ、と同意を求められ、「人騒がせな子ですよね」と彼女は答えた。

「林容疑者はいまも野放しの状態で、逃走中に新たな犯罪を起こす可能性があります。これ以上被害者が出ないように、一刻も早い身柄確保が望まれるところです」

司会者の言葉に、しばらく人通りの多い道を歩こうと彼女は思うが、それよりも気がかりなのはメールの返信をよこさない恋人のことだった。

1

私を見て！　と思う瞬間が水野《みずの》いづみにはあった。

逃走中の林竜一容疑者に関するニュースが流れた夜もそうだった。

食卓には手巻き寿司《ずし》とラザニア、麻婆《マーボー》豆腐、鶏《とり》の唐揚げ、フルーツサラダが並び、冷蔵庫にはケーキが用意してあった。「どういう組み合わせよ」と娘の沙良《さら》は苦笑したが、その目は嬉《うれ》しそうに輝いていた。

ラザニアは沙良の、手巻き寿司は息子の大樹《たいき》の、麻婆豆腐と鶏の唐揚げは夫の克《かつ》夫《お》の好物だった。

いづみが、ふふん、と笑い、「ケーキもあるよ」と告げると、

「やった！　クローバーの？」

沙良は笑顔を弾《はじ》けさせた。

クローバーは駅向こうにある洋菓子店で、ほかの店の二倍近い値段がするため気安く買うことはできない。

「特別な日だからね。もちろんクローバーだよ」

「僕のチョコレートケーキは？」

二階から下りてきた大樹が口を挟む。

「安心しな。もちろん買ったよ」

「私のティラミスは？」

「大丈夫。母さんに抜かりはないよ」

そう言って、いづみが自慢げに笑うと、姉弟《きょうだい》は「イエーイ」とハイタッチして歓《よろこ》びを交換した。

「あっ、すごい。いくらとネギトロもある」

大樹が食卓をのぞき込んで嬉しそうに言う。

「早く食べよう。お父さん、お腹《なか》ぺこぺこだよ」

真っ先に食卓について待機していた夫が夕刊を閉じてふたりに笑いかけた。

子供たちのお祝いの夜だった。

沙良は第一志望の大学に合格した。大樹は同じく第一志望の高校に合格した。ふたりとも進学先は地元だから、四月になっても家族四人の暮らしは変わらない。

「母さんのラザニアはおいしいなあ」「あっ、僕の分まで食べないでよ」「ちょっと大樹、あんたいくら取りすぎだって」「そんなに取ってないよ」「やっぱり本物のビールはうまいなあ」「いくら全部食べたら、ラザニア全部食べるからね」「また太るよ」「また、ってなによ、またって」「母さん、ビールもう一本飲んでいいかな？」

にぎやかな食卓が、ふと天からのスポットライトに照らされる。まるで、この光景こそが幸福の象徴だと世界中に示そうとするように。

見て！　といづみは思う。私を見て！　私はこんなに幸せなんだよ！

高らかに公言したい衝動が突き上げる。

家族思いの夫と、素直でやさしい子供たち。一見、平凡な家族だ。けっして裕福ではないし、注目される暮らしでもない。

しかし、こんなに幸せな家族はなかなかないのではないだろうか。

いづみの脳裏に、ひとりのママ友が浮かんだ。転勤族の夫を持つ彼女はいつもブランドものの洋服に身を包み、隙《すき》のない化粧をしていた。エステサロンやネイルサロン、スポーツクラブや料理教室に通い、散財できる経済力と自由に使える時間があることを自慢していた。いいわねえ、素敵ねえ、とみんなに言われていたが、いづみはまったくうらやましくなかった。自分を着飾るくらいなら、その分のお金と時間を子供に使うべきではないか？　彼女は二、三年前にこの土地を離れ、それっきりになっているが、大樹と同い年の息子はどうしているだろう。ふとした表情に暗さを感じる子だった。ひきこもりになっているかもしれないし、非行に走っているかもしれない。親に向かって「うるせえ！」「死ね！」などと暴言を吐いているかもしれない。

しかし、そんな子供はたくさんいるらしい。パート先の同僚は娘から「ババア」と呼ばれると怒っていたし、息子が髪を染めて停学になったと嘆いている人もいる。

いづみは、テーブル越しの子供たちを見つめ直した。

「ねえ、大樹は高校でも剣道部に入るの？　あ、しょうゆいる？」

沙良が大樹の小皿にしょうゆをつぎたした。

「ありがと。そのつもりだけどさー」

「だけどさー、ってなによ。あんた、しょうゆつけすぎなんじゃない？」

「思い切ってちがうスポーツもいいかなってちょっと思ってるんだよね」

「たとえば？」

「弓道とか」

「地味だね。もてないよ」

「別にもてなくてもいいよ」

「っていうか、進学校でしょ。部活なんかして大丈夫なの？」

「大丈夫なんじゃない？　わかんないけど」

「だから、いくら取りすぎだって」

天からのスポットライトがにぎやかな食卓を照らし続けている。

いづみは、自分からまなざしが抜け出して、スポットライトに照らされた光景を俯瞰《ふかん》している感覚になった。はるか頭上から第三者の目になって眺めても、そこは幸福な光景のままだった。

みんなに見てほしい。みんなに見せつけたい。私がこんなに幸せだということを。その思いが水位を上げていく。

いづみは子供の頃から自分が不細工だと自覚していた。浅黒い肌に太い眉、一重の目はつりぎみで、丸い鼻と小さなくちびるが頰の肉に挟まれている。メラニン色素が多いのか髪も瞳《ひとみ》も真っ黒で、真顔でいると陰気くさい。四十二年の人生で太っていなかったのは誕生してからの一年だけだ。勉強は人並みで、スポーツは苦手、抜きん出たところがなく、不細工でデブということ以外の個性はないように思えた。

コンプレックスを悟られないようにいつも笑っていた。

一緒にいるとラクだから、という理由で結婚を申し込まれたときは歓びと安堵《あんど》を覚えながらも、自信のなさと気おくれで心がアンバランスになった。

しかし、子供をもうけてからは一転した。化粧もせず、髪をひとつに束ね、泣き叫ぶ赤ん坊におっぱいを与える。おむつを替え、吐瀉物《としゃぶつ》を片づけ、洗濯をし、掃除をする。神様から与えられた役目はこれだったのか、といづみは思った。私は母親になるために生まれてきたのだ。それまでずっと冴《さ》えない女として生きてきたが、母親という役目をまとうと、不細工でデブという外見も、コンプレックスを隠しための豪快な笑いも、お手本のような「肝っ玉母さん」に変わった。肝っ玉母さんになってからは、誰よりも幸せだと感じられる瞬間がたびたび訪れるようになった。

「殺人犯、まだ捕まってないみたいだな」

夫の声で我に返った。

テレビは七時のニュースを流している。二日前に宇都宮警察署から逃走した林容疑者のニュースは冒頭で報じられた。

「逃げたら余計に罪が重くなるのにバカみたい」

大樹が子供っぽい口調で言う。

「でもさ、すぐ捕まると思ったのになかなか捕まらないよね」

沙良が応じた。

「この犯人、ふたりも殺したんだよね。こんなやつが逃げてるなんて近所の人たち怖いだろうね」

このまちじゃなくてよかった、という安堵を込めていづみは言った。

「でもさ、自転車で逃げてるみたいだからけっこう遠くまで行けるよね。まさか前林にいるなんてことないよね」

「えーっ。あんたたち、気をつけるんだよ」

「うちの近所、最近やばいよね。下着泥棒、まだ捕まってないんでしょ？　あれ、絶対に女子校から体操着盗んだ犯人と同じだと思うんだよね。気持ち悪ーい」

最近、下着泥棒と不審者情報が多く、ただでさえまちはざわわしている印象だ。

「帰りが遅くなるときは電話するんだぞ。車で迎えに行くから」

「だってお父さん、帰り遅いし、お酒飲むでしょ」

沙良が笑いながら指摘すると、夫は缶ビールを持ったまま言葉を詰まらせた。

「母さんが行くよ」

「僕が行ってもいいよ」

「大樹は運転できないでしょ」

「自転車で行くよ」

「こら、ふたり乗りはだめだって」

「殺人犯に出くわすよりましだろ」

「だから、母さんが行くって」

「はいはい。皆さんよろしくお願いします」

沙良はおどけて頭を下げた。

お互いを思い合う家族四人の会話に、いづみは改めて幸せを感じた。

ケーキを食べ終えた大樹が、「ご馳走《ちそう》さまでした。おいしかった！」と立ち上がった。

「これからまた勉強するのかい」

「うん。がんばらないとね」

「今日くらいサボればいいのに」

いづみはごねるようにそう言い、これじゃあどっちが親かわからないな、とおかしくなった。

大樹はもともと自主的に勉強をする子だが、高校の合格発表があってから、「みんなに置いていかれないために」とさらに熱心になった。いづみからすれば、男の子なのだからもっとやんちゃでもいいのにと思うほどだ。

「ほどほどにするんだよ」と声をかけると、「わかってるよ」と無邪気な笑顔が返ってきた。


後片付けを済ませ、明日の朝食と弁当の下ごしらえをしてから風呂に入ると、いつもより遅い時間になった。

いづみは食卓の椅子に座り、ホットミルクをゆっくりと口に運んだ。ふう、と息を吐いたら小さく笑ったような音になった。

夫が工務店に勤めているため水野家の夜は早く、十時前には家のなかから音が消える。年頃の子供たちは遅くまでテレビを観たり音楽を聴いたりしたいだろうに、父親に気をつかってできるだけ音を立てないように過ごしている。

ふたりともいい子に育ってくれた。しかも、奇跡的に自分の不細工な部分を引き継がないでくれた。いづみの口角が自然と上がり、ふふん、と笑みがこぼれる。いままで大変なことがなかったわけじゃない。泣いたことも腹が立ったことも不安に苛《さいな》まれたことも数え切れない。特に二、三年前は、沙良も大樹も母親をうるさく思う時期だったようで、子育てをまちがえたのかと目の前が真っ暗になった。しかし、いま振り返るとそれも反抗期と呼べないほどのかわいいものだった。

壁時計に目をやると、十時十分だった。

頭のなかで高揚の名残がぱちぱちと弾け、睡魔の気配を感じない。それでも明日も五時起きだ。そろそろ寝なくては。いづみはホットミルクを飲み干した。

居間を出たとき、耳が小さな物音を捉えた。外からだ。カチッというなにかが外れるような音と靴が地面を踏みしめる音。

いづみは動きを止めた。

七時のニュースがよみがえる。宇都宮警察署から逃走した連続殺人犯は、自転車で遠くに逃げている可能性がある。たしか犯人は女性をふたり殺し、金を奪っているはずだ。

すっと血の気が引く。体中のうぶ毛が逆立った。

息をこらし、耳を澄ませる。

いまにも玄関のドアがこじ開けられる気がした。

いっそのこと玄関を開けて確かめようか、と考える。しかし、開けた瞬間、すぐ目の前に黒ずくめの大男が立っている気がして怖かった。夫を起こそうか。いや、これくらいのことで大げさだ。夫は最近、忙しい。今日は子供たちのお祝いだから早く帰ってきてくれたのだ。たまにはゆっくり寝かせてあげたい。

私は肝っ玉母さんだ。家族を全力で守らなければならない。

いづみはしばらくのあいだ玄関で仁王立ちし、外の気配に意識を集中した。

物音は聞こえないし、人の気配もしない。

ふっと安堵の息をついた。自分の狼狽《ろうばい》ぶりがおかしくなる。神経過敏になっているのだろう。たぶん隣の家か通行人のたてた音が、思いがけず近くに聞こえたのだ。

二階の寝室では、夫が軽いいびきをかいて熟睡していた。いつもどおりの寝顔に、起こさなくてよかったと思い、隣のベッドに潜り込んだ。

目が覚めたとき、時間が飛んだように感じられた。自分が深く眠っていたのか、ほんの一瞬だけ意識を失ったのかわからなかった。ただ、はっきりと主張する尿意は感じられた。

そういえば、寝る前にトイレに行っただろうか。外の物音に気を取られ、行かなかった気がする。枕もとの時計を手に取ると四時を過ぎたところで、思いがけず熟睡していたことを知らされた。

夫を起こさないように静かにベッドを下りる。カーテンは闇を映し、まだ朝の気配は感じられない。階段を下りる足の裏に冷たさが張りつく。

トイレを済ませ、もう一度寝るか、このまま起きるか考えた。熟睡したせいか、脳がすっきりと目覚めている。

居間の電話が鳴り、心臓が大きく跳ねた。「え？」と声が出た。

いづみは急いで居間のドアを開け、電気をつけた。壁時計を見る。四時十二分。電話は緑色のライトを点滅させながら、けたたましい音を響かせている。

出たくない、と直感が拒否する。少し遅れて、父になにかあったにちがいない、と思考が追いつく。静岡で兄家族と暮らしている父は高血圧で不整脈の気もある。これまで大病をしたことはないが、倒れたのかもしれない。

点滅する緑色のライトをそのまま見つめていたが、夫が起きるかもしれないと思い至って受話器を取った。

「水野さんのお宅ですか？」

兄の声ではない。意識的に感情を排除したような男の声だった。病院名が告げられると身構えたいづみに、男は警察の者だと名乗り、「水野大樹君はそちらにいらっしゃいますか？」と続けた。

「はい？」

「水野大樹君です。そちらにいますか？」

「……ええ」

困惑がそのまま声になった。

「ほんとうにいますか？　いま、お宅にいますか？　大樹君に代わってもらえますか？」

この人はなにを言っているのだろう。こんな時間になんのために電話をかけてきたのだろう。そもそもほんとうに警察なのだろうか。

いづみの心中を見透かしたように電話の相手は続ける。

「先ほど自転車に乗っていた男性が事故に遭いました。防犯登録から水野大樹君の自転車だということがわかりました」

「大樹の自転車が盗まれたってことですか？」

いづみは昨晩の物音を思い出した。なにかが外れるようなカチッという音と靴音。あのときに自転車が盗まれたのかもしれない。

「それを確認したいので大樹君を呼んでいただけますか？」

「大樹の自転車だからって、大樹は悪くないですよね？　大樹に罪はないですよね？」

たしか盗まれた車が事故を起こした場合、車の所有者が賠償の責任を負うこともあるのではなかっただろうか。自転車も同じで、警察は大樹の責任を追及しようとしているのだろうか。

「大樹君のお母さんですか？」

「ええ」

「大樹君がそこにいるかどうか確認したいだけですから、電話口まで呼んでもらえますか？」

本人に直接確認しないといけないのだろうか。朝まで待てばいいのにと不満がこみ上げたが、通話を保留にして二階に上がった。

二階の廊下にある子機を手に、大樹の部屋をノックした。「大樹」と声をかけながらドアを開ける。

窓際のベッドがこんもりと盛り上がっている。なにも変わったところはない。それなのに五感とはちがう感覚が瞬間的に異変を察知し、血液の流れが止まったように感じた。

いづみは布団をめくった。

闇が現れた。ひっ、と声が漏れた。震える手で電気をつけると、ベッドの真ん中には抜け殻のように大樹のジャージがあるだけだった。

大樹がいない。大樹が消えてしまった。いづみから悲鳴があふれた。

「どうした?」

振り返ると、夫が立っていた。まぶしそうに目を細めている。

「大樹が……大樹がいない」

「トイレだろ」

そう答えた夫が、いづみの手にある子機に気づいてはっとする。

「電話か?」

いづみはこくこくとうなずいた。

「警察が……大樹の自転車が盗まれたって。でも、大樹がいなくて……」

夫がいづみの手から子機を奪い、「もしもし」と呼びかける。

「ふたりともどうしたの?」

背後から沙良の声がかかったが、いづみは反応できなかった。目はベッドの上のジャージに、耳は夫の声に向けたまま、そこからわずかばかりも動かすことができなかった。

そらぞらしいあかりに満ちたこの場所が、ゆっくりと地の底へと沈んでいくように感じられた。なにかとんでもないことが起こりはじめている感覚に襲われた。

どうかお父さんが笑いますように——。いづみは祈った。震える体から酸素が抜け出し、息ができない。

お父さんが、なんだそんなことですか、と安堵した声で言いますように。ははっ、と笑い声をあげますように。いやあ、うちの妻なんて勘違いして大慌てですよ、と私をからかいますように。

必死に祈りながら、そんな自分を恐ろしく冷めた目で見下ろしている大きな存在を感じていた。

2

今日が日曜日だと気づき、いづみは、携帯電話、と思う。

第一志望の高校に合格したお祝いに、大樹に携帯電話を買ってあげる約束をしていた。デジタルカメラ並みの写真が撮れてムービー機能も搭載してるんだ、と大樹はパンフレットを見せながら興奮ぎみに説明した。今日、希望どおりの携帯電話を一緒に買いに行く予定だった。

楽しみにしていたのは大樹よりいづみのほうだったかもしれない。中学生になる前あたりから、大樹は母親と行動をともにするのを恥ずかしがるようになり、いづみも当然のことだと無理強いはしなかった。今日はひさしぶりに母と息子ふたりで出かけ、携帯電話を買ったあとは中華レストランでランチを食べ、高校の制服を受け取りに行くはずだった。

いづみは、新しい制服に身を包んだ大樹を思い浮かべる。

今後の成長を見越してサイズに余裕を持たせたから、制服に着られている印象は否めない。まるで子供が父親のスーツを着せられたようで、大きくなったと思っていた大樹がまだあどけない少年であることに気づかされる。

きっと私は涙ぐむだろう、といづみは思う。それを悟られないために、「いいじゃん。似合ってるぞ」と乱暴な物言いをし、「ねえ」と夫と沙良に感想を求める。夫は「うん、似合ってるよ。ぴかぴかの一年生だ」と笑い、沙良は「ぶかぶかじゃない。背、伸びなかったらやばいね」とからかうだろう。

大樹は照れくささをごまかすために、買ったばかりの携帯電話で家族が笑い合う姿を動画で撮るかもしれない。母さんのことは撮らなくていいよ、とがははは笑いながら抗議する自分の声が聞こえるようだった。

――息子さんに非行などの問題はありませんでしたか？

沼の底から浮かび上がるように男の声がよみがえる。

――親御さんに隠れてなにかしてたのかもしれませんね。

鮮明に聞こえるのに現実味がなく、まるで他人の記憶の断片が流れ込んできたようだった。

突然、誰かに手を強く握られ、体がびくっと反応した。

「大樹君は悪くないって私は信じてますからね。まわりの声なんか気にしちゃだめよ。ね？」

喪服を着た女がいづみの目の前にいる。怖い目をして、両手で握りしめたいづみの手を思い切り上下に振っている。

「ほんとうにお気の毒。かわいそうに」

そう言い残し、女はいづみの手を放した。

お気の毒？　かわいそう？　この女はなにを言っているのだろう。

いづみの視界には黒がうごめいている。

喪服に身を包んだ人たちが、頭を下げたりなにかつぶやいたりしながら、目の前をゆっくりと通りすぎていく。線香のにおいに満ちた暗く沈んだ空間と、人々の呼吸とざわめき。光が当たっている場所に、白と水色の花で飾られた大樹の写真がある。

――やましいことがあるから逃げたのかもしれませんね。

視界に広がる光景は、耳奥で聞こえる声と同じくらい現実味がない。

自分が声を押し殺して泣いていることに気づき、いま私は他人の記憶のなかで他人になっているのだ、といづみは思った。スポットライトに照らされた幸せな光景のなかに戻らなければならない。買ったばかりの携帯電話。新しい制服。沙良が大樹をからかい、大樹はむくれたふりをするが、つられて笑い出す。そんなふたりを夫がにこにこと見つめている。私を見て！　私はこんなに幸せなんだよ！

――ほんとうにお気の毒。かわいそうに。

女の声がよみがえった。

いづみは女が立ち去ったほうを見た。しかし、黒い集団のなかからさっきの女を見つけることはできなかった。

「大樹君！」

かん高い声が鼓膜に突き刺さった。

少女が棺《ひつぎ》にすがりついている。大樹と同じ中学校の制服を着ている。

「大樹君！　いやーっ」

悲痛な叫びがざわめきをかき消した。すべてが止まった空間に彼女の声が響き渡る。

「こんなことあっていいわけない！　どうして大樹君が死ななきゃならないの！

大樹君！」

彼女は棺から離れない。両手に持つ白い百合《ゆり》が揺れている。

「マリカ、マリカ。大丈夫？」

友人に支えられながら少女が棺に百合を入れる。ふたりが棺から離れると再び黒い集団はうごめき出し、ざわめきが戻ってきた。

ふたりは頭を下げながらいづみの前を通りすぎた。マリカと呼ばれた少女は両手で顔を覆い、しゃくりあげている。その親指のつけねにほくろがあるのが見えた。

こんなことあっていいわけない。どうして大樹君が死ななきゃならないの。

彼女の叫びが時間差でいづみの耳を通って胸にぽたりと落ち、水紋が広がった。

視線を上げると、大樹の顔が目に飛び込んできた。白と水色の花に囲まれ、まっすぐ前を見て笑っている。ろうそくの炎と立ち昇る線香の煙。その下にある棺。暗く沈んだ空間で、祭壇だけが淡い光に照らされていた。まるでこれが現実だと知らしめるように。

――こんなことあっていいわけない。

少女の叫びが自分の声に変わり、つぶやきが漏れた。

「こんなこと、あって、いいわけない」

いづみは足を踏み出した。自分がどこに行こうとしているのか、なにをしたいのかは頭になかった。ただ一刻も早くこの場から離れたかった。

腕をつかまれて首をねじると、泣きはらした沙良の顔があった。沙良は真っ赤な目で母親を見据え、無言で首を横に振った。

夫がマイクの前に立ち、声を詰まらせながら途切れ途切れになにかしゃべっている。息を吸う震えた音をマイクが拾った。

「……大樹は……私たち家族の……宝物です！」

堰《せ》き止めていたものを一気に放出するような叫びだった。

その瞬間、すすり泣きが地鳴りのように空気を揺らし、気がつくといづみもまた地鳴りの一部になっていた。意識が外の世界に追いつかず、自分がなぜそうしているのかわからなかった。

係の男に退場するよう促され、いづみたち家族は葬儀会場をあとにする。

外に出た途端、まぶしさに貫かれた。

真っ青な空から降り注ぐ陽射《ひざ》しは、この世界は幸せにあふれているといわんばかりに容赦なく明るく神々しかった。

「すみません。離れてください！」

係の男の困惑した声に目を向けると、何台かのテレビカメラが見えた。

「葬儀を終えたいまの気持ちは？」

「警察に言いたいことはありますか？」

「どんな息子さんだったんでしょう？」

マスコミらしい男たちの声が響き渡る。

いづみから離れた場所で聞こえる声があった。

「君たち、大樹君と同じ中学校だったんだよね？　大樹君はどんな子だった？」

視線を右横に向けると、眼鏡をかけた男がペンを片手に制服を着た男子に話しかけていた。いづみの位置からだと男子の顔は見えず、声も聞こえてこなかった。

「あっ、そう。同級生だったの？　大樹君は学校で問題を起こしたことはなかったのかな？」

大樹の同級生はなんて答えるのだろう。嘘《うそ》を言わないだろうか、大樹の悪口を吹き込まないだろうか。いづみの聴覚は研ぎ澄まされた。

「大樹君って非行グループだったのかな？」

男子はなにか答えたようだが、その声もやはりいづみまで届かない。

「でも、悪い噂《うわさ》とかあったんじゃないの？」

ちゃんと答えて！　と叫びたい衝動に駆られた。大樹はいい子だったと、やさしくて頭がよくて誰からも好かれていたと、みんなに伝えてほしかった。

男子の返答に気を取られていたいづみの視界に、目のつり上がった男が入り込んだ。突き出した手にはボイスレコーダーがある。

「息子さんが、林容疑者と知り合いだった可能性もあるんじゃないですか？」

怒鳴りつけるような声音だ。

「警察はそこんところなんて言ってるんですか？」

男は怒りを剝《む》き出しにしている。しかし、なぜ自分たちが怒りの対象にならなければならないのか、いづみは理解できなかった。

「非常識だぞ！　いい加減にしろ！」

参列者から怒声があがり、「ご家族のことを少しは考えなさい！」「そうよ。出棺なのよ！」と声が続いた。

大樹がなにをしたのだろう。自分たち家族がなにをしたのだろう。

ここにいるすべての人に聞きたかった。いや、世界中の人に、天上の人に、神様にも聞きたかった。

いづみは一歩踏み出した。

「あの子がどんな悪いことをしたっていうの？」

心をまるごと吐き出すように叫んだ。

一瞬のうちにざわめきがやみ、世界が遠ざかった。なにもない真空のような空間に自分の声だけが響いている。

大樹はなにも悪くない！　大樹はいい子なんだ！　私たちは幸せな家族なんだ！

実際に声にしたのかどうかはわからなかった。

「悪くないと思ってるんですか？」

すぐ近くから放たれた怒声がいづみの頬を打った。

再び目の前にボイスレコーダーが突き出され、怒りを露《あら》わにした目が睨《にら》みつけてくる。

「お子さんの紛らわしい行動が、犯人逮捕の邪魔をしたとは思わないんですか？　責任は感じないんですか？」

「言いすぎだぞ！　いい加減にしろ！」「離れてください！」「おいっ、どこの記者だ？」

あちこちで怒声があがる。

「申し訳ありません！」

突然、右隣の夫が叫び、深く頭を下げた。

「このたびは誠に申し訳ございません！」

「どうして？」

いづみは夫の背中をつかんだ。顔を上げさせようとしたが、夫は体を折り曲げたまま微動だにしない。

「ねえ、どうしてあやまるの？　大樹は悪くない！　あの子は悪いことなんかしてないんだよ！　私たちはなにも悪くない！　それなのにどうしてこんな目に遭わなきゃならないの？　こんなことあっていいわけない！」

いづみは叫び、崩れ落ちた。


いづみは座布団に座って祭壇を眺めている。

大樹の写真も骨箱もすぐ目の前にあるのに、自分には関係のない遠い風景を瞳に映しているようだった。

ふすまを隔てた居間から沙良の洟《はな》をすする音が聞こえる。夫がなにか話しかけているのだろう、ぼそぼそとした低い声がするが、内容は聞き取れない。

祭壇をぼうっと眺めながら、いづみの左手は無意識のうちに座布団の綿止めの糸束をさわり続けている。すべすべとした感触が、指の腹をやわらかく刺激する。すべての感覚が指先に集中しているように糸束の手ざわりがあざやかだ。ふと、この糸束は何色だっただろうと思う。赤だっただろうか、それとも紺だっただろうか。首を傾けるだけで確かめられるのに、その些細《ささい》な動きさえひどく億劫《おっくう》だった。

電話が鳴った。いづみは弾かれたように立ち上がり、ふすまを開けて居間へ駆け込んだ。呼び出し音を発している電話を無言で見下ろす。血の気が引き、鼓動が速まり、体中の毛が逆立つようだった。

「母さん」

沙良の涙声はいづみの耳を素通りした。

留守番電話に切り替わり、ピーと発信音が鳴る。

「おまえんとこの息子のせいで、また被害者が出たじゃないか。親としてどう責任取るんだよ。このバカ親！」

そこで電話は切れた。男の声だった。

夫が立ち上がり、無言で電話のコードを引き抜いた。

「だめ。抜かないで」

いづみはコードを差し込んだ。

「どうしてだよ。こんな電話ばかりだろう」

夫は悲痛な声を出した。

嫌がらせの電話があとを絶たない。昨日の情報番組で大樹の出棺の様子が取り上げられたせいだった。遺族の姿にはモザイクがかけられていたが、音声は流れた。

——あの子は悪いことなんかしてないんだよ！

——私たちはなにも悪くない！

いづみの言葉に反感を持った人は多かったらしい。

さらに昨日の夜、新たな被害者が出たことが火に油を注いだ。夜の住宅地で女子大生が刃物で切りつけられ、バッグを奪われる事件があった。防犯カメラの映像から、逃走を続ける林容疑者による犯行だと見られていた。

水野家の電話は古いタイプで、留守番電話機能はついていたが、ナンバーディスプレイには対応していなかった。

――バカ息子のせいで殺人犯を取り逃がしたじゃないか。責任取れよ。

――私たちは悪くない？　なにふざけたこと言ってんだよ。おまえらのせいできれいな女子大生が怪我《けが》をしたじゃないか。土下座して詫《わ》びろよ。

――あんたんとこの息子、下着泥棒だったんでしょう？　あの夜も下着を盗みに出かけたんじゃないの。だから、逃げたのよ。いやらしいっ。

留守番電話に吹き込まれる罵詈雑言《ばりぞうごん》は、いづみの心を削り、細胞を少しずつ殺していった。それなのに、まるで憑《つ》かれたかのように見知らぬ人々の悪意を浴びずにはいられなかった。

沙良が泣きながら口を開く。

「大樹は犯人と関係ないって、ちゃんと警察は発表したんでしょう？　それなのにどうしてこんなこと言われなきゃいけないの？」

もう耐えられない、と言い残して沙良は居間を出ていった。

「もう少し、もう少しの辛抱だ。大樹は悪くないんだから」

夫が自分に言い聞かせるようにつぶやいた。

あとどのくらい辛抱すれば大樹は帰ってくるのだろう、といづみは考える。

いづみのなかで大樹はまだ存在していた。姿を失い、うろこ雲のように散り散りになってこの世界を浮遊しているイメージだ。人々が口にする分だけ大樹がいた。大樹のことを口にする人のもとに大樹はいた。散り散りになった大樹はいま、見知らぬ人たちの悪意に翻弄され、いづみのもとに帰ってくることができないでいる。取り戻さなければ。大樹を悪く言う人間から、大樹を取り戻さなければならない。そのためには大樹の名誉を守らなければならない。

いづみはテレビのリモコンをつかんだ。

午後三時を過ぎたところだ。この時間帯はいくつかの局が情報番組を放送しているはずだ。「テレビはつけないほうがいい」と言う夫を無視して電源を入れた。

昨日放送されたという情報番組を、いづみたちは観ていなかった。

嫌がらせの電話が急激に増え、いったいなにが起こっているのだろうと怯《おび》えていたところ、姑《しゅうとめ》からの電話で、朝と午後の情報番組で出棺の様子が放送されたと知らされたのだ。

せわしなくチャンネルを替えると、林容疑者について報じている番組があった。

司会者とコメンテータがやりとりするさまを、いづみは食い入るように見つめた。

「林容疑者が逃亡して今日でちょうど一週間になりますが、三人目の被害者が出てしまいましたね」「命に別条がないのが不幸中の幸いですけど、顔を切りつけられていますから心配ですよねえ」「林容疑者はいまどこにいるのでしょう」「空き家などに潜伏している可能性もありますね」

司会者の背後には地図のパネルがある。

林容疑者が逃亡した警察署には赤い星印があり、目撃情報があった場所には赤い丸印がつけられている。

「この一週間、林容疑者を逮捕する機会はありましたよね」

司会者がポインターでさしたのは、いづみたちの暮らす前林市だった。

「四日前の二十六日、深夜二時頃ですね。この前林市で林容疑者の目撃情報がありました。防犯カメラの映像からも、これが林容疑者であることが確認されています。住民からの通報で警察が駆けつけたんですが、運悪くその近くを自転車に乗った中学生が通りかかった。警察が職務質問をしようとしたところ逃げたんですよね、この中学生。林容疑者とは体格にかなりの差があったようですが、パトカーで追いかけた警察の判断は正しかったんでしょうか？」

司会者が話を振ったのは、元警視庁捜査官という肩書がついた初老の男だった。

「そうですね。やはり警察としては追いかけざるを得ませんよね」

司会者は満足そうな顔をして話を続ける。

「少年は自転車で逃走し、駐車中のトラックに激突しました。その後、救急車を呼んだり事故現場の検証をしたりでかなりの時間を費やしていますから、林容疑者としてはそのあいだに逃げ切る余裕があったと考えていいですよね。ここで林容疑者を逮捕できていれば、新たな被害者も出なかったんですがねえ」

再び初老の男が映し出された。

「この少年を非難する声もあるようですが、犯人とは無関係ですからね。彼の行動を必要以上に責めるのはお門違《かどちが》いというものです」

「まあ、たしかにそうですが……。しかし、どうしてこの少年は逃げたりなんかしたんでしょうね」

次に話を振られたのは、いづみと同世代に見える女だった。教育専門家という肩書のその女はつややかな髪を乱れなくセットし、アイボリーのジャケットを着ている。

「残念ながら亡くなってしまったので、理由はわからないんですが……。ただ、中学を卒業して、四月から高校に入学するといういまのタイミングは、気のゆるみから非行に走りやすい時期ともいえます。同じ年頃のお子さんがいる親御さんは十分に気をつけたいところですね」

いづみは奥歯を嚙《か》みしめた。合わせた歯がカチカチと鳴る。

「なに言ってんの？」震えた声が漏れた。「この女、なに言ってんの？」

夫がいづみの手からリモコンを取り上げ、テレビ画面が黒くなる。

「消さないでよ！」

リモコンを奪い返そうとしたが、夫は渡すまいと背中に隠す。

「こんなの観てどうするんだよ」

「だって、大樹が悪者にされてるんだよ！」

「いまだけだ。いまだけだから。みんな他人事《ひとごと》だと思って面白おかしく騒ぎ立ててるだけだ」

夫の物言いがどこか距離を置いたものに感じられ、あのときもそうだった、といづみは思い出した。出棺のとき、夫は申し訳ありませんと頭を下げた。大樹の名誉を守るどころか濡《ぬ》れ衣《ぎぬ》を着せたのだ。

「大樹はいい子なんだよ」

「そんなことは言われなくてもわかってるよ」

「わかってるのにどうして？　ねえ、お父さんはそれでいいの？　大樹が悪く言われても平気なの？」

「平気なわけないだろう！」

「じゃあ、どうしてあのとき、申し訳ありませんってあやまったりしたのさ」

「仕方ないだろう！」

夫は怒号し、リモコンをソファに叩《たた》きつけると居間を出ていった。

いづみはリモコンを拾い上げてテレビをつけた。

ひどいと思います、と少女の声が耳に飛び込んできた。テレビには黒いブレザーを着た少女の首から下が映り、〈亡くなった男子中学生の友人〉とテロップがある。

「どうして大樹君がこんなに責められなきゃいけないのかわかりません」

テレビのなかの彼女が言った。「大樹」のところには機械音がかぶせられ、聞き取れないようになっていた。

「悪いことなんかしてないのにひどすぎます。こんなことあっていいわけありません」

その声に、いづみははっとした。

――こんなことあっていいわけない！

――どうして大樹君が死ななきゃならないの！

葬儀会場に響いた叫びがよみがえり、あのときの少女ではないかと思い至った。あのとき、棺にすがりつき泣き叫んでいた子。たしか「マリカ」と呼ばれていた。

少女はいづみの心中を代弁してくれたのだ。

「学校で悪い噂とかはなかったかな？」

インタビュアーの女は深刻そうな表情をつくっているが、意地の悪さが表れていた。

「いいえ」

もっとはっきり答えて！　いづみはリモコンを握った手に力を入れた。大樹はいい子だった。やさしくて頭がよくて誰からも好かれていた。世界中にそう知らしめてほしかった。

「じゃあ、どうしてあんな時間に外をうろついて、パトカーから逃げたんだと思う？」

「気分転換に外の空気を吸うのがそんなにいけないことなんですか？　パトカーから逃げたのだって、怖かったからだと思います。私だっていきなり警察に呼び止められたらパニックになると思います。大樹君はほんとうにいい人でした。頭がよくてまじめでやさしくてみんなに好かれてました。こんなに悪く言われてかわいそう！」

言い終わった少女は両手で顔を覆い、わっと泣き出した。顔は見えなかったが、親指のつけねにほくろがあった。やはりあのときの子だ、といづみは確信した。少女の泣き声には幼さが滲《にじ》み、純粋な悲しみがあふれていた。

いづみには、テレビのなかの少女が自分の分身に感じられた。自分が言いたいことを彼女が代わりに伝えてくれている。

このマリカという子は大樹とどんな関係なのだろう。

そう考えた瞬間、いづみの意識がすとんと別の次元に落ちた。

「ねえ、大樹。この子誰？」

いづみは声に出し、無意識のうちに右横を見ていた。

誰もいないひとりがけのソファ。その背後には誰もいない食卓。いづみの問いかけに答える者はいない。

いづみは息をのんだ。

五感になじんだ自分の家。家具の配置も、窓から入る光の加減も、白い壁にできたうっすらとした影も、ときおり聞こえる車の音も、自分にしか嗅ぎ取れないにおいも、なにもかもがよそよそしく感じられた。それらは、まるで魂が抜けたような空虚さでいづみを取り囲んでいる。

自分を覆っていた膜が一気に剝がれ落ち、現実が激しい衝撃とともに立ち現れた。

大樹がいない——。

その瞬間、いづみはその事実にはじめて気づいたような気になった。

「え？」と、声が出た。

テレビに目を戻すと、画面に映っているのは昨日行われたという大リーグチームと日本チームの野球の模様だった。阪神がヤンキースに勝利したと司会者が興奮した声で告げていた。

「え？」と、また声が出た。

大樹がいなくなったのに、どうしてなにごともなかったかのように野球などやっているのだろう。どうして世界が続いているのだろう。

突然、いづみの脳裏に大樹が洪水のように押し寄せてきた。赤ん坊の大樹。小さな握りこぶし。乳のにおい。はじめての伝い歩き。電車に乗りたいと駄々をこねる。歯の抜けた口で笑う。黒いランドセルを背負った後ろ姿。ランドセルのなかでカタカタと鳴る筆入れ。テレビゲームをするときのぽっかりと開いた口。遊び疲れてソファで眠りこける。起こしたときの寝ぼけ顔。蚊に刺された細くてまっすぐな足。中学の制服が大きすぎると文句を言う。手巻き寿司をほおばる膨らんだ頬。僕のチョコレートケーキは？　と聞くいきいきとした声。

大樹がいない。大樹が死んだ。すべての大樹がこの世から消えてしまった。

嘘だ、嘘だ、嘘だ。こんな恐ろしいことが起こるわけがない。なにかのまちがいだ。これは現実じゃない。いや、これが現実なのか？　もうやり直せないということか？

え？　やり直せない？　いづみは自分の言葉を復唱した。真っ黒な絶望にのみ込まれる。頭のなかをキーンと嫌な音をたてながら電気が走った。

じゃあ、これからは大樹のいない世界が続くというのだろうか。

心臓が止まりそうになる。正気を失いそうになる。

「どうしよう、どうしよう、どうしよう」

つぶやきが漏れる。

「やだやだやだやだやだ」

もうどうすることもできないのだ――。天からのお告げのように思い知らされた。

リモコンをつかんだ手が動くのがスローモーションで見えた。テレビ台にぶつかったリモコンのカバーが外れ、宙を飛んだ。手も足も目も口も耳も、体のすべてが自分から切り離され、制御不能になった。手が頭をかきむしり、こぶしをつくって腿《もも》を打ちつける。足が地団太を踏む。背中がぴんと伸び、顔が上を向く。ぎゅっと閉じた目から涙が止まらない。大樹、と叫んだつもりだった。それなのに、かん高い叫びが邪魔して、その名を耳が拾わない。

気がつくと、体を抑え込まれていた。手と足が暴れようとするが、強い力で封じられている。

「いづみ！　大丈夫か！　しっかりしろ！」

「母さん！　母さん！」

遠くから声がする。夫と沙良だと気づいたら視界が戻った。

夫に抱きしめられている。夫の肩越しに泣きじゃくる沙良がいる。大樹がいない。

もうだめだ――。

そう思った直後、意識が消えた。

3

水野沙良はクローゼットからハンガーにかかったスーツを取り出した。

ストライプが入ったグレーのパンツスーツで、ライトピンクのブラウスを合わせている。大学の入学式のために新調してもらったスーツだ。

姿見の前に立ってスーツを当ててみる。デパートで試着したときは似合うと感じたのに、いまはシャープなデザインに顔が負けているように見えた。

あのときはよかった。そう思ったらため息が漏れた。そのため息が自分のわがままから出たものに感じられて罪悪感を覚える。

スーツを買ったのは、大学の合格発表があった二日後だった。母とふたりでデパートに行った。あのときの母は、沙良よりも浮かれていた。母さんが大学に行くんじゃないからね、と何度も言ったことを覚えている。母は口紅を買ってあげると言い出し、入学祝いはティファニーの指輪に決めていた沙良はいいよと言ったが、母は入学祝いとは別だからと笑った。化粧品売場の白くまばゆい照明は、あごのニキビ痕や鼻の毛穴汚れを晒《さら》すようで気後れしたが、母はスキップする一歩手前の足取りで、どこの口紅がいいかな、などと言いながら楽しそうだった。母が選んだのはシャネルだった。そういえば母さん、若い頃シャネルの口紅に憧れてたな。母のつぶやきに、沙良は驚いた。おしゃれに無頓着な母とシャネルが結びつかなかった。じゃあ私のはいいから自分のを買いなよと返すと、母はさらに笑みを広げ、母さんはもう自分のことはどうでもいいんだよ、と答えた。

どうしてだろう、あのときの母を思い出すとうっすらと怖くなる。あのときは機嫌がいいとしか感じなかったのに、いま振り返るとなにかにとり憑かれていたように思えてならない。

いや、あのときだけじゃなく、大樹が高校に合格したときも、クローバーのケーキを買ってきたと告げたときも、家族四人で食卓を囲んでいるときも、沙良の記憶のなかの母はバランスを欠いている。まるであるべき感情のほとんどが抜け落ち、歓びしか感じられないように。

あれは神様が母にくれた最後の幸せな時間だったのかもしれない。

沙良はスーツをクローゼットに戻した。ため息がまた漏れた。

一階に下りると、案の定、台所にも居間にも母の姿はなかった。朝早くに出かけた父は今日も朝食を抜いたのだろう、台所は使った形跡がなかった。

和室のふすまは閉じているが、わずかなすきまがあった。おそらく父が母の様子をうかがったのだ。

沙良はすきまに顔を近づけた。正面に白い祭壇があり、大樹の遺影と骨箱が見える。その手前に盛り上がった布団がある。

母は一日中、和室で過ごすようになった。祭壇の前にぼんやり座っているか、布団を頭からかぶって横になっているかだ。

大樹が死んで十日が過ぎた。

当初、母は大樹が死んだことを理解していないように見えた。マスコミや世間からの非難にだけ反応し、頭のなかから大樹の死が抜け落ちているようだった。出棺のときに自分がなにを叫んだのか、母は覚えているだろうか。

――私たちはなにも悪くない！

――どうしてこんな目に遭わなきゃならないの？

――こんなことあっていいわけない！

母がテレビカメラの前であんなことを言わなければ、事態はすぐに収束したはずだ。大樹の行動よりも、母の言葉が反感を買ったのだと沙良は思っている。数日のあいだ母は、「大樹は悪くない」と世間に向かって叫ぶことにエネルギーのすべてを注ぎ、それ以外のことは頭にないようだった。

それが一転したのは、ちょうど一週間前だ。二階の自室にいた沙良の耳に、それまで聞いたことのないかん高い音が届いた。不快な機械音のようなそれが母の悲鳴だとわかったのは、階段を駆け下りていく父の足音が聞こえたときだった。父に続いて居間に下りると、母は幼児のように手足をばたつかせて泣き叫んでいた。涙と鼻水で濡れた顔は真っ赤で、いまにも破裂してしまいそうに見えた。泣き声の合間から「大樹ー、大樹ー」と声を絞り出していた。

そのときを境に、母は悲しみのなかに閉じこもってしまった。

今日も泣くことと大樹の名を呼ぶことのほかには、心をここではない場所に飛ばして抜け殻になって過ごすのだろうか。

沙良は身支度を済ませ、冷蔵庫を開けた。隣町に住む父方の祖母が持ってきてくれた総菜があるが、食欲も時間もない。賞味期限が昨日までだった牛乳を飲み、残りをシンクに捨てた。

「母さん」

ふすまのすきまから声をかけたが、返事はない。掛布団の盛り上がりはさっき見たときのままだ。死んでいるのではないかと不安になった。

「母さん？」

ふすまを開けて和室に入った。

「大丈夫？」

布団をそっとめくった。

母は、沙良のほうに顔を向けて横たわっていた。目は開いているが、なにも見ていない表情だ。まぶたは腫《は》れ、乱れた髪が顔にかかっている。虚無をさらけ出している母にざわめいた感情を覚え、そんな自分に戸惑った。

「ねえ、母さん。少しはごはん食べたほうがいいよ。冷蔵庫にお祖母《ばあ》ちゃんが持ってきてくれたおかずが入ってるから」

母は弛緩《しかん》した表情のままだ。

「私、大学に行くからね。今日からオリエンテーションなの。なにかあったら携帯に電話してね」

母の肩まで布団を戻し、沙良は立ち上がった。和室を出る直前、母が息を吸い込む気配がした。なにか言ってくれるのではないかと振り返った。

「よく行けるね」

母は沙良を見ていなかった。だから、空耳かと思った。そう思いたかった。

沙良は無言で背中を向け、少し迷ってから「いってきます」と小声で告げてふすまを閉めた。

母にぶつけたい言葉が喉もとまでせり上がっている。

ねえ、母さん、私が大学の入学式に行かなかったことに気づいてる？　新しいスーツを着られなかったことは？　シャネルの口紅を一度も使っていないことは？

すべて自分のこと。しかも、取るに足りないことだ。母に対してとっさにそんな言葉がこみ上げた自分が情けない。

沙良は自分のなかに、きっとティファニーの指輪は買ってもらえないだろうと落胆する気持ちがあることを自覚していた。大きくもないし、激しくもない。ふとしたときに、水泡のようにぽっと浮かんでくるだけだが、大樹が死んで十日しかたっていないのにそんなことを考える自分を最低だと思った。

家族にも友人にも、やさしいと言われることが多かった。だから、自分のことを平均よりもやさしい人間だと思い込んでいたが、ほんとうはちがうのかもしれない。やさしい人間は、弟が死んだときに指輪のことなど考えないはずだし、ショックのあまり大学にも行けなくなるのかもしれない。

トートバッグを肩にかけたとき、母の泣き声が耳に届いた。あああ、あああーん、あああー、あーん。絶叫ともいえる激しさだ。

母は、日に何度も突然泣き出したり大樹の名を連呼したりする。感情を抑えられないというより、抑えることを完全に放棄していた。

沙良は、閉めたばかりのふすまを少し開けた。

あああ、あああーん、大樹ー、大樹ー、やだー、やだやだやだー、ああー、あああ——ん。

母は掛布団をのけて突っ伏していた。両手のこぶしを敷布団に叩きつけ、足をばたつかせている。体の内で暴れる感情に支配され、理性も人格も手放してしまったようだった。こんなふうに感情のまま泣き叫ぶ大人をいままで見たことがなかった。

沙良の心がすっとなる。

冷たくなり、沈み込み、醒《さ》める。すべて合わせての「すっ」だった。

泣き叫ぶ母を見るたび、沙良は奇妙に冷静になる。まるで母に悲しむ権利を奪われたように。

沙良に向けられた母の足の裏は白く、かかとの縁が乾燥している。幼児が駄々をこねるように足をばたつかせているのに、その行為の激しさに比べて布団を打つ音はぽふぽふと気が抜けている。

あまり親しくない人を遠くから眺めている感覚になっていく。そんな自分の薄情さから逃げるようにふすまを閉じて玄関に向かった。

玄関のドアを少し開け、周囲を見まわした。誰もいない。

家の前にマスコミがいたのは三、四日だけだった。祖母の話だと、情報番組が大樹のことを取り上げたのもそのくらいの期間だったらしい。それでも、どこからか矢のようなものが飛んでくる気がして怖かったし、家々の窓から冷たい目で観察されている気がして緊張した。

沙良は顔を伏せ、足もとを見つめながら歩いた。そんな自分が大樹を裏切っているように感じられた。母のように顔を上げ、あの子は悪いことなんてしていない、私たちは悪くない、と言い切る勇気も熱もなかった。心から悲しんでいないからだろうか。自分のことしか考えていないからだろうか。

いまの自分の気持ちがよくわからない。


オリエンテーションが終わり、沙良は疲労感に溺《おぼ》れかけていた。

何時間も神経を研ぎ澄ませていたせいで、軽い痺《しび》れのような頭痛がし、体中の筋肉がこわばっていた。緊張しすぎて、皮膚がまだざわざわとしている。

恐れていたことはなにひとつ起こらなかった。

面と向かって非難されることもなかったし、指をさされることもなかったし、事件について聞かれることもなかった。ひそひそ声も聞こえてこなかったし、視線を感じることもなかった。かといって、無視されているようでもなかった。

沙良は、数百人の学生のうちのひとりにすぎなかった。

配布された資料をトートバッグにしまって席を立った。

「俺の学籍番号、マジ不吉なんだけど」「どれどれ」「ほら。これ、殺されろ、じゃねえ?」「ねえ、帰りにケーキ食べてかない?」「明日、健康診断で体重計るじゃん」「第二外国語どうする?」「サークルの勧誘ちょっと怖くない?」

いろんな声が沙良の耳を流れていく。誰も沙良を気にしない。

高校の同じクラスでこの国立大学の教育学部に進学したのは沙良だけだった。仲がよかったのは沙良を含めて四人のグループだったが、みんなちがう大学へと進んだ。

視界を流れていく知らない顔。耳を流れていく知らない声。

真新しい世界に降り立ったようだった。

ほんとうに大樹は死んだのだろうか、と奇妙な感覚に襲われた。大樹の事故死も、嫌がらせの電話も、悲しみに暮れる母も、この裏側にある別の世界のことに感じられた。

大樹の事故死が、世間でどれほど騒がれたのか正確なところは知らなかった。テレビもインターネットも避けていたし、友達からの電話やメールは沙良を心配するものだけだった。葬儀に押しかけたマスコミ、鳴り続けた電話、家に立ち込める悲しみと絶望。半径数十メートル内での出来事がそのまま世の中の出来事になるわけではない。

半径数十メートル圏外の平穏さに、沙良は泣きたいような気持ちになった。

大講堂を出て、携帯電話から家に電話をかけた。

呼出音が鳴り続け、やがて留守番電話に切り替わった。「母さん？」と呼びかけたが、応答はない。いまも祭壇の前で大樹の名を呼び、泣いているのだろうか。

「ねえ、前林一高じゃなかった？」

すぐ背後で声がした。

振り返ると、背の高い女が立っていた。

「二組じゃなかった？」

沙良が返事をする前にそう続けた彼女には見覚えがあった。顔というより、地面に突き刺さったまっすぐな棒のようなそのたたずまいに。

「たしか三組だったよね？」

沙良が返すと、「そう」と彼女は嬉しそうに笑った。潔いショートカットのせいか、少年のような雰囲気だ。

彼女は神崎乙女《かんざきおとめ》と名乗り、「この背で乙女だからね。みんなに笑われ続けてきたよ」と短い髪をくしゃくしゃっとさわった。

自然と並んで歩き出したが、沙良は警戒心を抱えたままだった。どうして彼女は話しかけてきたのだろう。同じ高校だったからというだけだろうか。それとも、大樹のことを聞きたいのだろうか。神崎の真意がつかめず、落ち着かなかった。これからは誰かに話しかけられるたび、こんなふうに警戒と緊張を覚えなければならないのだろうか。それはいつまで続くのだろう。

「うちのクラスでここの教育学部に進んだのって私だけなんだよね。経済学部ならいるんだけど。だからなんか心細くて、水野さんを見かけてつい声かけちゃった」

神崎は照れたように言った。

「私もそう。社会情報学部ならいるんだけど」

この大学は三ヵ所にキャンパスがあり、経済学部も社会情報学部もちがうキャンパスだった。

「水野さん、第二外国語はどうするの？」

「どうしようかな。特に希望はないんだ」

「じゃあ、一緒にスペイン語にしない？」

「えー。むずかしそう」

「それが、単位取りやすいし、先生がゆるくておもしろいんだって。兄情報だけど」

「お兄さんもこの大学なの？」

「うん。理工学部」

「ちがうキャンパスだね」

　そう返した自分が自然に笑っていることに気づき、沙良ははっとした。罪悪感にのみ込まれそうになる。

「水野さん、このあと時間ある？」

「どうして？」

「よかったら、お茶していかないかなあと思って」

「うん」ととっさに答えてしまい、「あ、ごめん」と続けた。

　祭壇の前に横たわった母を思い出した。焦点の合っていない目、腫れたまぶた、顔にかかった乱れた髪。

「予定あった？」

「うん」と答え、少し迷ってから「母が……ちょっと、体調が悪くて」と続けた。

「ああ、それは心配だね。じゃあ、早く帰ってあげないと」

　神崎は真顔になり、沙良の背中を押すような口調で言った。

彼女が強く引き止めてくれなかったことにがっかりする自分がいた。

神崎は、沙良が殺人犯にまちがわれて事故死した少年の姉だと知らないようだった。マスコミと世間に非難されたことも、嫌がらせの電話がかかってきたことも知らない、半径数十メートル圏外に住む人だった。なにも知らない神崎ともっとしゃべっていたかった。第二外国語のこと、サークルのこと、履修科目のこと、高校時代のこと、これからのこと。なんでもいい。このまま半径数十メートル圏外に身を置き、たわいもない会話を続けたかった。

そう思う自分を責めるように、頭のなかで母が迫ってきた。


日曜日の午後、近所のスーパーで買い物を終えた沙良は、自分の足取りが重いことに気づいた。家に帰りたくないのだと自覚する。

父は今日、休日出勤をした。忌引きを取った分、仕事が溜《た》まっているのだろうと理解しようとしたが、仕事を口実に母から逃げているのではないかと思うのをやめられなかった。

頼むな。出がけに父は懇願するまなざしで言った。え？　と沙良が聞くと、母さんのことを頼むな、と繰り返した。ふすまの向こうからは母の泣き声が聞こえていた。お父さんは？　と思わず聞きそうになった。一度口を開いたら、私に全部押しつけるの？　これ以上どうすればいいの？　と父をなじってしまいそうでくちびるを結んだままでいた。

大樹が死んで半月が過ぎた。まだ半月とも思えたし、もう半月とも思えた。

あの夜、大樹はなぜ出かけたのだろう。どこに行ったのだろう。そう考えることも少しずつ減っていった。いくら考えても、ただの思いつきで出かけたのだろうという答えしか出なかった。

家の前に少女がふたり立っている。

中学生か高校生。大樹に用があるのだろうと反射的に思い、大樹はもういないのだ、と不意打ちをくらった。まだ脳のすべてが大樹の死を理解しているわけではないのだろう。

背の低いほうの少女は喪服のように全身黒ずくめで、白を基調にした花束を持っている。もうひとりは眼鏡をかけ、グレーのジャケットに紺色のスカートだ。インターホンを押したが応答がないのだろう、困惑した顔を見合わせている。

「大樹のお友達？」

振り返ったふたりに見覚えがある気がした。

「私たち、大樹君と同じ中学校だったんです。クラスはちがったんですけど」

答えたのは眼鏡の少女で、黒ずくめの少女は悲しげに目をしばたたいた。

葬儀に来ていた子たちではないかと思い至った。棺にすがりついて泣き叫んだ子と、彼女を慰めていた子。

「大樹の葬儀に来てくれたよね？」

「はい。私たち、明日高校の入学式なんです。それで、その前に大樹君にお線香をあげさせてもらいたくて来ました」

あらかじめ用意していた台詞《せりふ》なのだろう、眼鏡の少女は緊張した顔できびきびと告げた。

「ありがとう」と答えたが、どうするべきか迷った。母は和室にこもりっきりだ。買い物に行く前にのぞくと、祭壇の前に背中をまるめて座っていた。母にこの子たちを会わせても大丈夫だろうか。そう考えるとすぐに、大丈夫なわけがないと答えが出た。

「いま、母がちょっと体調を崩してるの。様子を見てくるから待っててね」

少女たちにそう言い置き、沙良は家に入った。

和室のふすまを開けると、母は出かけるときに見た姿勢のまま祭壇の前に座っていた。

「母さん。大樹にお線香をあげたいっていう女の子が来てるけど、どうする？　大樹の葬儀に来てくれた子たちなんだけど」

母が弾かれたように体ごと振り向いた。丸く見開かれた目に生気が宿っている。

「マリカ?」

「え?」

「マリカちゃん?」

母の言う「マリカ」が人の名前だと気づくと同時に、葬儀のときの光景がよみがえった。そうだ、棺にすがりついて泣き叫んだ子は、たしか「マリカ」と呼ばれていた。母がその名前を覚えていることが意外だった。

「うん。そうだと思う」

「あの子が来てくれたの?」

そう言って立ち上がった母は、まるで待ちわびていた人が来たようだった。

黒ずくめの少女は滝岡鞠香《たきおかまりか》、眼鏡の少女は村井由樹《むらいゆき》と名乗った。

ふたりは祭壇の前に正座し、ぎこちなく線香をあげて手を合わせた。母はそんなふたりを泣きながら見つめたが、沙良には神妙に手を合わせる少女たちが現実のものとは思えず、ドラマのワンシーンを眺めているように感じられた。

母はふたりにソファをすすめてから紅茶を淹《い》れた。台所に立つ母を見るのはひさしぶりで、長いあいだ離れ離れだった母にやっと会えたような気がした。

二階の自室に行こうか、それとも話に加わったほうがいいのか迷い、三人とは少し距離を置いて食卓につくことを選んだ。

「鞠香ちゃん。ありがとう」

ふたりの前に紅茶を置いて母が言った。

なぜ鞠香にだけ礼を言うのだろう。鞠香もどう答えればいいのか困っているように見えた。

「テレビで大樹のことを話してくれたでしょう」

「あ、はい」

「大樹のことを、いい人だって言ってくれたでしょう。頭がよくてまじめでやさしい、って。ほんとうにありがとう」

言い終わった母はしゃくりあげ、泣き出そうとした。

しかし、鞠香のほうが早かった。彼女はわっと声をあげ、両手で顔を覆った。沙良はぎょっとして彼女を見つめた。

ああーん、あーん、大樹くん、大樹くーん、ああー、ああーん。かん高くて幼い声が沙良の鼓膜に突き刺さり、そういえば葬儀のときもこの子はこんなふうに泣き叫んでいたと思い出した。声にちがいはあっても母にそっくりの泣き方だった。

母は驚いた顔で鞠香を見つめている。眼鏡をかけた由樹は見慣れているのだろうか、見守るようなまなざしだ。

「私……大樹君と……」

鞠香は両手で顔を覆ったまま、泣き声の合間から濡れた声を絞り出す。

「……大樹君と……つきあって、いたんですっ」

そう言うと、やり直すようにわっとまた声をあげて慟哭《どうこく》した。

沙良は、自分のなかに驚きと冷静さが混在するのを感じた。大樹につきあってい た子がいたという驚き。そして、泣き叫ぶ母を目の当たりにしたときのようなすっとした冷静さ。どちらの感情を大切にすればいいのかわからなかった。

鞠香はなかなか泣きやまない。母も泣いている。由樹は「鞠香、鞠香」と声をかけながら彼女の背中を撫《な》でている。

沙良は、他人の家を窓の外からのぞいている感覚になった。

「大樹君とつきあってることは、みんなには秘密にしてたんです。ごめんなさい」

泣きやんだ鞠香がティッシュで涙をぬぐいながら言った。

「……いつからなの？」

母は呆然《ぼうぜん》としている。

「半年くらい前からです。大樹君のほうから好きだって言ってくれて。つきあって ほしい、って。でも、受験があるから、高校に合格するまでみんなには秘密にして おこうってふたりで決めたんです。いままで隠してて、ほんとにごめんなさい」

そう言って頭を下げた鞠香を、母は口を半開きにして見つめている。

「私も知らなかったんです。ほんとうに誰にも言わなかったみたいで」

由樹がフォローするように口を挟んだ。

「でも」と鞠香は顔を上げ、勢い込んだ。「つきあってたっていっても、変なつきあいじゃありません。おしゃべりしたり、一緒に勉強したり……」

そう言ってうつむいた。

大樹はこの子とつきあっていたのか。そう思ってもうまく想像できなかった。あの大樹が、という思いが広がっていく。女の子に興味がなさそうだったのに。まだまだ子供だと思っていたのに。

弟とは仲がいいと思っていた。小学生の頃はくだらないことで喧嘩《けんか》もしたが、中学生になると三つ下の大樹が幼い存在に見え、生意気な口をきいても子犬が吠《ほ》えているようでかわいらしく感じるようになった。沙良にとって大樹はいまもかわいい子犬のままだ。

私は大樹のことをなにも知らなかったのかもしれない、と気づく。仲がいいと思っていたのは喧嘩をしなかったからで、大樹からなにかを相談されたり秘密を打ち明けられたりしたことはなかった。大樹は自分のことをしゃべるタイプではなかった。聞けば答えるが、それも当たり障りのない返答だった。わざわざ報告するような出来事はないのだろうと勝手に思い込んでいた。けれど、そうではなかったのかもしれない。

あの、と鞠香が顔を上げた。

「私、ずっと大樹君のことを好きでいます。絶対に大樹君のことを忘れません」

宣誓するように言うと、また両手で顔を覆って泣き出した。

4

大樹につきあっている女の子がいた――。

予想もしなかった事実は、いづみに衝撃を与えた。

いままで考えもしなかったことだった。まだ子供なのに。異性に興味なんてなさそうだったのに。そんなそぶりを見せたことなどなかったのに。

みんなには秘密にしてたんです、と鞠香は言った。

そのみんなのなかに母親の自分も入っていたのか。嚙みしめるようにそう思うと、大切に抱きしめていたものの輪郭がほどけていくような頼りなさがこみ上げてきた。

大樹、と心のなかで呼びかける。大樹、大樹、大樹――。

それじゃあ全然足りなくて、自然と声になる。

「大樹。大樹。大樹」

実際の声は、心のなかで呼びかける声よりも激情的になる。

「大樹――――っ」

なに？　と笑顔で振り返る大樹。しつこいなあ、と苦笑する大樹。思い出そうとしなくても自然と立ち昇る見慣れた表情。

私が知っている大樹が、大樹のすべてではなかったのだ。そんなあたりまえのことに、いまはじめて気づかされたように感じた。

学校にいるときの大樹、友達といるときの大樹、自分の部屋にいるときの大樹。そのどれも想像することしかできないが、想像のなかの大樹が自分の見ている大樹と同じだと、いづみは疑うことなく思っていた。

けれど、ちがったのかもしれない。

ふいに、カチッという小さな音が耳奥でよみがえった。

ずっと記憶の外に追いやられていたが、あの夜に聞いた音だと思い出した。ホットミルクを飲み終えて居間を出たとき、カチッというなにかが外れるような音と、ひっそりとした靴音がいづみの耳に届いた。

あれは大樹だったのかもしれない。

夜の闇のなか、自転車の鍵を外し、足音を忍ばせて家の敷地内を出ていく姿が浮かんだ。

そうだ、あれは大樹だったのだ。思いついたら、そうとしか考えられなかった。自転車の鍵を外すカチッという音とともに、大樹の息づかいが記憶に追加された。

なぜ大樹はこっそりと出かけたのだろう。ちょっと気分転換に外に行ってくるよ、となぜ声をかけてくれなかったのだろう。

そんなことはわかり切っている。こんな遅くに出かけちゃだめだよ、と母親に止められると思ったからだろう。

ほんとうにそうだろうか。

いづみの頭が不穏に痺れていく。

あのとき、十時十分だったことを覚えている。

大樹が事故に遭ったのは二時頃だと聞いていた。

四時間ものあいだ大樹はなにをしていたのだろう。

気分転換のために四時間も自転車に乗るなんてことはあり得るのだろうか。

いづみは祭壇の上の写真に目をやった。

大樹が幼さの残るほほえみを浮かべている。いつもなら写真を見るたび視線が合っている感覚があるのに、いまは大樹の目が微妙にそれているように感じられた。

「大樹？」

呼びかけても視線は合わないままだ。

「あの夜、なにがあったの？」

その疑問が、はじめていづみのなかに生まれた。四時間ものあいだなにをしていたのか。なぜこっそりと出かけたのか。なぜパトカーから逃げたのか。

――みんなには秘密にしてたんです。

鞠香の声が再生された。

あの夜、十時十分をさしていた壁時計は、いま十二時七分をさしている。

いづみはまだ大樹が事故に遭った現場を訪れていなかった。


真夜中の町をいづみは歩く。

住宅街は静まり返り、通りの先に見える幹線道路の赤信号が道標《みちしるべ》のように光を放っている。幹線道路に出て駅のほうへと進む。ラーメンチェーン店、弁当屋、とんかつ屋、うなぎ屋。どの店もネオンは消え、広い駐車場に車はない。

この光景を大樹も見たはずだ、といづみは思った。自分が歩いているルートが、あの夜の大樹が辿《たど》った道だと信じたかった。だって母親だから、と自分に言い聞かせる。母親だから本能で、感覚で、魂で、あの子のことがわかるのだ。

寒さを感じないのに、体がぶるっと震えて鳥肌が立った。正面から吹きつける風がいづみの髪を乱す。自転車に乗った大樹もこの風を感じたのだろう。

線路の高架下を通り、駅の北側へと抜けた。ふたつ目の信号を無意識のうちに右に曲がっていた。まるで大樹に導かれているようだと思う。

いづみの足が止まる。夜に溶け込んでいる小さな洋菓子店。クローバー。

――僕のチョコレートケーキは？

大樹の声が頭蓋《ずがい》いっぱいに響いた。

脳内に稲妻のような電気が走り、脳細胞を壊そうとする。自分が自分じゃなくなりそうだ。

ぐうううう、と獣の唸《うな》り声に似た音がいづみから漏れた。

もう二度と大樹の声を聞けないのだ。もう二度とチョコレートケーキを食べさせられないのだ。もう二度と誕生日を祝えないし、もう二度と笑顔も寝顔も見ることができない。

いづみが記憶している大樹が、大樹のすべてになる。この先、新しい大樹が記憶されることはない。大樹に会いたいときは過去へ遡《さかのぼ》るしかないのだ。

私はもう一生、前を向けない、と思った。大樹に会うためには過去のなかで生き続けるしかない。記憶はすり減らないだろうか。薄れないだろうか。失われないだろうか。記憶をすみずみまで辿り、それでも新しい大樹に会いたくなったらどうしたらいいのだろう。

心臓が止まりそうになる。頭が変になりそうになる。それでも心臓は動いているし、頭は正気を保っている。正常に働き続ける自分の身体機能を残酷に感じた。毎日死にたいと思うのに、いまも生きている理由がわからない。包丁で首を切ればいい。ロープで首を吊ればいい。高いところから飛び降りればいい。簡単に死ねるのに、どうして私は死なないのだろう。

「大樹。大樹。大樹」

息子を呼びながらいづみは足を進めた。あふれる涙は温かく、しかし頬をつたうあいだに冷たくなり、そしてあごに流れ落ち、どこかへ行ってしまう。

車が走り抜けるたび、そのあとに深い静寂が降りてくる幹線道路。その歩道を歩き、白々としたあかりを放つコンビニを通りすぎる。横断歩道を渡り、静まり返った商店街を抜ける。市道沿いには、銀行や信用金庫、スーパーマーケット、喫茶店などが暗く佇《たたず》んでいる。

大樹が事故に遭ったのは、ドラッグストアの手前の脇道だった。空き地に駐車していたトラックに自転車ごと激突したのだ。

いま、そこにトラックはなく、花束がたむけられている。

いづみはしゃがみ込んだ。花束は五つある。

誰がたむけてくれたのだろう。私の知らないところで、私の知らない人たちが大樹に花をたむけてくれている。彼らは私の知らないところで、私の知らない大樹と関係を築いていたのだ。

――あんたんとこの息子、下着泥棒だったんでしょう？

ふいに頭のなかで声が響き、心臓が大きく跳ねた。

留守番電話に吹き込まれていた声だと気づいたのはしばらくたってからだった。

――あの夜も下着を盗みに出かけたんじゃないの。だから、逃げたのよ。いやらしいっ。

中年の女の声だった。

頭の芯がすっと冷え、体から空気が抜けていく。真空のような体の内に、恐怖と怒りが生まれた。声の主に対してではなく、自分自身への感情だった。

なぜ私はいま、こんなことを思い出したのだろう。なぜ私の頭に、こんな声が響いたのだろう。

ふと、誰かに頭のなかをのぞかれている気がしてはっとした。振り返ったいづみの目が捉えたのは、街路灯がまばらな道の先をふさぐ深い闇の色だった。

5

大樹の部屋から大樹の気配が薄れていく。

小学一年生から使っている学習机も、その上のペン立てと辞書も、中学校に入学したときに買い替えたベッドも、真ん中がわずかにくぼんだ枕も、持ち主のことを忘れてしまったようによそよそしくそこにある。

いづみは、学習机の上に手のひらをそっとのせた。大樹が何千回、何万回とふれたであろう場所。そこはひんやりと硬く、大樹とつながっている感覚は得られなかった。

いちばん上のひきだしを開けた。数冊のノートと文房具が入っている。ノートはすべて使いかけで、英語が二冊と、数学と歴史、地理が一冊ずつだ。順番にページをめくってみたが、そこにいづみが知りたいことは記されていなかった。

焼香に来てくれた剣道部の顧問が帰ったばかりだった。

五十代の彼は中学校教員ではなく、外部指導者だった。そのため、三年生が部活を引退した昨年の夏以降、大樹に会うことはなかった、としんみりとした口調で言った。

大樹は引退してから一度も部活に出なかったんですか？　いづみが聞くと、そうだと返ってきた。昨年の夏から一度も？　と念を押したが、答えは同じだった。

そんなはずはなかった。

大樹は引退してからも部活に顔を出していたし、卒業後も夜錬に参加していた。

――今日も夜錬だから遅くなるよ。

一ヵ月ほど前の会話を思い出す。

卒業したのにそんなに部活に顔を出して大丈夫なの？　いづみがそう聞くと、

――大丈夫、大丈夫。みんな歓迎してくれてるから。

そう答えた。

帰りが夜の九時を過ぎたことも何度かあった。

――ごめん、ごめん。練習が長引いちゃってさ。

大樹はそんなふうに言っていた。それなのに部活に行っていなかったというのか。

すべてのひきだしを確認したが、なにも見つからなかった。

青いカーペットの上にはノートやクリアファイル、シャープペンやハサミなどひきだしに入っていたものが散乱している。

自分がなにを探しているのか、なにが見つかれば満足するのか、逆になにが見つかることを恐れているのかもわからなかった。わからないまま本棚に向かう。

中学一年生からの教科書と参考書が全教科残っている。一冊ずつ手に取り、ページをめくっていく。なにもない。漢字ドリル、英単語ドリル、日本地図、世界地図。なにもない。科学図鑑、小説、漫画、クロスワードパズル。なにもない。

これが普通なのだろうか、と不安になる。あまりにも健全すぎないだろうか。アダルト雑誌もグラビア雑誌も、親に隠すべきものがなにひとつ見つからない。これが十五歳の男の子の部屋なのだろうか。できすぎていないだろうか。なにも隠していないことが、逆になにかを隠しているように感じられた。

いづみの頭でふたつの声が同時に膨らんだ。

——みんなには秘密にしてたんです。

——あんたんとこの息子、下着泥棒だったんでしょう?

いづみは、ふたつの声のうちのひとつを拾い上げ、もうひとつは聞かなかったことにした。

そうだ、大樹にも隠していたことがあったじゃないか。鞠香のことだ。つきあっている女の子がいることを大樹はちゃんと隠していた。

大樹は鞠香と会っていたのだ、と思いつく。そうとしか考えられない。

どうしていままで思いつかなかったのだろう。ふたりは半年前からつきあっていたらしい。時期的にもぴったり合う。大樹は部活に行くと言って鞠香と会っていたにちがいない。十五歳の男の子らしい嘘じゃないか。

「母さん？」

背後からの声に、いづみは我に返った。

自分が探しているもの、自分が恐れているもの、自分でもわからないなにか。それを沙良に気づかれてはいけないと直感的に思った。

「なにしてるの？　探しもの？　私も手伝おうか？」

沙良が部屋に足を踏み入れた。

「入ってこないで！」

いづみは沙良へと突進した。いけないっ、と頭のなかで自分の声がしたが、制御の利かない手が沙良の肩を押していた。

思いがけない力が入り、よろけた沙良が驚いた顔になる。丸く見開いた目が、「母さん？」と言っていた。

「あんたはいいよね、生きてるんだから。大学にだって平気で行ってるし、友達と遊んだり笑ったりしてるんだよね。これからも好き勝手に生きればいいじゃない。大樹のことは忘れて、自分だけ楽しく暮らしていけばいいじゃない」

それは大樹を失ってもまだ平然と生きている自分自身に向けた言葉だった。

沙良は目と口をぽっかり開き、言葉を失っている。得体の知れないものに出くわしたような顔だ。やがて、瞳の奥から悲しみが滲み出すのが見えた。

これ以上娘を悲しませてはいけない。娘を傷つけてはいけない。そう思うのに、激しい感情を止めることができなかった。なにを言おうとしているのかわからないまま、いづみの喉が開いた。

「そんな顔するな！　悲しいのは母さんなんだ！　あんたなんか全然悲しんでないくせに！」

金切り声を放つ自分を止めることができない。

「出ていけ！」

いづみはドアを勢いよく閉めた。そこで力が抜け、床に突っ伏して声をあげて泣いた。


「犯人、まだ捕まらないんですね」

滝岡鞠香が眉をよせ、力なくつぶやいた。

「最近は目撃情報もないし、ニュースでも取り上げられなくなって、このまま捕まらないんじゃないかって心配になっちゃいます。逃げてからもう一ヵ月にもなるのに」

「そうだね」といづみは答えたが、逃走した殺人犯が捕まらなくても、新たな被害者が出ても、たとえあと何人殺されようともどうでもいいことだった。

鞠香の後ろでわっと笑い声があがった。男子高校生のグループだ。夕方のハンバーガーショップは制服を着た高校生が目についた。高校に近いからと、鞠香が指定した店だった。

鞠香が通っているのは、大樹が通うはずだった高校ではない。前林市でもっとも偏差値の高い高校に合格した大樹に対し、鞠香の高校は平均レベルだ。

なぜこの子たちは生きているのだろう、と思う。優秀な大樹が死んで十把一絡《じっぱひとから》げのこの子たちが生きている、その意味はなんだろう。

「林っていうあの犯人、誰かが匿《かくま》ってるとか、東京で人混みに紛れてるとか言われてますよね。もう何日も目撃情報がないなんて、私、変だと思うんです。このまま捕まらなかったらどうしよう」

鞠香はなぜか思いつめた表情だ。

「あの犯人のことがそんなに気になるんだ」

殺人犯のことなんかどうでもいい、という心情を込めたら咎《とが》める口調になった。

「あたりまえじゃないですか」

鞠香はシェイクのカップに両手を添え、体をのり出した。

「だって、あの林っていう連続殺人犯のせいで大樹君は死んじゃったんですよ。あの犯人が逃げたりしなければ、いまも大樹君は生きていたんです。大樹君は連続殺人犯に殺されたんです。私、絶対に犯人を許しません。大樹君を殺しておいて、このままなんの罰も受けないなんて、そんなことあっていいわけありません！」

鞠香の声はしだいに昂《たか》ぶり、最後は悲鳴に近い響きになった。

店内のざわめきがかき消え、多くの視線を感じた。鞠香の背後の男子高校生たちは体をひねってこちらを凝視している。

鞠香は涙を指でぬぐい、「すみません」とうつむいた。涙はなかなか止まらず、ハンカチを取り出してぐずぐずと洟をすする。

いづみの目からも涙があふれた。

この子はこんなにも大樹のことを思ってくれている。大樹の死に怒ってくれている。この子にとって大樹の死は過去のことではないのだ。

いづみは葬儀のときを思い出した。

――こんなことあっていいわけない！　どうして大樹君が死ななきゃならないの！

棺にすがりつき、この子はそう叫んだ。それはいづみの心の叫びだった。情報番組でもそうだった。鞠香はいづみの気持ちを代弁してくれた。

大樹がこの子を好きになった理由が理解できた気がした。この子なら自分の心に寄り添ってくれると思ったのではないだろうか。

やっと泣きやんだ鞠香は、「ごめんなさい」と顔を上げた。目と鼻の頭が赤く、まつげに涙が滲んでいる。肩までの髪を耳にかけてから、いづみにまっすぐ向き直った。

「それで、私に聞きたいことってなんですか？」

単刀直入な問いかけに、いづみははっとした。大樹について聞きたいことがあるからと呼び出したのだ。いづみの胸に不安と恐れがこみ上げる。しかし、このままにはしておけないと覚悟を決めた。

「大樹のことなんだけど」

そう切り出した声が震えた。

「鞠香ちゃんは夜、大樹と会ってたんだよね？」

「夜？」と鞠香は訝《いぶか》しげな顔になる。

「夜っていってもそんなに遅い時間じゃなくて、八時とか九時とかなんだけど」

鞠香は答えない。ぽってりとしたくちびるを巻き込んで思案する表情だ。

「大樹が部活を引退してからだから三年生の夏以降なんだけど、放課後、大樹と会ってたんだよね？」

鞠香は長い沈黙を挟んでから、「いいえ」と答えた。なにか隠しているように見えた。

「鞠香ちゃんを責めてるんじゃないよ。お願い。ほんとのことを教えて。大樹は夜、あなたと会ってたんじゃないの？」

「どうしてそんなこと聞くんですか？」

「大樹は部活を引退してからも、練習に参加してるって私に言ってたんだよ。卒業してからも、夜練に行くって外出してたんだ。でも、実際は部活に行ってなかった。大樹がどうして嘘をついたのか、大樹がそのあいだなにをしていたのか、知りたいだけなんだ。ねえ、大樹はあなたと会ってたんだよね？」

いづみは鞠香の手を握り、「鞠香ちゃん！」と懇願した。

「……たまに」

鞠香は小声で言った。

やっぱり大樹は鞠香と会っていたのだ。いづみの胸に安堵が広がる。中学三年生の男の子だもの、部活だと嘘をついて女の子に会うのは普通のことだ。

「私と大樹君はクラスがちがったし、つきあってることを隠してたから、放課後しか一緒にいられなくて。でも、八時とか九時まで一緒にいたことはありません。うち、門限が六時半だから、遅くても六時まででした」

一瞬のうちに安堵が打ち砕かれた。

「じゃあ、卒業してからはどうだった？　夜、会ってたんじゃないの？」

「卒業してからは一度も会わなかったです。私、ずっと祖母の家に行ってたから」

「ほんと？　ねえ、よく思い出してよ」

いづみが顔を寄せた分、鞠香が逃げるように体を引いた。鞠香の手をつかんだままなのに気づき、いづみは「ごめんね」と手を放した。

大樹は鞠香と会っていたわけではなかった。卒業後はほぼ毎日のように夜練だと言って出かけていたのに。

――練習が長引いちゃってさ。

――後輩の相談に乗ってたんだよ。

後ろ暗さのかけらもない、いつもどおりの声だった。

大樹の部屋だってそうだ。学習机のひきだしにも、本棚にも、押し入れにも、ベッドマットの下にも、後ろ暗いものはなにひとつなかった。

それが大樹なのだ。やさしくて素直で優秀で、非の打ちどころのない十五歳の息子。

しかし、いま、後ろ暗さのひとつも見つからないことが、母親には思いもつかないことを隠すためのアリバイづくりに感じられた。

「じゃあ、大樹はなにをしてたの？　部活だって嘘をついてどこでなにをしてたの？　鞠香ちゃんは知ってるんじゃないの？」

　鞠香はすっと目を落とし、いづみの視線から逃げた。まばたきを繰り返す離れぎみの目と、きゅっと閉じた肉厚のくちびる。彼女が逡巡《しゅんじゅん》しているのは一目瞭然《りょうぜん》だった。

「鞠香ちゃん！」

「大樹君、家にいたくない、って言ってました。だから、部活だって嘘ついたんだと思います」

　鞠香はうつむいたままひと息で告げた。

　家にいたくない――。

　いづみの耳に、鞠香の言葉が時間差で届いた。

　家にいたくない――？

　今度は自分の声になる。

　まさか、とつぶやいていた。

「まさか、そんなことあるわけないよ。だって、あの子はいつも夕飯を楽しみにしてたんだよ。手巻き寿司が大好きで、夕飯に手巻き寿司を出すと、今日はなんかのお祝いだっけ？　なんて言ったりしてさ。あの子、お肉よりお魚が好きなんだよね。ぶりの照り焼きとか白身魚のフライの日は、やったーって喜んで。そういう子供っぽいところがあるんだよ」

　そんな大樹が、家にいたくないと思っていたなんてあり得ない。

「どうして？」とつぶやいたら、最後の息を吐き出す感覚がした。「どうして大樹は家にいたくなかったの？　なにが嫌だったの？　ねえ、大樹はなんて言ってたの？」

「……窮屈だ、って」

　消え入りそうな声だったが、直接耳に吹き込まれたようにはっきり聞こえた。

　窮屈、といづみは繰り返していた。

　大樹の顔が浮かぶ。やばい寝坊した、と台所に駆けこんでくる大樹。僕のチョコレートケーキは？　と聞く大樹。じゃあ夜練行ってくるから、と出かける大樹。合格祝いに携帯電話をせがむ大樹。どの大樹ものびやかな表情をしている。たとえ笑っていなくても、皮膚のすぐ下に笑顔がしまってあるように。

　それなのに大樹は家にいたくなかったというのか。

　家を窮屈にしたのは私だろうか。私のなにが悪かったのだろう。私が大樹を殺したのだろうか。

　大樹は私のことをなんて言ってた？　聞きたいのに、これまで見てきた風景が一変する答えが返ってきそうで聞けなかった。

「じゃあ、あの子は部活だって言ってどこでなにしてたの？」

「図書館とか公園で時間を潰《つぶ》したり、自転車で遠くまで行ったりしたんだと思います」

そんなに家が窮屈だったのだろうか。自分の部屋にいることさえ苦痛だったのだろうか。家も家族も大樹にとってはストレスになったのだろうか。

「だから、あの夜も気分転換だったと思うんです」

鞠香がぽつりと言った。

気分転換、といづみは胸の内でつぶやいた。情報番組で鞠香が言ってくれた言葉だった。大樹は気分転換に外の空気を吸いに行っただけなのだ、と。それがそんなに悪いことなのか、と訴えてくれた。気分転換、ともう一度声に出さずにつぶやく。いままで慰めをくれた言葉なのに、いまはまったくちがう意味に変わった。

カチッ、と自転車の鍵を外す音。

私がうっとうしかったのだろうか。私の言葉が、表情が、態度が、ストレスになったのだろうか。だからあの夜、こっそりと家を出たのだろうか。私のせいかもしれない。私が大樹を殺したのかもしれない。

鞠香と別れ、いづみはふと立ち止まった。あたりまえのように家に帰ろうとしている自分に気づく。家、と思う。大樹が窮屈に感じていた家。気分転換が必要だった家。私はあの家に帰らなければいけないのか。

「水野さん？」

前方から歩いてきた女に腕をつかまれた。

「ちょっと。ひどい顔してるわよ。どうしたの？　大丈夫？」

女はいづみをのぞき込んだ。

小さな丸い目と尖《とが》ったあご。よく知っている顔だった。しかし、誰なのかが思い出せない。

「ねえ。ずっと心配してたのよ。私、お花贈ったでしょ。お礼もないからよっぽどつらいんだろうなって思ってたの。そりゃそうよね。よくわかるわ。私も半年前に母を見送ったばかりだもの。そのときはほんとうにつらくてつらくて、どうにかなりそうだったわ。でもね、みんないろいろあるのよ。生きていればいろいろあるの。つらいときこそ笑わなきゃ。私だっていまもつらいけど、がんばって笑ってるのよ。だから水野さんも早く元気になって」

そう言って、彼女はいづみの腕を上下に強く揺すった。その手には大きな石のついた指輪があった。あの女ではないだろうか、と思いつく。子供に手をかけず、ネイルサロンやエステサロンに通いつめていた女。数年前に引っ越したはずだが、私に仕返しをするために戻ってきたのだろうか。

いづみは唐突に思いついた。私は彼女のことがうらやましかったのではないか、と。

私も彼女のように着飾りたかったのではないか。エステサロンやネイルサロンに行きたかったのではないか。子供のためにではなく、自分のためにお金と時間を使いたかったのではないか。しかし、子供がいるから我慢をした。心の底では子供を邪魔に思っていたのかもしれない。私の邪念が大樹を殺したのかもしれない。

「いつまでもそんな顔をしてちゃだめ。あなたにはまだご主人と娘さんがいるのよ。あなたが元気にならないと、ご主人と娘さんがかわいそうじゃない。あなた、妻であり母なのよ。つらくてもちゃんとしないとだめよ」

私がちゃんとしてないから、私がだめな母親だから、ほんとうに子供を愛していないから。すべて私のせいだったのだ。いままで自分のことを良き母親だと信じ切っていた。けれど、ちがったのだ。そう思い至った瞬間、大樹を再び失った気がした。

6

ティラミスとチーズケーキを皿にのせたところで水野沙良の手が止まった。ビュ

ッフェ台の上のチョコレートケーキが目に飛び込んできた瞬間、

――僕のチョコレートケーキは？

大樹の声が鮮明に聞こえた。

あの夜が家族四人の最後の食卓になった。沙良と大樹の合格祝いで、食卓には手巻き寿司やラザニアが並び、クローバーのケーキもあった。大樹は食後にチョコレートケーキを平らげると、勉強するからと二階の自室に行った。おいしかった、と無邪気に笑った顔が忘れられない。

「なにそんなに悩んでるのよ。食べ放題なんだから悩む必要ないでしょ」

神崎乙女に肩を小突かれ、沙良ははっとした。

「食べ放題って言い方やめてよ。ビュッフェだよ。せめてバイキングって言ってよ」

心に居座る大樹を見透かされないように明るくふるまった。最近では休日も乙女と一緒にいることが多い。

「だって舌短いからうまく言えないんだもん」

「言ってみて」

「ビッへ」

ふたりで同時に笑い、その直後、沙良の胸に罪悪感が黒い染みをつくった。

──友達と遊んだり笑ったりしてるんだよね。

母が沙良を責める。

──大樹のことは忘れて、自分だけ楽しく暮らしていけばいいじゃない。

そうするよ。

沙良は答える。

友達と遊んだり笑ったりするよ。私は楽しく暮らしていくよ。

心からの言葉ではない。その証《あかし》に、胸の黒い染みがじわりじわりと広がっていく。

けれど、いつか私は心から笑えるようになるだろう。罪悪感を覚えることなく、楽しさや幸せを感じられるようになるだろう。母とはちがうのだ。

そう思う自分が嫌でたまらない。けれど、母といるともっと嫌になる。大樹の死を心の底から悲しんでいない気持ちにさせられるからだ。罪悪感に蝕《むしば》まれ、心が痛くてたまらない。だから、もう母とは一緒にいられない。

それが言い訳であることを沙良は自覚していた。ほんとうは、母といると幸せになる権利を奪われてしまう気がするのだ。

昨日、沙良は家を出た。しばらくのあいだ祖母の家で暮らすことになる。

結局、チョコレートケーキは取らずにテーブルに戻った。

新しくできたホテルのラウンジは、デザートビュッフェを楽しむ客で満席だ。客のほとんどが幸せそうに笑う女性客で、そのなかに自分がいることが不思議だった。母のそばを離れるだけで、半径数十メートル圏外の平穏な世界に身を置くことができるのだ。

「二個しか取らなかったの？」

そう聞いた乙女は皿を二枚持ち、ひとつにはケーキが、もうひとつにはパスタとサンドイッチがすきまなくのっていた。

「迷ったら二個しか取れなかったの」

とっさにごまかしたが、チョコレートケーキを目にしたら食べたい気持ちがしぼんでしまった。

「私は迷ったら、とりあえず全部取るけどね」

「乙女は痩せの大食いだよね。うらやましい」

「これだけは親からもらった財産だよ」

そう笑った乙女は思い出したように「あ、ねえねえ」と口調を改めた。

「スペイン語のクラスに大山《おおやま》って男子がいるの知ってる？」

大山という名前に心当たりはなく、沙良は首をかしげた。

「ほら。いつもいちばん前に座ってるチェックのシャツ着てる人」

「ちょっとぽっちゃりした？」

「そうそう。捕まったらしいよ、下着泥棒で」

「えっ」

「かなり余罪があるらしいよ。きっと退学になるだろうね。バッカみたい」

「真面目そうな人じゃなかった？」

「そういう人こそやばいんだよ。陰でなにやってるかわかんないんだから」

うちの近所の下着泥棒や不審者も大山だろうか、と沙良は考えた。家族四人の最後の食卓でその話題が出たことを覚えていた。

明日で大樹が死んで一ヵ月になる。

最近は、逃走中の林竜一容疑者の目撃情報がないらしく、ニュースや情報番組で取り上げられることも少なくなった。連続殺人犯でさえ人々の記憶から薄れていくのだから、犯人とまちがわれて命を落とした少年のことなどとうに忘れられたのかもしれない。

ふいに目の奥が熱くうるみ、沙良はうろたえた。涙が一気に瞳を覆い、まばたきするとあふれてしまいそうだった。

「ちょっとごめん。目にまつげが入ったみたい」

急ぎ足でトイレに向かった。

個室に入った途端、涙が頬をつたった。指でぬぐい、上を向く。深呼吸を繰り返し、こみ上げてくる涙を目の奥に戻そうとした。

私はいま純粋に大樹が死んだことを悲しんでいる。唐突にそう思う。胸が震え、浅い息が漏れ、新しい涙が流れた。自分の内からこぼれる息も涙も悲しみでできているのを感じた。

沙良はこの瞬間、大樹の死が現実に降りてきたのを感じた。自分がこれから生きていく世界は、大樹が死んでしまった世界なのだと教えられたようだった。大樹がいない世界で生きていく自分を想像しても、罪悪感も後ろめたさも芽生えない。ただ、大樹がいなくなって悲しい、大樹が恋しい、大樹に会いたい、と心の底から思った。

個室を出て鏡に向き合うと目が赤かったが、まつげが刺さったせいだとごまかせる程度に見えた。ふうっ、と息を吐き出して戻ろうとしたとき、隣の鏡に目がとまった。リップクリームを塗っている眼鏡の少女。

「由樹ちゃん？」

鞠香と一緒にお線香をあげに来てくれた村井由樹だった。

「あ」と、由樹が小さく会釈した。

「このあいだはわざわざありがとう。今日は鞠香ちゃんと一緒に来たの？」

「いいえ。母と姉と来ました」

そう答えた由樹はどこかぎこちなかった。

「そう。鞠香ちゃんによろしくね。このあいだはありがとうって伝えておいて」

じゃあね、と切り上げようとしたら、「あの」と強い声が返ってきた。由樹を見つめ直すと、覚悟を決めたような表情をしていた。

「私、もう鞠香と話すことはないと思います」

「え？」

「もう鞠香とは友達じゃないです」

「どうしたの？」

由樹は言い淀《よど》んだ。「大樹に関係があること？」と聞くと、うなずきが返ってきた。

「あの子、高校に入ってすぐ、私は連続殺人犯とまちがわれて死んだ男の子とつきあってた、って言いまわって。それがなんだかすごく自慢げで……。マスコミからインタビューも受けたし、テレビにも出た、って。DVDに録画したけど見る？なんて言うんですよ。そういうのやめなよ、って私が言うと、あからさまに無視されるようになったんです。そのうち、ほんとは大樹君とはつきあってたんじゃなくて、大樹君が一方的に私のことを好きだった、っていう話に変わって。最近、同じクラスの男子とつきあいはじめたんですよね」

由樹はしだいに早口になり、怒りのせいか顔に赤みがさしてきた。

「私、中三のときに転入してきて、そのときに鞠香が声をかけてきてくれたから仲良くなったんです。あのときはやさしい子だなと思ったんですけど、いま考えるとほかに友達がいなかったんじゃないかなって。もともと注目されるのが好きなことはわかってたんですけど、今回はちょっとひどすぎると思うんです。死んだ水野君のことを利用して、みんなの気を引こうとしてるように見えて……。水野君のお母さんの相談にものってあげてる、なんてことも言ってるんですよ。このあいだ別の子から聞いたんですけど、鞠香って病的な嘘つきみたいなんです。だから、中学のとき誰にも相手にされなかったって。あの子、ほんとうに水野君とつきあってたのかな。いま考えると、全部嘘なんじゃないかなって気がするんです。だって、もしほんとに水野君とつきあってたとしたら、あの子のことだからみんなに言いふらしてたと思うんですよね。目立ちたがりやのあの子が隠しておくはずないなって」

沙良は、由樹の言葉をどう受け止めるべきか混乱した。まさか、と思うそのすぐ裏で、妙に納得する気持ちもあった。

棺にすがりつき、号泣していた鞠香を思い出す。私、大樹君とつきあっていたんです、と言い、わっと泣き出したしぐさ。みんなには秘密にしてたんです、という言葉。ああーん、あーん、大樹くーん、という泣き声。

すべて演技だと思えばそう思えたし、心からのものだと思えばそうも思えた。よくわからなかった。

——ねえ、お姉ちゃん。このジーンズの裾《すそ》どうやって折ったらいいと思う？

——ティラミスって、苦くて酸っぱくて変な味じゃない？

——あっ、僕の分まで食べないでよ。

大樹の声が頭のなかいっぱいに響き、子犬みたいな笑顔があざやかに迫ってきた。

ああ、もうあの子はいないんだ。

沙良の目の奥にまた新しい涙が生まれた。

逃走中の林容疑者が逮捕されたのは二日後だった。

沙良がそのニュースを目にしたのは、祖母とふたりで遅めの朝食をとっているときだった。テレビの情報番組は、昨日発足した郵政民営化準備室について取り上げ、看板の前に立つ首相の映像が流れていた。そのとき、画面の上に〈逃走中の林竜一容疑者逮捕〉と速報が流れた。

沙良は箸を止めた。祖母も止めていた。ふたりとも、しばらくのあいだ言葉もなくテレビを見つめていた。〈逃走中の林竜一容疑者逮捕〉という短い速報が流れるだけで、それ以上の情報はなかった。司会者が「詳しい情報が入りしだい、改めてお伝えします」と言った。

「捕まったね」

祖母がぼそりとつぶやき、食べかけの玉子焼きを箸でつまんだ。

「そうだね」

それ以上の言葉は見つからなかった。

このあとの情報番組で、林容疑者にまちがわれて死んだ少年として、あるいは捜査を混乱させた少年として、大樹のことが取り上げられるのだろうか。たとえ取り上げられたとしても、再び世間からバッシングを受けたとしても、自分のなかにいる大樹も、自分の悲しみも、なにも損なわれることはないと沙良は思った。

7

「ちゃんと食事はしたのか？」

ふすまの開く音に続いて夫の声がした。声から少し遅れて、夫の体が放つ外のにおいと疲労感が届いた。

食べたよ、と返事をするだけで夫を安心させることができるし、実際、うどんをつくって食べたのだ。しかし、いづみは返事をしない。自分のせいで大樹が死んだかもしれないのに、あとを追わずに生きているどころか、食事をつくって意地汚く食べる自分が許せなかった。そんな醜さを夫に知られたくなかった。

沙良が家を出ていってから夫の帰宅が早くなった。

しかし、夫とは大樹への思いも、悲しみの深度もちがうように感じられ、一緒にいても共有できる感情はなかった。

「体は大丈夫か？」

振り返らなくても、夫が開いたふすまの居間側に立っているのを感じた。和室に足を踏み入れようかどうか迷い、結局は入らないことを選んだようだ。数日前、祭壇の前に座るいづみの肩に手をおいた夫に、「勝手に入らないで！　放っておいて！」と叫んだからだろう。

「じゃあ、おやすみ」

夫は静かにふすまを閉めた。

このままではいけない、と唐突に思う。ちゃんとしなくてはいけない。私は妻であり母親なのだから。

いづみは急き《せ》立てられるように立ち上がり、二階へ行った。夫にあやまろう。感謝していると伝えよう。

夫の寝室のドアノブに手を伸ばしたとき、嗚咽《おえつ》が耳に届いた。

夫が泣いている。ひとりで泣いている。途切れ途切れのこもった泣き声。低く震えている。

床にひざまずき、ベッドに顔をうずめている夫の姿が見えるようだった。

抑え切れない嗚咽には悲しみが凝縮されていた。心の底から湧き上がる純粋な嘆きだった。

こんなふうに泣ければいいのに、といづみは思った。

夫のように、大樹を失った悲しみだけに心を使えればいいのに。それなのに胸のなかを罪悪感や後悔、不安や疑念がびゅんびゅんと吹き荒れ、悲しみにまっすぐ向き合うことができない。

どうして私はこんなふうに泣けないのだろう。

いづみはドアを開けた。

想像したとおり、夫は床にひざまずき、ベッドに顔をうずめていた。そのままの姿勢で顔だけをいづみに向けた。涙に濡れた顔はまだらに赤く、悲しみが張りついている。

私も悲しいのだと、私もそんなふうに泣きたいのだと、夫に伝えたかった。しかし、言葉が見つからない。

「どうして自分だけ」

思いがけない言葉が飛び出した。

「どうして自分だけそんなふうに泣けるの？　お父さんは自分のことしか考えてないから、そんなふうに都合よく泣けるんだよ。自分のせいで大樹が死んだとは思ってないでしょ？　自分も死んでしまいたいとは思わないでしょ？　だいたい仕事ばかりで父親らしいことをしてくれなかったよね。大樹と男同士でもっと話をしてくれたら、こんなことにはならなかったのに！」

自分がふたつに分裂していく。

ほんとうはこんなふうに思っていないのに、と主張する自分。そしてその背中合わせに、ほんとうに夫のせいかもしれない、と主張する自分がいた。夫がもっと父親の役目を果たしてくれたら、大樹は家を窮屈に感じなかったかもしれない。そうすればあの夜、自転車で出かけることはなかったのだ。

次の朝、夫はいづみに声をかけずに出勤した。

いづみは布団のなかで夫が出ていく音を聞き届けてから、再び目をつぶった。

最近、睡眠の質が変わった。大樹が死んでしばらくのあいだは、浅く短い眠りを繰り返すうちに朝になったが、いまは夜のうちはほとんど眠れず、夫が出かけてから昼すぎまで深く眠るようになった。夢もまったく見ない気を失うような睡眠で、目が覚めるといつも、いまがいつで自分がどこにいるのか混乱した。そして、今日もまた大樹がいない一日を生きなければならないことに打ちのめされた。

「大樹、おはよう」

覚醒したいづみは遺影の大樹に声をかけた。その途端、涙があふれる。

和室を出て、居間のテレビをつけた。そこに映った情報番組で林竜一容疑者が東京の路上で逮捕されたことを知った。

番組は林容疑者の犯行を時系列で取り上げている。アパートに侵入し、ひとり暮らしの女性に乱暴し、刺殺。その約三ヵ月後には、知り合いの女性を刺殺。どちらも金を盗んでいる。逮捕されたのは三月二十三日で、その日のうちに宇都宮警察署のトイレから逃走。逃走中に、帰宅途中の女子大生を刃物で切りつけ、バッグを奪っている。

被害者のなかに大樹はいなかった。大樹の死がまるごと抜け落ちていた。

「どうして」

いづみから掠《かす》れた声が漏れる。

大樹が死んだのは、林容疑者とまちがわれたからだ。林容疑者が逃走しなければ大樹は死なずにすんだのだ。それなのに、どうして大樹の死が抜け落ちているのだろう。林容疑者と大樹の死は関係ないというのだろうか。

じゃあ、どうして大樹は死ななければならなかったのだろう。誰のせいで大樹は死んでしまったのだろう。誰が大樹を殺したのだろう。

いづみは両手で頭を押さえ、目をぎゅっとつぶった。叫び声が喉までせり上がっている。少しでも声を出したら、一生叫び続けなければならない気がした。

大樹君、家にいたくない、って……窮屈だ、って……自転車で遠くまで行ったりしたんだと……あの夜も気分転換だった……。

頭のなかでがんがん響く声がいづみを責め立てる。声が聞こえなくなるようにこぶしで頭を打ちつける。

「ちがう！　ちがうちがうちがうちがうちがう！」

大樹は林容疑者のせいで死んだのだ。

鞠香だって言っていたではないか。林容疑者のせいで大樹が死んだ、と。林容疑者が逃走しなければ大樹は生きていた、と。彼女は、大樹が家を窮屈に感じていたのを知っていた。その鞠香が、大樹が死んだのは家のせいでも母親のせいでもなく、林容疑者のせいだと言ったのだからまちがいない。

そうだ、彼女はこうも言っていた。

――大樹君を殺しておいて、このままなんの罰も受けないなんて、そんなことあっていいわけありません！

林容疑者に罪を認めさせなければならない。大樹も被害者であることを世間に知らしめなければならない。

校門から次々と出てくる高校生たち。制服が仮面のように彼らの個性を隠し、ひとりひとりの区別がつかない。

いづみは校門の前に立ち、鞠香が現れるのを待った。

林容疑者が捕まらないことをあんなに案じていた鞠香なのに、何度電話をかけても出ず、留守番電話にメッセージを残しても連絡がなかった。

いづみの目が鞠香を捉え、「鞠香ちゃん」と駆け寄った。

「何度も電話したんだよ。ねえ、あの犯人が逮捕されたこと知ってるよね。大樹を殺したやつだよ。鞠香ちゃん、あの犯人のことが許せないって言ったよね」

鞠香はいづみから目をそらし、「タク君」と甘えた声を出して横を見上げた。

彼女の横には背の高い男子が立っていた。

「ほら、前に言ったでしょ。犯人にまちがわれて死んじゃった子。その子のお母さん」

鞠香は、男子の耳もとに顔を近づけるようにして言った。男子は真顔でうなずき、鞠香もまた小さなうなずきを返した。

いづみは本能的にそんなふたりを見なかったことにした。

「ねえ、鞠香ちゃん。犯人が許せないって言ったよね。私だってそうだよ。やっと犯人が捕まったんだから、大樹の名誉を守るためにこれからどうすればいいのかふたりで相談しよう」

「はい。いいですよ」

鞠香はいづみにほほえみかけてから、男子に向き直った。

「タク君。私、力になってあげたいの。すぐに行くから、先に行っててくれる?」

男子を見上げる鞠香の瞳が膨らんでいるように見え、いづみの胸にざらりとした感触が生まれた。

「鞠香ちゃん。いまの子、誰?」

遠ざかっていく男子の後ろ姿を眺めながらいづみは聞いた。

「友達です」

鞠香はそっけなく答えた。

「そうだよね、ただの友達だよね。ねえ、これからうちに来ない? 犯人が逮捕されたこと、鞠香ちゃんからも大樹に報告してあげてよ」

いづみは無意識のうちに鞠香の手をつかんだ。が、すぐに振りほどかれた。

驚いて鞠香を見ると、彼女はぱっとうつむいた。

「……いつまでも過去に囚《とら》われていたらだめだと思うんです」

鞠香がか細くつぶやく。

「はあ？　なに言ってるの？　やっと犯人が捕まったんだよ。鞠香ちゃん、このあいだ言ったじゃない。犯人が許せない、って。だったら、大樹のためにこれからどうすればいいのかふたりで相談しなきゃ」

唾を飛ばしながらそうまくしたてたとき、

——過去に囚われていたらだめ。

鞠香のつぶやきを脳が遅れて処理し、いづみの呼吸が止まった。

過去に囚われていたらだめ？　と自問する。その途端、激しい喪失感と絶望感に襲われ、世界から色が消えた。

大樹は過去にしかいない。現在にも未来にもいないのだ。それなのに、過去に囚われていたらだめ？　それは大樹を忘れるということか。大樹をこの世から消し去るということか。

「あんた、大樹のことを忘れないって言ったよね。それなのに、過去に囚われていたらだめってどういうことさ」

うつむいている鞠香がなにか言った。聞き取れずに、「え？」とのぞき込んだ。

「うるさいなあ。迷惑なんですけど」

鞠香は吐き捨てるようにつぶやくと、「彼が待ってるからもう行かなきゃ」と歩き出した。

「ちょっと待ってよ」

いづみは慌てて鞠香の腕をつかんだ。鞠香は体をねじって逃れようとする。

「あんた、ずっと大樹のことを好きでいる、って言ったよね。絶対に大樹のことを忘れない、ってそう言ったよね」

「放してください」

「大樹のことを忘れないって言ったよね！」

「もういいですから」

「なにがいいんだよ！」

いづみは鞠香の腕をひねり上げた。

「だからもうどうでもいいんだって！」

そう叫んだ鞠香が思い切り体をひねったのと、いづみが手を放したのは同時だった。

ふらついた鞠香の体が反転した。いづみの前に、新しい制服に身を包んだ無防備な背中がある。反射的にその背中を突き飛ばした。

いづみの視界に車道を行き交う車は映っていなかった。悲鳴を聞いた気がしたが、それが誰のものなのかはわからなかった。

二部

2019年

新宿区中井《なかい》のアパートの一室で女性が死んでいると通報があったのは、九月二十三日の午後一時過ぎだった。死亡したのはこの部屋に住む小峰朱里《こみねあかり》、二十四歳。通報者は彼女が勤める広告代理店の同僚だった。

月曜日のこの日は祝日だったが、小峰朱里はクライアントのイベントに立ち会うためいつもどおり出社する予定だった。ところが予定時間が過ぎても出社せず、電話もつながらなかった。同僚らが心配していたところ、彼女の母親から娘と連絡がつかないという電話があった。そこで、不動産管理会社の立ち会いのもと、同僚と母親が部屋に入ると、玄関口に小峰朱里がうつぶせで倒れていた。死亡しているのが明らかだったため、同僚が一一〇番通報をした。

遺体は後頭部に外傷があり、首に絞められたような痕があった。また、死後二日以上たっていると推測された。

警察は殺人事件と断定し、新宿区西早稲田《にしわせだ》にある戸塚《とつか》警察署に特別捜査本部を設置。

司法解剖の結果、死因は窒息死と判明。後頭部を鈍器で殴られ、倒れたところを紐《ひも》状のもので首を絞められたと見られる。また、死亡推定時刻は三日前の金曜日の午後五時から午前〇時と算出された。

凶器である紐状のものは見つかっていないが、靴箱の上にあったフクロウのオブジェに被害者の血痕が付着し、後頭部の傷口と形状が一致した。犯人は、フクロウのオブジェで被害者の後頭部を殴りつけ、倒れたところを紐状のもので首を絞めたと見られている。なお、フクロウのオブジェからは指紋が検出されず、犯人は手袋を着用していた可能性が高い。

室内には争った形跡がなく、着衣に乱れもなかった。財布をはじめとする金目のものは盗まれていないが、被害者のスマートフォンが見つかっていない。また、玄関と窓には鍵がかかっており室内は密室状態だった。そのため、合鍵を持つ顔見知りによる犯行の可能性が高いと見られている。

1

玄関のドアを開けるとうっすらとした腐敗臭が鼻をついた。

遺体発見から五時間以上がたったいま、室内には鑑識課員をはじめとする捜査員たちの姿はない。単身者用のワンルーム。玄関口は狭く、大人の男がふたり並んで立つのはむずかしい。

田所岳斗《たどころがくと》はドアを手で押さえ、「どうぞ」と一歩退いた。背の高い男が無言で入っていく。

すでに陽は落ち、室内は暗い。外廊下の灯《あか》りが、狭い玄関口とそこに佇む男の背中を淡く照らしている。

男は遺体が倒れていた床に向かって手を合わせた。猫背ぎみの後ろ姿はどことなくくたびれて見える。五秒、十秒……。男はまだ合掌している。二十秒、三十秒……。まだ終《じ》わらない。

岳斗は焦れた。こんなところで時間を潰していいのだろうか。本来なら参考人のもとへ直行するべきところを、男が強く主張したため事件現場に立ち寄ったのだ。

男が合わせた手を離したのは、ゆうに一分が過ぎてからだった。しかし、すぐには動かず、そのまま床に顔を向けている。男が目を開けているのか閉じているのかはわからないが、その寡黙な後ろ姿はすでにこの世を去った被害者の声を聞こうとしているように見えた。

ようやく玄関から出てきた男に、「行きますか？」と声をかけると、咎めるような視線が返ってきた。その鋭さと威圧感に、岳斗は気圧《けお》された。合掌をしない自分を責めているのだと気づき、慌てて口を開いた。

「自分は臨場しましたので……」

最後まで言わなかったが、そのときに合掌を済ませているのだと伝えたつもりだった。

「ああ、そうでしたね。失礼しました」

男の表情がやわらかくなった。が、感情が読み取れない。

微笑しているようにも悲嘆しているようにも見える切れ長の細い目。しかし眼光は鋭く、油断できない印象だ。くせのある前髪がその目を隠そうとするように落ちている。口角は上がっているが、くちびるが薄いためか愉快そうにはまったく見えない。贅肉《ぜいにく》も筋肉も感じられないひょろりと痩せた体はか弱く、もやし体形という表現がぴったりだ。

売れないミュージシャンもしくは劇団員といった雰囲気の彼は、三ツ矢秀平《みつやしゅうへい》。

警視庁捜査一課殺人犯捜査第5係の刑事だ。

　三ッ矢秀平の名前は、警視庁戸塚警察署の新人刑事である岳斗も聞いたことがあった。が、顔を見たのは先ほどの捜査会議がはじめてだった。捜査本部は新宿区にある戸塚警察署の講堂に設置された。ものものしい雰囲気のなか、彼だけがまるで重力をかわしているかのように床から二、三センチ浮き上がって見えた。ネクタイをゆるめ、スーツのボタンは閉めておらず、長い手足が目立った。誰に教わらなくとも、その独特の風貌から彼が「変わり者」と噂されている三ッ矢だろうと察した。

　岳斗にとってはこの〈新宿区中井女性殺人事件捜査本部〉が、刑事になってはじめての捜査本部だ。三ッ矢とペアを組むことを知らされたとき、なぜよりによって俺が……、と困惑と緊張を覚えた。もっと正直に言うと、うわあ、まじかよ、勘弁してくれよ、と天を仰ぎたい気持ちだった。

　岳斗は学生の頃から「変わり者」と評される人間が苦手だった。なにを考えているのかまったくわからず、あれこれ気をつかって疲れてしまうことに加え、自分が十把一絡げの凡人に感じられてへこんでしまうのだった。

「百井《ももい》の家に向かっていいですよね？」

　捜査車両の運転席に戻り、エンジンをかけてから岳斗は聞いた。

「……さん」

助手席の三ッ矢が小さく言う。

「え？」

「百井さん。容疑者でも犯人でもないんですから呼び捨てはやめましょう」

前を見たまま三ッ矢はそっけなく言った。

「あ、はい。すみません」

素直にあやまりながらも、うわあ、やっぱりこの人苦手だ、と岳斗は思った。

車内に沈黙が漂う。横目でうかがうと、三ッ矢は腕を組んで前方に視線を向けていた。三ッ矢が自分から話しかけるタイプでないことは一目瞭然だ。じゃあ、こちらから話しかけたほうがいいのだろうか、それとも黙っていたほうがいいのだろうか、話しかけるとしたら話題はやはり事件に関することだろうか。そんなことを考えているうちに、岳斗は早くも気疲れしてしまった。

結局、言葉を交わすことなく目的地である西東京市《にしとうきょうし》ひばりが丘に着いた。

参考人である百井辰彦《たつひこ》が暮らすマンションは五階建てだった。オートロックはない。三ッ矢はエレベータを使わず、黒いスニーカーを履いた足を軽々と持ち上げ、階段を一段飛ばしで上っていく。

二〇一号室のドアの前に立った三ッ矢が岳斗を見る。うなずいた岳斗の鼓動がいきなり速くなる。緊張しているのだ、と自覚した。そんな岳斗の張りつめた神経をからかうように、共用廊下には焼き魚のにおいが漂っていた。

三ツ矢がドアフォンを鳴らす。

数秒後、スピーカーから「はい」と聞こえたのは女の声だった。

「夜分に申し訳ありません。警察です。お聞きしたいことがあって伺いました」

三ツ矢はスピーカーに顔を近づけてささやくように言ってから、ドアスコープに向けて警察手帳をかざした。

ドアが開き、女が顔をのぞかせた。百井辰彦の妻だろう、警戒する表情を浮かべている。

「夜分に申し訳ありません」と三ツ矢は繰り返し、丁寧な言葉づかいとは不釣り合いな強引さで玄関に入り込んだ。

「百井辰彦さんの奥様ですか?」

「はい。そうですけど」

「ご主人はいらっしゃいますか?」

「まだ帰ってません」

「会社から?」

はい、と答えた妻の後ろから、「ママー」と声がし、一、二歳の男の子がとことことした足取りで歩いてきた。玄関に立つ三ツ矢と岳斗を認めると足を止め、なにがおかしいのかキャハハハと無邪気に笑いかけてきた。

「申し訳ありませんが、ちょっとお邪魔させてもらっていいですか」

そう言ったとき、三ツ矢はもうスニーカーを脱いでいた。動揺する妻を無視して短い廊下を歩いていく。さっき呼び捨てはやめるように注意した人と同一人物とは思えない無礼さだ。岳斗は「失礼します」とつぶやき、あとに続いた。

「実はご主人と同じ会社の女性が、ある事件の被害者になりました」

リビングを見まわしながら三ツ矢が言う。

「事件」

妻は復唱した。

「協力していただけますか」

「はい。あの、でも事件って……」

「そのためにもご主人がほんとうにいないか確認しなくてはなりません。申し訳ありませんが、部屋を調べさせてもらってもいいですよね」

三ツ矢の声は低く掠れぎみで、おっとりとした口調なのに有無を言わせぬ圧力があった。

リビングは十畳ほどで、カウンターキッチンと隣接して食卓があり、テレビの前にはふたりがけのソファがある。ソファには妻のものと思われるトートバッグが置いてあり、ジョイントマットを敷いた床には電車のレゴが未完成のまま放置されている。部屋は洋室がふたつ。ベッドを置いている部屋は夫の寝室で、おもちゃが散らばっている部屋は自分と子供の寝室だと妻は説明した。三ツ矢はクローゼットまで開けさせた。その後、トイレと風呂場、最後にベランダを確認してから妻に向き直った。

「ご主人は今朝、いつもどおり出社しましたか？」

「はい」

「何時頃ですか？」

妻は二、三秒の逡巡を挟み、「あ、いえ」と言い淀んだ。

「何時頃ですか？」

三ツ矢は妻を見据えたまま繰り返した。

「あ、ちがうんです」

なにがちがうのだろう。岳斗は自分の眉間《みけん》にしわが寄るのを感じた。

「これなあに？」

無邪気な声が空気を変えた。

テレビの前に座っている男の子が母親を見上げている。動物のアニメが映っているテレビを指差し、「これなあに？」とたどたどしい発音で繰り返した。

「それは象さんよ」

「ふーん」

男の子はどうでもよさそうな声を出すと、再びアニメに夢中になった。

「ご主人は今朝、何時に家を出たのですか？」すかさず三ッ矢が話を戻す。「そして、ちがうというのはなにがどうちがうのでしょう」

「すみません。今朝、夫は家にいませんでした。出張先からそのまま会社に行ったんです」

そう答えた妻は、ふたりに食卓の椅子をすすめた。お茶を淹れようとした妻を三ツ矢が制し、座るように促した。

「なぜさっきはいつもどおり出社したと答えたのですか？」

「すみません」

「理由を聞いています」

妻はそっと目を伏せ、「忘れていたんです」と小さく答えた。

「なにをですか？」

「夫のことです。夫が今朝、いなかったことです」

「なるほど。そういうことはよくあるのですか？」

「そういうこと？」

「ご主人が出張先からまっすぐ会社に行くことです」

「一ヵ月に一、二回でしょうか」

「今朝もそうだったのですね」

「ええ」

岳斗はメモを取る手を止め、斜め向かいに座る妻を改めて観察した。自分と同世代、三十歳前後だろう。丸顔で二重の目はやわらかな印象で瞳は茶色がかっている。きれいというよりかわいいと言われるタイプだ。顔立ちは整っているものの、まぶたが重そうで目の下に薄茶色のくまがある。隠しようのない疲労感が彼女の魅力を隠していた。

百井辰彦は今朝、出張先からそのまま会社に行き、まだ帰ってきていない。彼女が真実を述べているのか嘘をついているのか判断できなかった。三ツ矢を横目でうかがうと、食卓越しにまっすぐな視線を妻に向けていた。妻は居心地悪そうに目を伏せている。

「いま、ご主人に連絡を取ってもらえますか?」

妻を見据えたまま三ツ矢が言う。

スマートフォンを耳に当てた妻が、「つながりません」と小声で伝えた。

「ご主人は今日、会社には行かなかったそうです」

「はい？」

妻が目を上げた。

「ご存じなかったですか？」

「はい」とささやくように答えた妻はこのとき、なにか良くないことが自分の身に起きたのだと確信したように見えた。

被害者の小峰朱里は、今日出社しなかったことで遺体が発見された。彼女の同僚の話から、もうひとり出社する予定だったのに姿を見せず、しかも連絡が取れない社員がいることが明らかになった。それが百井辰彦だった。被害者は営業部、百井辰彦は企画制作部と部署はちがったが、この日予定されていたイベントを含め仕事上の接点はかなり多かったらしい。

「ご主人はいつ出張に行かれたのですか？」

「たしか……」と妻が考える表情になる。「……金曜日です。金曜日に行って、今日の夜に帰ると言ってました」

「出張先はどちらですか？」

「すみません。聞いていません」

岳斗は違和感を覚えた。結婚生活数十年の夫婦ならば理解できるが、この年齢で夫の出張先を知らないなんて不自然ではないだろうか。しかも、小さな子供がいるのだ。万が一の場合を考え、夫の居所を把握しておきたいのが普通ではないだろうか。そう考えてみたものの、結婚経験がないためあり得ないと断言することはできなかった。

ふと、三ッ矢は結婚しているのだろうかと考えた。四十歳手前のはずだが、生活感がまったくない。

「立ち入ったことをお聞きしますが、夫婦仲はいかがでしたか？」

三ッ矢の質問に、妻はふいを突かれたようだった。

「普通です。普通だと思います。どうしてそんなことを聞くんですか？」

「知りたいからですよ」

三ッ矢は当然のように答えた。

「なにがあったんですか？　夫と同じ会社の女性が事件の被害に遭ったって言いましたよね。どんな事件なんですか？」

「殺人事件です」

妻が小さく息をのんだ。

「小峰朱里さんという女性が、自宅アパートでご遺体となって見つかりました。こ、み、ね、あ、か、り。お名前を聞いたことはありますか？」

妻は小刻みに首を横に振る。

「その件でご主人にお話を聞きたいのです。ところが現在連絡がつかない状況です」

「その事件と夫がどう関係しているんですか？」

「それを知りたいのですよ。事件に巻き込まれた可能性もありますし、なんらかの事情を知っている可能性もあります。すぐに連絡を取りたいのですが、ご主人の行先に心当たりはありませんか？」

「ありません」

「出社しなかった理由には？」

妻は黙って首を横に振る。

三ツ矢は妻の前に名刺を置いた。

「ご主人が帰宅したり、ご主人から連絡があったりしたら、すぐに教えていただけますね」

妻は答えず、不吉なものを見るように食卓の上の名刺に目を落としていた。

参考人のひとりだった百井辰彦が、重要参考人となったのは二日後のことだった。

被害者の小峰朱里の同僚や友人らの証言によって、被害者と百井が不倫関係にあったことが明らかになった。さらに、被害者が百井に合鍵を渡していたという証言も得られた。

「私はずっと反対してたんです。だって、百井さんって女癖が悪いと思うんですよね。百井さんと不倫してるって噂になった子、朱里以外にふたりいるんです。あと、クライアントの女に手を出したっていう噂もありました。朱里は妻子持ちのほうが別れるときに楽だからいいって笑ってたけど、きっと強がってたんだと思います。だって土日は百井さんが泊まりに来るかもしれないからって、いつも予定を空けてましたから」

そう証言したのは、被害者とプライベートでも親しかったという同期入社の加藤《かとう》だった。

「ふたりはいつからつきあうようになったのですか？」

三ツ矢の質問に、「六月からです」と加藤は即答した。六月に大きなコンペを勝ち取り、その祝勝会の帰りにふたりは関係を結んだという。

「やっぱり百井さんが犯人なんですか？」

「どうしてそう思うのですか？」

「だって逃げてるんですよね。誰だってそう思うに決まってるじゃないですか」

加藤は目に涙を浮かべ、抗議する口調で言った。

ふたりの不倫関係を裏づけるように、ドアノブ、照明スイッチ、テレビのリモコン、歯ブラシなど、被害者の部屋のあちこちから百井の指紋が検出された。また、男性用の部屋着や靴下、下着なども見つかった。
決定的だったのは防犯カメラの映像だ。

事件現場付近の防犯カメラに、帰宅途中の被害者が映っていた。時刻は午後七時二十分。そのおよそ一時間後の午後八時二十二分、同じ防犯カメラが百井辰彦の姿を捉えていた。被害者のアパート方向へと歩いていった百井が引き返し、再び防犯カメラに捉えられたのは二十分後だ。このとき百井は、背後を振り返りながら走っていた。暗い画像でもうろたえている様子が感じられた。

百井がなんらかの事情を知っていることはまちがいないだろう。彼の行方は依然としてつかめていない。

百井辰彦、三十四歳。前科はない。西東京市ひばりが丘の賃貸マンションで妻と長男の三人で暮らしている。妻は野々子《ののこ》、三十歳。長男は凛太《りんた》、一歳九ヵ月。百井辰彦の母親によると、ふたりが結婚したのは二年半前、すでに野々子は妊娠していたそうだ。

「早くあの子を見つけてください」

母親の智恵《ちえ》は悲鳴のような声をあげた。

「辰彦は犯人じゃありません。あの子が人殺しなんてするわけないんです。きっと事件に巻き込まれたんです。お願いですから、早くあの子を見つけてください」

「落ち着きなさい」

父親の裕造《ゆうぞう》がたしなめるように口を挟んだ。

「お父さんからも言ってよ。辰彦がそんな恐ろしいことをするはずがないって。辰彦は絶対に犯人じゃありません」

百井辰彦の実家は埼玉県川口市にあった。父親は六十八歳、母親は六十四歳で、子供は辰彦ひとりだ。辰彦は就職を機に実家を出たという。

夫婦が暮らす一軒家は築三、四十年ほどに見えた。息子の辰彦が生まれたときに購入したのだろうか。岳斗がそう考えたのは自分の実家がそうだからだ。岳斗の実家は仙台にある。父は印刷会社に勤め、母は親戚の経営する会社で経理のパートをしている。岳斗は東京の大学に進学し、そのまま東京で暮らすことを選んだが、兄と妹は地元の企業に就職し、いまも実家暮らしを続けている。築三十年以上になるその家は、兄の誕生を機に購入したと聞いていた。

百井家の居間は、突然の訪問にもかかわらずすっきりと整っていた。家具はいずれも年季を感じさせ、すべてのものがあるべき場所にきっちりと収まっている印象だ。

「辰彦さんが犯人だと言っているわけではありませんよ」

低く掠れぎみの声で三ツ矢が言った。

「ほんとうですか？　でも、辰彦はどこだ、辰彦から連絡は来なかったか、ってまるで犯人のような扱いじゃないですか。辰彦はそんな恐ろしいことができる子じゃありません。不倫だってなにかのまちがいです。あの子は家族思いのやさしい子です。野々子さんのことも凛太のことも、とても大切にしてるんですから」

ソファに浅く座った智恵は、膝の上で両手をきつく握りしめている。

「辰彦さんは家族思いなのですか？」

三ツ矢が聞いた。

「ええ。家族思いですよ」

「どのようにですか？」

「どのように？」

智恵が困惑の色を浮かべる。

「辰彦さんはご家族をどのように大切にしているのですか？」

三ツ矢がなぜそんなことにこだわるのか、岳斗は理解できなかった。家族思いの百井が不倫をしていたことに引っかかっているのだろうか。しかし、そんなケースは山ほどあるではないか。

「ですから……。そうですね、たとえば私やお父さんの誕生日には必ずプレゼントを送ってくれるし、よく凛太の顔を見せに来てくれるし、男の子なのにとても気がきくんです。あ、そうそう、母の日にも必ずお花を送ってくれます」

「それはご両親に対してですよね。そうではなく、奥さんやお子さんをどのように大切にしているのかを聞いています」

「そんなことは見ていればわかります」

「僕は見てないのでわからないのですよ」

三ッ矢は真顔で言う。

「ですからっ」と、智恵は苛立《いらだ》った。「離れている私たちをこんなに気づかってくれるんだから、一緒にいる家族のことはもっと大切にしてるに決まっているじゃないですか。凛太と遊んだり、野々子さんに気をつかったり。あの子、仕事で忙しいのに家族サービスもちゃんとしてるんです」

「ご夫婦の仲はいかがですか？」

「え？」

「辰彦さんと野々子さんの夫婦仲です」

「もちろんいいですよ。辰彦はしっかりしてるんですけど、野々子さんはおっとりとして。だから合うのかもしれませんね」

智恵は迷いなく答えた。

「夫婦仲はいいのですか？　普通ではなく」

「ええ。仲良くやってますよ。ねえ」

同意を求められた裕造がうなずく。

「どうして夫婦仲のことなんか聞くんですか？　まさか野々子さんが？　野々子さんがなにか関係しているというんですか？」

「どうしてそう思うのですか？」

三ッ矢の質問に、智恵は言葉を詰まらせた。

「どうしてって……。刑事さんがそういう言い方をしたからじゃないですか。じゃあ、野々子さんに聞いてください。辰彦はいい夫でありいい父親です。野々子さんだってそう答えるに決まってます」

息子をかばっているわけではなく、本気でそう思っていることが伝わってきた。

三ッ矢のスマートフォンが鳴り、「失礼します」と居間を出ていった。

「あ、すみません。私ったらお茶も出さずに」

智恵がソファから立ち上がった。

「いえ、おかまいなく」

岳斗がそう答えたとき、居間のドアが開いて三ッ矢が顔をのぞかせた。

「今日はこれで失礼します。後日、またお話をうかがわせてもらいます」

捜査本部から重要な情報が入ったのかもしれないという岳斗の予想は当たった。

三ッ矢は百井家を出るなり口を開いた。

「百井辰彦さんの新たな映像が見つかりました。金曜日の二十一時二十分に、自宅マンションへと向かう姿が近くの防犯カメラに映っていたそうです」

小峰朱里殺害の犯行時刻は二十日の金曜日、午後七時二十五分から午前〇時のあいだと見られている。この間、百井は二度、犯行現場近くの防犯カメラに捉えられている。被害者のアパート方向へ歩いていく姿と、慌てた様子で戻ってくる姿だ。その約四十分後に、自宅マンション近くの防犯カメラに映っていたことになる。

「時間的に、犯行現場からまっすぐ自宅に向かったと考えられますよね」

岳斗が言うと、

「まだ百井さんが犯行現場に行ったとは決まっていませんよ」

三ッ矢が指摘した。

「あ、そうですね。すみません」

「しかし、行ったと考えるほうが自然かもしれませんね」

どっちなんだよ、と岳斗は胸の内で突っ込んだ。

これから防犯カメラの位置を確認しに行くという三ッ矢の言葉を受け、岳斗はスマートフォンを操作した。今日は捜査車両ではなく電車での移動だった。ここからの乗り継ぎを確認すると、百井辰彦の自宅マンションの最寄駅であるひばりヶ丘までは一時間以上かかることがわかった。しかも、ちょうど帰宅ラッシュの時間帯だ。

もうすぐ九月が終わるのに、昼間の気温が高かったため日が沈んでからも空気に熱が残っている。風はほとんどない。駅のほうから仕事帰りらしい人たちが歩いてくる。手にコンビニのレジ袋をさげていたり、スマートフォンに目を落としていたり、肩にずっしりとした疲労をのせたりしながら、それぞれが自分の帰るべき場所へと向かっている。

あー、俺も帰りたいなあ。不意打ちのようにそう思った自分にぎくりとする。次の瞬間、横を歩く三ツ矢のスマートフォンが鳴り、声にならないつぶやきを指摘された気がして、再びぎくりとなった。

「ええ……なるほど……何時ですか？　……了解しました」

三ツ矢はすぐに通話を終え、岳斗を見た。

「ひばりヶ丘駅のカメラで、百井さんが金曜日の二十一時十二分着の電車から降りるところが確認されたそうです。つまり、電車を降りた八分後に自宅近くの防犯カメラに映っていたということですね」

それだけ告げると、三ツ矢は思案する表情を張りつけて黙り込んだ。頭のなかにある思考や疑問を岳斗に伝えるつもりはないらしい。

「変わり者」と言われるこの人の頭のなかには捜査のことしかないんだろうなあ、と岳斗は思った。他人からの評価を気にしたり、自分の駄目さ加減にへこんだり、将来に漠然とした不安を感じたり、そういう雑事に気持ちを取られることなく、目の前の捜査に集中しているのだろう。俺も変わり者になりたいなあ。変わり者になったほうが楽そうだよなあ。そう思う人間は絶対になれないのだろう。

岳斗が警察官になったいちばんの理由は公務員だからで、刑事ドラマが好きだったこともあり、同じ公務員なら刑事になって安定と刺激の両方を得たいという単純さだった。そう決めたのは二十歳前後のことで、八年前の自分はなんてバカだったのだろうといまでは思っている。

目的の防犯カメラは、ひばりヶ丘駅の南口を出て五分ほどの交差点にあった。電柱には〈防犯カメラ作動中〉と書かれた看板が取りつけられている。車二台がぎりぎりすれちがうことができる通りには、民家と小さな児童公園がある。夜の八時を過ぎたいま、通りを歩く人はいない。

百井辰彦は電車を降りた八分後、この防犯カメラに捉えられている。ということは、駅から寄り道をせずに歩いてきたということだ。自宅マンションは交差点を渡った二百メートルほど先の右手、徒歩だと三分の場所にある。自宅まであと二百メートルの場所まで来て百井はどこへ行ったのだろう。

「この先に防犯カメラはないんですよね」

百井の自宅マンションのほうを指差し、岳斗は聞いた。

「ええ。百井さんのマンションにも防犯カメラはついていません」

百井辰彦は、ほんとうに自宅に帰っていないのだろうか。

妻の野々子は、百井は金曜日から出張だったと答えたが、勤務先に確認したところ出張ではなかった。嘘をついているのは誰なのだろう。百井が妻に嘘をついたのか、それとも妻が警察に嘘をついたのか。

「普通、ってなんでしょうね」

三ツ矢がつぶやいた。

ひとりごとだろうと思って黙っていると、「田所さんはどう思いますか？」と聞かれた。

「え？　普通？」

岳斗は慌てた。三ツ矢がなにについて聞いているのかわからなかった。

「先日、百井さんの奥さんの野々子さんが言っていたじゃないですか。夫婦仲は普通だ、と」

「ああ、はい、ええ」

そういえば、夫婦仲を聞いた三ツ矢に野々子はそう答えたはずだ。

「普通の夫婦仲というのはどういうものでしょうね」

やはりなにを言っているのか理解できない。普通の夫婦仲というのは、言葉どおりの意味ではないか。たとえば自分の両親のように、と岳斗は思った。特別仲がいいわけでも、険悪なわけでもない。会話が弾むわけでもないし、共通の趣味があるわけでもない。そこにいるのがあたりまえのように互いの存在を受け入れつつも、ほどよく無視して暮らしている。

「おそらく特に仲良くもなく、かといって悪くもなく、ということではないでしょうか」

自分の両親に抱いているイメージをそのまま言葉にしたが、三ッ矢は納得できないようだった。

「ええと、三ッ矢さん、ご結婚は？」

「していません」

「ですよね」

思わず笑ったが、三ッ矢は真顔のままだ。岳斗は慌てて笑みを引っ込める。

「人が普通という言葉を使うとき、三つのことが考えられます」

岳斗から視線をはずし、自分自身に話しかけるように三ッ矢が言う。

「ひとつめはほんとうに普通だと思っている場合。ふたつめはよく考えずに使っている場合。とりあえず普通と言っておけば無難だろうという意識が働くのでしょう。そして、三つめはなにかを隠そうとする場合。普通という言葉はとても便利です。説明せずに、相手のイメージに任せることができますから」

三ッ矢は、普通の夫婦仲と答えた野々子がなにか隠していると言いたいのだろうか。たしかに、夫が出張していたことを忘れていたり、出張先を知らなかったり、野々子の態度には不自然なところが目立った。

現在、百井のマンションには見張りがついている。

しかし、もう遅いのではないだろうか。事件発生から今日で五日、発覚からは二日たっている。もし、野々子が夫の逃亡に手を貸したとしたら十分な時間があった。最悪の場合、偽造パスポートを手に入れ、すでに海外へ脱出した可能性さえあるだろう。

2

うちのお嫁さん——。野々子のことを人に話すとき、百井智恵はそう呼んでいた。

「うちのお嫁さんがね」と声にすると、愛情と親密さが感じられ、嫁姑の仲のよさが醸し出される気がするからだ。昔ながらの平和的な呼び方をすることで、血のつながらない嫁も含めた家族みんなが幸せなのだとアピールしたかった。

知り合いのなかには「息子の嫁」と言ったり、名前を呼び捨てたり、さんづけしたりする人が多かったが、そういう呼び方は嫁に対してどこか攻撃的だったり、よそよそしかったり、反感を持っているように感じられた。

「うちのお嫁さんはおっとりして、とてもいい人なのよ」

智恵はよく知り合いに野々子のことをそう説明したし、辰彦や野々子本人にも「野々子さんったら、ほんとにおっとりしてるんだから」と冗談めかして言うこともあった。智恵のなかで「おっとり」は「地味」と同義語だった。

辰彦に野々子を紹介されたとき、ぱっとしない子だわ、とがっかりしたことを覚えている。辰彦ならもっといい子がいるのに、とも思った。野々子はけっして不細工ではないが、人目を惹《ひ》く華のようなものがなく、おとなしく目立たない印象だった。対して辰彦は、背は一七〇センチに満たないし、目は一重で小さく、鼻も口も小ぶりで、ひとつひとつのパーツはけっして理想的な形ではないものの、人の目を惹きつける華やかさがあった。子供の頃から集団のなかにいてもなぜか目立つのだった。夫の裕造は「親のひいき目だ」と一笑したが、息子には特別なオーラがあると智恵は思っていた。

だから、正反対のタイプの野々子を紹介されたとき、正直、驚きとともに落胆を覚えた。しかし、地味で目立たない女をあえて選ぶところもまた、外見ではなく内面で人を判断する辰彦の誠実な人間性が表れているのだと自分に言い聞かせた。実際、野々子はいい嫁なのだと思う。

野々子に本気で腹を立てたのは一度だけだ。結婚直前、実は彼女が妊娠していると知らされたときで、あのときは騙《だま》された気がしたし、辰彦と結婚したくて野々子が一方的に妊娠を企てたのではないかと疑ったりもした。

しかし、それ以外はおおむね満足していた。野々子は素直でおとなしく、辰彦にも舅《しゅうと》や姑にも逆らったことはない。我の強いところがある辰彦には、ああいう一歩も二歩も下がったタイプが向いているのだろう。

もちろん不満に思うところもある。いちばんの不満は、凛太がまだ小さいのにフルタイムで働いていることだ。子供が小さいときくらいそばにいてあげればいいのに。凛太がかわいそう。そう思うものの、息子夫婦の事情があるのだ、不用意に口出ししてはいけないと自重している。そういう自分もまたいい姑と言えるのではないかと思っていた。

「どうしてつながらないのよっ」

智恵から悲鳴のような声が漏れた。

何度かけても野々子の電話がつながらないのだった。次々に不吉な想像が浮かび、頭が変になりそうだった。辰彦が行方不明、しかも殺人事件の犯人扱いされている。自分の人生にこんなに恐ろしいことが起こるなんて信じられなかった。

ふたりの刑事が帰ったばかりだ。居間には彼らが持ち込んだ恐ろしい非日常が立ち込めている。

「やっぱり電源が切れてるな」

夫が携帯を耳に当ててつぶやいた。

「辰彦の携帯にかけたの？」

智恵の問いに、夫は険しい表情でうなずいた。

夫の電話は通じなくても、母親の自分なら通じるかもしれない。そう祈りながら辰彦の携帯番号に電話をしたが、電波の届かない場所にいるか電源が切れているというメッセージが流れるだけだった。

「辰彦、どうしたのかしら」

智恵はつぶやいた。

大丈夫だよ、そのうち連絡がくるよ、なにかのまちがいだよ。なんでもいい、曖《あい》昧《まい》でもいいから楽観的で納得できる答えが欲しかった。しかし、夫は口をつぐんだままだ。

「野々子さんの携帯も電源が切れてるみたいなの。どうしたのかしら。こんな時間なのに」

辰彦の家に固定電話はない。だから、なにかあったときのために固定電話を設置したほうがいいと何度も言ったのに。智恵は下くちびるを噛んだ。

壁時計は六時三十二分をさしている。ちょうど夕食どきのはずだ。それなのに野々子はどこでなにをしているのだろう。いや、そんなことよりも、辰彦が行方不明になったことや警察が居場所を探していることを、なぜ私たちに知らせなかったのだろう。

刑事の話では、辰彦が行方不明だとわかったのは二日前の月曜日で、その日の夜のうちに野々子に事情を聞いたとのことだった。野々子は二日前に知っていた。にもかかわらず、私たちに黙っていた。普通ならすぐに知らせるはずだ。お義母《かあ》さん、辰彦さんが行方不明なんです。警察が辰彦さんを捜しているんです。泣きながら電話をかけてくるのではないか。

「ねえ、お父さん。辰彦、どうしたのかしら」

智恵は再び口にしたが、返ってくる言葉はなかった。

この人はいつもそうだ、と突然思い至った。私が必要としているときに必要としている言葉をかけてくれたことはなかった。いつも肝心なときに口をつぐんでしまう人なのだ。

「事件か事故に巻き込まれたんじゃないかしら。どこかで助けを求めているんじゃないかしら。警察はちゃんと辰彦を捜してくれるわよね。辰彦、見つかるわよね」

不安が募り、智恵は言葉を重ねた。

「落ち着きなさい」

「いったいなにがあったっていうの。辰彦が人を殺すなんてあり得ないわよね。どうしてこんなことになってしまったの？」

「辰彦の行先に心当たりはないのか？」

辰彦の行きそうなところ……。考えてみたが、なにも浮かばない。辰彦と親しい人の名前も思いつかない。家を出て十年以上たつのだ。自立した社会人で家庭を持っていて、しかも男の子だ。息子の交友関係など気にとめないのがあたりまえではないだろうか。だいたい夫となり父親となった息子に、家族や職場以外の交友関係があったのかどうかもわからない。

辰彦は普通に暮らしていると思っていた。仕事と家庭。そのふたつが辰彦の日常生活の柱で、もちろんそこから生じるさまざまな細事があるだろうが、決して日常からはみ出ることはないだろうとあたりまえに思っていた。

辰彦が不倫をしていたと刑事が言ったとき、なにかのまちがいだととっさに否定をしたが、正直なところあり得ないことではないと思っている。不倫、つまり浮気なんて珍しくもない。夫だって若い頃には何度か女のにおいをさせて帰ってきたものだ。それを騒ぎ立てるかどうかで、日常内に収まるか、それとも日常を壊してしまうのかが決まってくる。つまり、最終的には妻が決めることなのだ。

野々子は、辰彦が浮気していたことを知っていたのだろうか。そんな疑問が頭をよぎった。

翌朝の新聞に辰彦のことが載っていた。

〈警察は、被害者の同僚男性がなんらかの事情を知っていると見て行方を追っている。〉

智恵は老眼鏡の位置を直し、新聞の小さな文字を繰り返し目で追った。やがて、頭のてっぺんから自分が抜け出し、奇妙に冷静な目で新聞記事を読んでいる感覚に陥った。

絶対にこの同僚男性が犯人よね――。

頭のなかで群衆の声がし、はっとして顔を上げた。

食卓には智恵ひとりだ。仕事人間の夫は、六十五歳で定年になってから、マンションの管理人の職を得た。夫は七十歳までは働くと言っている。こんなことがあったのに、今日も七時過ぎに家を出た。

夫もこの新聞記事に目を通したはずなのに、なにも言わなかった。そういえば夫の口から、辰彦が犯人のはずがない、とはっきりした言葉を聞いてない。まさか、私以外の誰もが辰彦が犯人だと思っているのではないだろうか。

恐怖が冷たさとなって背骨をつたった。

辰彦の携帯も野々子の携帯も電源が切れたままだ。

いったいなにが起こっているのだろう。自分だけがなにも知らないような気になってくる。

3

加瀬明日香《かせあすか》が指定した場所は、商業ビルの一階にあるカフェレストランのテラス席だった。午前中に降っていた雨は上がったが、陰鬱な雲が空を覆い、湿りけを含んだ微風が吹いていた。

ランチタイムを過ぎたテラス席に人の姿はまばらで、岳斗と三ツ矢のほかに、小さな子供を連れた母親と、年配の女性が数組いるだけだ。明らかに浮いているふたりの男に、「三ツ矢さんですか？」と加瀬は迷いなく声をかけてきた。

明るく染めた髪を頭の高い位置でまとめ、耳にはじゃらじゃらとしたピアスをつけ、エスニック調の派手なショールをまいている彼女は、〈自称・占い師〉といった雰囲気だった。

「私のこと、誰から聞いたんですか？」

加瀬は警戒するそぶりもなく、あっけらかんと聞いてきた。

「以前の勤務先の方からです」

三ツ矢が答えた。

加瀬は半年ほど前に、百井辰彦が勤める広告代理店を退職していた。

「それはわかりますけど、誰ですか？　加藤？　吉澤《よしざわ》？　斉藤《さいとう》？」

加瀬が名前をあげた三人全員が、彼女が百井のかつての不倫相手だったと証言していた。

「私と百井さんが不倫してたって警察にチクった人がいるんですよね。だから、わざわざ私の話を聞きにきたんですよね」

「事実ですか？」

三ツ矢の質問に加瀬はいたずらっぽく笑い、「私、ケーキセットにしてもいいですか？」と即答を避けた。

「もちろんです」

三ツ矢が答える。

注文を取りに来たスタッフにチーズケーキとコーヒーを頼んでから、加瀬は三ツ矢と岳斗を交互に見つめ、「事実ですよ」と笑いながら答えた。

「っていっても、一年以上前にちょっとつきあっただけですけど。不倫っていうほど大げさな関係じゃなかったつもりなんだけどなあ」

「加瀬さんが会社を辞めたのは、百井さんとのことが理由ですか？」

「ちがいます、ちがいます」と、加瀬は顔の前で大きく手を振った。「ヨガのインストラクターになるために辞めたんです。刑事さんたちもよかったら、お試しレッスン受けてみませんか？」

加瀬はバッグから名刺を取り出して三ツ矢と岳斗の前に置いた。

「退職後に百井さんと会ったことはありますか？」

「ないですよ」

「連絡を取ったことは？」

「ないです、ないです。もともとそんなに深い関係じゃなかったし」

「どうして百井さんとおつきあいをしたのですか？」

「どうして？」と聞き返した加瀬はくちびるを突き出し、考える表情になった。

「どうして？」と何度か口にしながらしばらく考えていたようだが、やがて顔を上げると「なんとなく？」と曖昧な答え方をした。

「なんとなくというのは、どういうことですか？」

案の定、三ツ矢が聞く。追いつめるのではなく、わからないから教えてほしいといった口調だった。

「うーん。流れ？」

「流れ？」

「飲み会の帰りになんとなくそんな感じになって、そのまま私のアパートに泊まって、そこからずるずると……。っていっても、半年も続かなかったですけどね」

「どうして別れたのですか？」

「私に彼氏ができたので」

チーズケーキを食べながら、加瀬は片手をあげて答えた。

「別れるときにトラブルにはなりませんでしたか？」

「全然」

「百井さんはなんて言ったのですか？」

「詳しいことは覚えてないですけど、了解！　みたいな感じだったと思います」

つまり、不倫関係とはいっても互いに愛情はなかったということだろうか。これが俗にいう、割り切った大人の関係というやつだろうか。岳斗はそんなことを考えた。しかし、目の前でケーキをほおばる加瀬はきれいな顔立ちをしているうえに艶《つや》っぽい雰囲気だ。わざわざ妻子のある男とつきあうリスクを冒す必要はないように思えた。被害者の小峰朱里が同僚に言っていたように「妻子持ちのほうが別れるときに楽だから」という理由で、加瀬もまた百井とつきあったのだろうか。

「おふたりの関係を百井さんの奥様に知られはしなかったのですか？」

三ツ矢の質問に、「たぶん」と加瀬は答えた。

「たぶん、とは？」

「私、何度か百井さんに言ったことがあるんですよ。奥さんにバレたらやばいよね、どうするの、って。そうしたら、うちの奥さんは俺に興味がないから気づかない、って。もしバレても絶対に怒らないから大丈夫だ、って」

俺に興味がない。バレても絶対に怒らない。

岳斗は胸の内で繰り返した。

結婚二年の夫婦でそんなことがあるのだろうか。

「そのとき百井さんはどんな様子でしたか？　さびしそうだったり、怒っていたりしましたか？」

「全然。百井さんって、なんていうか、ソツがなくてすべてにおいてスマートなんですけど、すっごく軽いっていうか、心を使わないっていうか。会社でもそうなんですけど、揉《も》め事とか面倒なことが嫌いで、楽して生きていければいいよね、みたいな感じの人なんです。だから、いまどき珍しくツイッターもインスタもやってなかったんですよ。SNSはめんどくさいしトラブルのもとだから、って」

加瀬が語った百井辰彦の人物像は、ほかの人たちの証言とも大部分で一致していた。会社の同僚や部下、学生時代の友人らも、百井のことを「やさしい」「ソツがない」「敵がいない」と評する一方で、「嫌なことから逃げるタイプ」「自分さえよければいい」「意欲がない」などと語った。

「だから、百井さんが小峰さんを殺して逃げてるって聞いて、ほんとうにびっくりしちゃって」

その感想もほかの人たちと同じだった。百井を知る人たちは「まさか彼が人を殺すなんて」と言いつつも、百井が犯人であることを受け入れていた。「まさかあの人が」「信じられない」「そんな人には見えなかった」という声は、ほとんどの事件で聞かれるものだ。

「百井さんが犯人だとは言っていませんよ」

三ツ矢がやんわりと釘《くぎ》を刺したが、加瀬は形式的な言葉と捉えたらしい。

「殺された小峰さんって、百井さんより十歳くらい若いでしょう。だから、さすがの百井さんも冷静じゃいられなくなったのかなあ」

「百井さんと親しい人を知りませんか？」

さあ、と加瀬は首をかしげた。

「百井さんに親しい人なんていたのかなあ。やっぱりなんだかんだいっても家族が大事なんじゃないですか。そういえば、百井さんから奥さんの悪口とか離婚したいとか聞いたことないですもん」

どうやら百井の交友関係は狭く浅かったようだ。会社や仕事関係の飲み会があれば参加したらしいが、プライベートで親しくしていた人物は見つからなかった。

自分も同じようなものかもしれない、と岳斗は考える。大学を卒業して二、三年のあいだは友人と会って近況報告をし合ったり、合コンにも参加したりしたが、しだいに面倒さが先に立つようになった。休日はわざわざ出かけるよりも、寮の部屋でネットサーフィンやゲームをしたり、動画サイトを観たりするほうを選んだ。

まだ二十八なのにこれでいいのだろうか。ふと、不安に襲われた。

百井は三十四だし、家族がいるからまだいいのだろう。しかし、自分は独り身で、彼女ができる気配もない。いや、そもそも彼女が欲しいと本気で思ってもいない。プライベートくらいひとりで気ままに過ごしたかった。

俺、大丈夫か？　一瞬、仕事を忘れて自問した。

変わり者のこの人はどうなのだろう、と三ッ矢を横目でうかがった。

親しい友人はいるのだろうか。彼女はいるのだろうか。休日はなにをして過ごしているのだろう。三ッ矢のプライベートがまったく想像できない。彼が誰かとたわいもない話をしたり、笑い合ったりしている光景を思い描けない。

「どう思いますか?」

加瀬明日香と別れ、駅に向かって歩いているとき、いきなり聞かれた。なにについて聞かれているのかまたしてもわからず、「え?」と聞き返したが、三ッ矢はそれ以上言葉を重ねてはくれなかった。

岳斗は焦った。早く答えないと鈍いやつだと思われる。しかし、的外れな答えだとバカだと思われる。三ッ矢はいったいなにについてどう思うのかと聞いたのだろう。だから変わり者は苦手なんだよ、と岳斗は胸の内で愚痴った。正解が思いつかず、結局、思ったとおりに答えることにした。

「百井はどこにいるんだろうと思っています」

自分の声を認知した瞬間、岳斗は大きなミスを犯したことを悟った。

百井はどこにいるんだろうと思っています、だって? 素人かよ。いや、それ以前に子供かよ、と自分に突っ込みを入れた。どこにいるかわからないから捜しているんじゃないか。

「僕もです」

「は?」

「百井ではなく、百井さんですが」

「あ、はい。すみません」

「僕も、百井さんはどこにいるのだろうと考えています」

三ッ矢は遠い目を前方に向けている。

百井の姿が最後に確認されたのは自宅マンション近くの防犯カメラで、それ以降の映像はいまのところ見つかっていない。事件があった夜、百井は自宅まで二百メートルのところまで帰ってきていた。そこからの足取りがぷっつりと途絶えている。

昨晩、百井が映っていた防犯カメラの位置を確認してから、妻の野々子に再び事情を聞きに行った。あの夜、百井は自宅に帰っていないという説明に変わりはなかった。そのときも三ッ矢はすべての部屋はもちろんクローゼットも、浴室やトイレ、ベランダ、さらには冷蔵庫のなかまで確認したのだった。

三ッ矢は、百井が自宅にひそんでいる可能性を考えているのだろうか。

三ッ矢の考えていることがわからない。彼はいちいち説明してくれないし、質問されるのをうるさがっているようにも見える。それとも俺が鈍いだけだろうか。ほかの人なら説明されなくとも、三ッ矢の言動の意味を察することができるのだろうか。

玄関のドアを開けたのは七十歳くらいの白髪の女だった。

「百井さんのご主人のことでしょう？」

そう聞いた女の目には好奇心が宿っていた。百井辰彦が暮らす自宅マンション一階の住人だ。昨晩、留守だったため、改めて訪ねたのだった。

五階建てのマンションはワンフロアに四部屋があり、全世帯数は二十だ。そのうち、まだ話を聞けていないのは、松本《まつもと》というこの住人を含めて四世帯だった。

「どうして百井さんのことだと思ったのですか？」

三ッ矢の問いに、女は向かいの住人から聞いたと答えた。

「今朝、ごみ出しのときにお向かいの奥さんと一緒になったのよ。金城《かねしろ》さんっていうんだけど、刑事さんたち、昨日訪ねたんでしょう。金城さん、百井さんのご主人を見なかったか刑事にしつこく聞かれたって言ってたもの。ほら、何日か前に若い女の子が殺された事件があったじゃない。どうやらあの事件と関係しているみたいだって聞いたわよ」

「お向かいの金城さんがそう言っていたのですか？」

「ええ、そうよ。ねえ、百井さんのご主人が犯人なの？」

三ッ矢は沈黙をつくることで女の質問を無視し、

「九月二十日、先週の金曜日ですが、夜に百井さんのご主人を見かけませんでしたか？」

と、本題に入った。

「ああ、それそれ。金城さんが聞かれたって言ってたわ。だから、私も思い出してみたんだけど、見てないわ」

「百井さんを最後に見たのはいつですか？」

「それがよく覚えてないのよね。ご主人とはたまにマンションの入口で顔を合わせるくらいで、そんなに会うわけじゃないし」

最後に百井辰彦を見たのがいつなのか、という質問に正確に答えられた住人はいまのところいなかった。二十三区外とはいえ東京のマンションなのだから、住人同士のつきあいは希薄だろう。実際、これまでの聞き込みで百井を知っている住人は、この松本という女のほかに、彼女の向かいの金城、そして百井の隣の部屋の住人だけだった。

東京の、特に西部の人間関係の希薄さにはすっかり慣れたつもりでいたが、岳斗の体のなかを冷たい風が吹いた。仙台にある岳斗の実家は一軒家で、隣近所のほとんどが顔見知りだった。中学生のとき、友人とコンビニの前に座ってゲームをしていると翌日には母に知られることになったし、高校生のときは内緒でファストフード店でアルバイトをしたら一週間もしないうちにやはり母に知られた。大学進学のために東京に出てきたときは、自分が透明人間になった気がしたものだ。誰も自分のことを気にとめないし、視線を向けることもない。周囲の無関心さに、これが自由なのか、と解放感を覚えた。しかし、いつからか透明人間になった自分に頼りなさと不確かさを感じるようになった。

これでいいのだろうか。ふと、へそのあたりからそんな疑問が浮かんでくることが増えた。「これ」がなにをさしているのかわからない漠然とした不安。もしかしたらすべてのことに対して、これでいいのだろうかと思っているのかもしれない。

現状に強い不満があるわけではない。ただ、もし別の仕事に就いていたら、もし仙台で暮らしていたら、と気がつくとたられればを考えていることがあった。

岳斗は、写真と映像でしか知らない百井辰彦の日常を想像する。ソツがなくてスマート、面倒なことが嫌い、心を使わない、親しい人がいない……。実体がなく、ふわふわとした印象だ。誰とも深くかかわらず、いるのかいないのかわからない透明人間のような存在。

百井はなにもかもが嫌になったのではないだろうか。ふと、そんなことを思いついた。

無意識のうちに抑え込んできた感情を解放し、衝動のままに不倫相手を殺した。そして、これまでの日常を捨て、ちがう自分になって生き直すために逃亡した。ということはあり得ないだろうか。

一瞬、思いついたことを三ツ矢に言いたくなった。が、自分の想像にひとかけらの根拠もないことに気づき無言を保った。

収穫を得られないままマンションを出た。

マンションの向かいは月極《つきぎめ》駐車場で、見張りのための捜査車両が停《と》まっていた。しかし、いまになって百井が自宅に戻る可能性は低いと思えた。

三ツ矢は防犯カメラがある方向を眺めている。

「人って簡単に消えるんですよね」

低く掠れたつぶやきが耳に残った。

4

みじん切りにした玉ねぎを弱火でじっくりと炒《いた》める。甘さとコクを出すためにレシピの一・五倍の玉ねぎを使い、飴《あめ》色になったらひと口大に切った人参《にんじん》とじゃがいもを加える。鶏もも肉はすでに塩こしょうをしてフライパンでこんがりと焼きあげている。

カレーをおいしくつくる秘訣《ひけつ》はたっぷりと時間をかけることだと智恵は思ってい

る。面倒がらずに手間をかければ、市販のルーでも十分おいしくできあがる。

水を加えた鍋に市販のルーを割り入れる。隠し味におろしにんにくとインスタントコーヒーを加えて、じっくり煮込めば完成だ。

辰彦は子供の頃から母親がつくるチキンカレーが好きだった。結婚してからも、実家に顔を出すたびにチキンカレーをリクエストした。

そういえば、今年の元日にもチキンカレーを食べたっけ、と智恵は思い出した。朝と昼はおせちとお雑煮にし、夜はすき焼きにしようと材料を用意していたのだが、「なにか食べたいものはある?」と聞いたところ、「母さんのチキンカレーが食べたいな」と辰彦は即答した。「お正月からカレー?」と智恵はあきれてみせたが、やはり息子にとって母親のカレーは特別なのだと内心でにんまりした。

鍋から立ち昇る湯気が換気扇に吸い込まれていく。換気扇の低い音が智恵を包み込んでいく。自分がどこにいるのか、なぜカレーをつくっているのか、意識が遠のいていく。智恵はカレーをつくることのみに集中する。

「お義母さん?」

声をかけられるまで気づかなかった。声をかけられてもなお、自分がいまどこにいるのか混乱した。

「ばあば、ばあば」

かん高い声にはっとした。凛太がはしゃいだ声をあげながら、おぼつかない足取りでやってくる。智恵の足にぎゅっとしがみついた。

「あらあら、凛ちゃん。危ないからだめよ。いま、ばあば、お料理してるからね」

智恵の注意を聞き流し、凛太は「ばあば、ばあば」と無邪気に甘える。辰彦の子供の頃にほんとうに似ている、と数え切れないほど思ったことをまた思う。

智恵はコンロの火を止め、「凛ちゃん、こんばんは」と凛太の頰を人差し指でつついた。凛太が笑い声をあげる。

目を上げると、野々子がぽかんとした顔を向けていた。

「ああ、ごめんなさいね。勝手に入っちゃって」

マンションの合鍵は「なにかあったときのために」と辰彦からもらっていたものの、これまで一度も使ったことはなかった。自分の息子とはいえ、家庭を持っているのだから合鍵で勝手に入ることが非常識なことくらい十分理解していた。「でもっ」と、心の声が飛び出した。

「昨日からずっと電話をかけてるのにつながらないし、折り返し連絡もくれないから、なにかあったんじゃないかって心配になったのよ」

「あ、すみません」

「いったいなにがあったのよ。どうなってるの？」

「昨日、スマホを落としてしまって」

「スマホを落とした？」

「あ、いえ。今日、見つかりました。でも、充電が切れていたので着信の確認ができなくて……。すみません」

ほんとうだろうか。私が電話したタイミングで携帯を落とし、さらに充電が切れていたなんてそんな偶然があるだろうか。

智恵の疑念に気づいたように野々子ははっとし、バッグから携帯を取り出すと、

「充電しますね」と充電ケーブルにつないだ。その一連の動作がアリバイづくりのように見えた。だいたいこの嫁は、辰彦が行方不明になったことを知らせてこなかったのだ。

壁時計に目をやると、六時を過ぎたところだった。

「こんな時間までどこに行ってたの？」

「仕事ですけど」

そう答えた野々子は不思議そうな顔だった。わかり切ったことをなぜ聞くのだと言わんばかりに。

「仕事？」

「はい」と、不思議そうな顔に変わりはない。

「凛太を保育園に預けて？」

「そうですけど」

辰彦が行方不明だというのに、しかも犯人扱いされているというのに、この嫁は普段どおりの生活を送っているのか。智恵のこめかみがかっと熱くなる。反対に、肺が冷え切った空気で満たされた。

「昨日、うちに警察が来たわ」

「ああ」と、野々子は息をつくように言った。

「ああ？」声が尖った。「ああ、ってなんなの、ああ、って。辰彦がいなくなったのよ。どうしてすぐに知らせてくれなかったの？」

「心配をかけると思って」

「心配？　あたりまえじゃない。私、母親なのよ。どうしてそんな大事なことを知らせてくれないのよ」

「すみません」

「いったいどうなってるの？　辰彦になにがあったの？　野々子さん、あなた詳しいこと知ってるんでしょう？」

野々子の眉が下がり、情けない顔になる。わざとらしい表情だと智恵は感じた。

「それが、よくわからないんです」

野々子は絞り出すように答えた。

「よくわからないってどういうこと？　辰彦はどこにいるの？　心当たりはないの？」

「ほんとうによくわからなくて」

「警察は、辰彦が女の人を殺したと思ってるんでしょう？」

野々子は目を伏せることで肯定の意を示した。

「そんなわけないじゃないねえ。野々子さん、警察にちゃんと言ったの？　辰彦がそんな恐ろしいことをするはずがないって」

野々子は目を伏せたまま、「はい」と小さく答えたが、この嫁は警察の言うことを鵜呑《うの》みにしているのではないかと智恵は疑った。

「野々子さん、あなたがしっかりしなくちゃいけないのよ」

「すみません」

すみませんじゃないわよ！　と怒鳴りつけようとした寸前、「ばあばー」と凜太が泣きそうな声で智恵のスカートを引っ張った。智恵は凜太の頭に手をのせた。

「凜ちゃん、ちょっと待っててね。いま、ばあばとママ、大事なお話をしてるところだからね」

「凜太、お腹がすいてると思うんです。カレーつくってくれたんですよね。凜太に食べさせてもいいですか？」

辰彦に食べさせたくてつくったカレーだ。凜太のことは頭になく、辛口のルーを使っている。

「凜ちゃん、ごめんね。このカレー、パパのだから辛いの。ねえ、野々子さん。凜ちゃんがすぐに食べられるものないの？」

野々子は戸棚からコーンフレークを出し、牛乳をかけて凜太に渡すと、録画していたらしいアニメ番組を再生させた。凜太はテレビの前に座り、おとなしくコーンフレークを食べている。

智恵は、台所でお茶を淹れている野々子を見つめた。視線を感じないのだろうか、野々子は心の読めないのっぺりとした表情のまま顔を上げない。目の下のくまが目立ち、くすんだ頰にひと筋の髪が落ちている。

智恵の頭に、愚鈍、という言葉が浮かんだ。いままで、「地味」という意味を込めて野々子のことを「おっとり」と評してきたが、ほんとうは「愚鈍」と言いたかったのだと気づいた。野々子と会うときはいつも辰彦が一緒だった。智恵にとって野々子は辰彦に付随する存在でしかなく、だからこそ彼女の愚鈍さを直視することがなかった。

食卓で改まって向き合うと、野々子への苛立ちが強まった。

なぜ辰彦のことをすぐに知らせなかったのか。なぜこんなときに仕事に行けるのか。なぜ私たちを頼らないのか。なぜ凛太の夕食にコーンフレークなんかを食べさせるのか。なぜ、なぜ、なぜ、なぜ、が頭のなかで渦巻いている。野々子のなにもかもが理解できない。

野々子はぼんやりとした無表情を晒し、両手を添えた湯飲みに目を落としている。

「野々子さん」

声をかけると、野々子は目を上げた。が、瞳に力がない。

「辰彦になにがあったのか一から説明してちょうだい。あなたは、殺された女の人を知ってるの？」

野々子は首を横に振ってから、「いえ」と答え、「でも」と続けた。「辰彦さんの浮気相手だったそうです」

「そんなわけないじゃない。あなた、信じたわけじゃないわよね」

野々子は湯飲みにまた目を落とした。

「まさか、辰彦が人を殺して逃げてるなんて思ってないでしょうね」

野々子は沈黙を挟んでから、「わかりません」と小さく答えた。

こめかみで熱が弾け、理性が飛んだ。

「ふざけないでよ！　なにがわからないのよ。辰彦がそんなことするわけないでしょう。あなたが信じないでどうするのよ」

視界の端にこちらを見ている凜太が映り、智恵は怒りをのみ込んだ。しかし、言葉を抑え込むことはできても、野々子に向けたまなざしの鋭さをやわらげることはできなかった。

「すみません」

野々子がうなだれる。

「これからどうするつもりなの？」

落ち着いた声を意識した。

「これから」と棒読みで復唱すると、野々子はしばらく黙った。眉を下げ、思案するような顔でまばたきを繰り返す。

「わかりません。でも、凜太も小さいし、なんとかしなくちゃいけないと思ってます。生活費を稼がなきゃならないので、いまの仕事は続けるつもりです」

「そうじゃなくて！」

かろうじて抑え込んでいた怒りが堰《せき》を切った。

「辰彦のことよ。このままだと犯人にされてしまうかもしれないのよ。ううん、警察はもう辰彦を犯人扱いしてるのよ。あなた、それでいいの？　このままなにもしないつもりなの？　辰彦を見つけて、あの子が犯人じゃないってことを証明しなくちゃいけないんじゃないの？　あの子を助けるのがあなたの役目でしょう」

言いながら、この嫁はそんなこともわからないのかと心底情けなくなった。怒りを通り越して悲しみが押し寄せ、涙が出そうだった。

普通、夫が行方不明になったら必死に捜すのではないか。しかも、殺人の疑いまで持たれているのだ。平常心でいられなくなるのではないだろうか。

「私、どうしたらいいんでしょうか？」

ワタシ、ドウシタライインデショウカ。智恵の耳にその声は、音声ガイダンスのような機械音に聞こえた。

息子夫婦はうまくやっていると信じ切っていた。辰彦から野々子の悪口は聞いたことがないし、野々子も不平不満を抱いているようには見えなかった。

しかし、ほんとうにそうなのだろうか。智恵のなかで疑念が頭をもたげた。辰彦が妻子を大切にしていたのはまちがいない。じゃあ、野々子は？　野々子は辰彦を大切にしていたのだろうか。

こんな事態になったのに、なぜ野々子は泣き喚《わめ》かないのか。なぜパニックを起こさないのか。なぜ辰彦を捜そうとしないのか。なぜ、なぜ、なぜ、がまた押し寄せてくる。

「辰彦になにかトラブルはなかったの？」

野々子は首を横に振り、「聞いていません」と答えた。

「じゃあ、悩んでいたことは？」

「わかりません」

まさか、この嫁は辰彦を見捨てるつもりではないだろうか。

「行先に心当たりはないの？」「なぜこんなことになったのかわからないの？」「警察はほんとうに辰彦が犯人だと思ってるの？」

なにを聞いても、野々子は「わかりません」とつぶやくか、首を横に振るかだ。

「もういいわ」

智恵は立ち上がった。

「辰彦と親しい人を教えてちょうだい」

「……わかりません」

「え？」

「すみません」

「さっきから、わからないばかりじゃないの。あなた、嫁でしょう？　なのに、なにもわからないの？」

すみません、と野々子は繰り返した。

智恵は言葉を失った。怒り、呆《あき》れ、不安、絶望。胸のなかをさまざまな感情が吹き荒れている。混乱のなかから、ひとつの決意が生まれた。

私が辰彦を守ってみせる――。

ひと晩たっても野々子に対する怒りと落胆は薄まらなかった。

夫に話すと、「ショックで感情が麻痺《まひ》しているんだろう」と返ってきた。「ほんとうにつらいことがあると、最初はなにも考えられないものだって言うじゃないか」

智恵は、夫の言葉を受け入れようとした。

ああ、そうか。感情が抜け落ちたような態度も、ぼんやりとした顔つきも、なにを聞いても「わからない」と答えたのも、ショックによるものだったのか。頭が真っ白になっていただけなのか。そう自分に言い聞かせようとしたが、胸の底でうごめく感情は激しくなるばかりだった。

これまで辰彦を介してしか野々子と向き合ったことがなかった。息子の嫁としての野々子は素直で控えめで、地味ではあったがにこやかだった。「うちのお嫁さん」という呼び方がぴったりだった。しかし、一対一で対峙《たいじ》した昨日の野々子はつかみどころがなく、なにを考えているのかまったく見えなかった。それも、夫の言うとおりショックによるものなのだろうか。

どちらにしても、野々子が頼りにならないことは確かだ。こんなことになるなら、結婚に反対すればよかった。もっと理知的で溌剌《はつらつ》とした女の人がいいんじゃないの？　と言えばよかった。辰彦に野々子を紹介されたとき、がっかりしたのは母親の直感だったのだ。

これからどうなるのだろう。そう考えた智恵の頭に、冤罪《えんざい》、という言葉が浮かび、心臓が嫌な音をたてた。いままで何度か見聞きした単語だが、自分たちには関係のない世界でのみ使われるものだと思っていた。

過去の自分を思い返す。

〈殺人事件の冤罪で三十年間投獄〉〈冤罪事件の無罪判決確定〉〈弁護団は冤罪を主張〉。

テレビや新聞で冤罪事件が報じられるたび、ほんとうかしら、と智恵は眉をひそめたくなった。指紋、自供、目撃者、DNA、動機、こんなに証拠があるのに、ほんとうに冤罪なのかしら。ほんとうはこの人が犯人なんじゃないかしら。

過去の自分が、いまの自分の胸を突き刺す。

このまま辰彦が見つからなかったら殺人犯にされてしまう。いや、見つかっても無実の罪を着せられてしまうかもしれない。

だから、辰彦は逃げているのではないだろうか。

自分のその推察に智恵はすがった。

そうだ。そうにちがいない。賢い辰彦のことだ、いま警察に捕まったら殺人犯にされてしまうとわかっているから身をひそめているのだ。そうだったらいい。そうだったらどんなにいいだろう。

智恵は無意識のうちに立ち上がった。まとまらない思考に急き立てられ、じっと座っていることができなかった。食卓には夫が食べ終えたあとの食器がそのまま置かれ、パン屑《くず》が散らばっている。

もし、ちがったら？　思考のゆるんだところから、するりと這《は》い出してきたのは自分の声だった。もし、辰彦が犯人だったら？

食卓のまわりを意味もなく歩いていた智恵の足が止まる。

「まさか」と意識して出した声が頼りなく聞こえ、もう一度「まさか」と言い直す。それでも自分が望む声音になってくれなかった。

もし、辰彦が犯人だったら？　と苦いものを嚙みしめるように考える。すぐに答えは出た。

もし辰彦が人を殺したとしたら、やむにやまれぬ事情があったにちがいない。一時的に錯乱状態に陥ったのかもしれないし、精神的に追いつめられたのかもしれない。辰彦の話を聞いてやりたい。大変だったわね、かわいそうに、大丈夫よ、と抱きしめてあげたい。

智恵の頭に浮かんだのは小学校に入る前の辰彦だった。幼い頃の辰彦はよく転ぶ子だった。転ぶと、泣きながら両手を伸ばして抱っこをせがんだ。母親の愛情を無条件に信じていた無垢《むく》な息子が頭のなかで迫ってくる。

犯人でもいい。ただ生きていてほしい。生きて帰ってきてほしい。

智恵は、一音ずつ刻みつけるように思った。その直後、激しい後悔を覚えた。そう思ったことで、辰彦が犯人であることを認めてしまった気になった。

智恵は「犯人でもいい」の部分を慌てて頭から削除し、ただ生きていてほしい、生きて帰ってきてほしい、と強く思い直した。

警察は辰彦を捜している。しかし、行方不明者としてではなく、殺人事件の容疑者としてだ。

智恵はセンターテーブルにノートパソコンを置き、電源を入れた。検索サイトを立ち上げ、〈行方不明者〉と入力する。警察庁のサイトや探偵事務所のサイト、行方不明者に関するニュースが表示され、そのなかに行方不明者の捜索を支援する団体のサイトがあった。

〈ポラリス〉というその団体のサイトを立ち上げると、トップページに何人もの顔写真が並んでいた。名前のほかに年齢と性別、特徴、行方不明になった年月日と状況、家族や親族からのメッセージが書かれている。行方不明者は三ページにも及び、小学五年生の女の子から九十七歳の男性までいた。友達に会いに行くと言って行方不明になった二十歳の男性。死にたいというメモを残して行方不明になった二十三歳の女性。散歩中に行方不明になった八十一歳の女性。いつもどおり会社に出かけたきり行方不明になった四十歳の男性。

そこには、ある日あるとき忽然《こつぜん》と消えた人たちがいた。

残された家族が、帰ってきてほしい。無事でいてほしいと切望している。心配している。生きていてほしい。連絡がほしい。無事でいてほしいと切望している。綴《つづ》られているのはどれもありきたりな言葉だったが、だからこそ残された者たちの、結晶のように純度の高い剝き出しの願いだった。

5

小峰朱里が殺害されてから一週間。百井辰彦の行方はいまだにつかめていない。事件がなかなか難航しているのは、事件発覚が犯行の三日後だったことが大きい。逃走日時を絞れないため、防犯カメラの解析や目撃者探しに手間取っている。

事件があった夜、百井は自宅マンションまで二百メートルのところまで来ていた。防犯カメラが自宅のほうへと歩く姿を捉えている。その後、百井は自宅に帰ったのか、帰らなかったのか。妻の野々子は帰っていないと証言しているが、夫をかばっている可能性はないのか。

テレビや新聞はもちろん、インターネットのニュースサイトやSNS、掲示板でも百井辰彦の名前はまだ明かされていない。そのため、百井の自宅マンション前にマスコミの姿はなく、妻の野々子はいつもどおりの生活をしているようだった。

張り込んでいる捜査員によると、野々子は午前八時半頃、息子の凜太を連れて自宅を出る。徒歩圏内にある保育園に凜太を預け、その後、電車に乗って赤坂見附《あかさかみつけ》にある会社に出勤する。社員二十人強のIT企業で、野々子はウェブデザイナーだ。時短勤務らしく午後五時には退社し、凜太を迎えに行って帰宅するという生活だ。これまでのところ野々子に接触したのは、百井辰彦の母親である智恵だけとのことだった。野々子が帰宅する前にマンションを訪ねたことから、合鍵を持っていると推察された。

「ああ、ここですね」

三ツ矢が足を止めたのは雑居ビルの前だった。

岳斗と三ツ矢は前林市に来ていた。前林市は、東京から新幹線と在来線で二時間弱の北関東にある。三方向に山が見え、風が強いこともあって体感温度は東京より五度くらい低い。

前林駅から続くけやき並木を左に折れた一帯は飲食店街になっており、居酒屋やバル、和食店やイタリアンダイニングなどが入った雑居ビルが並んでいる。

目的の店である〈YOYO〉は五階にあり、エレベータ前の看板には〈お酒と小料理〉と書いてあった。ワンフロアに四店舗が入っているようだ。

夕方の五時を過ぎたばかりで、五階の店はどこもネオンがついていない。が、〈YOYO〉はシャッターが半分上がり、店内には淡い照明がついていた。

三ッ矢が腰をかがめてシャッターをくぐり、「こんばんは」と言いながらドアを開ける。

カウンターのなかに女が立っていた。

「あら、ごめんねー。まだオープンしてないのよ。飲み物しか出せないけど、それでもいいなら座ってー」

語尾が鼻にかかった声が飛んできた。

女は髪をルーズにまとめ、胸もとが大きく開いたカットソーから胸の谷間をのぞかせている。密集したまつげがくるりと上を向き、絞った照明でも化粧が濃いことがわかった。

百井野々子の母親、乾瑤子《いぬいようこ》だ。五十四歳とのことだが、四十代でも十分通じるように見えた。正反対の親子だな、と岳斗は思った。

「百井野々子さんのお母様ですよね？」

「あら。あの子の紹介で来てくれたの？　じゃあ、東京の方？」

乾はおしぼりを出し、「座って座って」と上機嫌で言った。

「客ではありません。野々子さんのご主人のことで伺いました」

「野々子の、旦那？」

乾はきょとんとする。

「はい。百井辰彦さんのことです」

数秒の沈黙を挟み、「……私に？」と乾は自分を指差した。「っていうか、あの子の旦那がどうしたの？　あ、もしかして離婚するとか？　お宅たち弁護士さん？」

「野々子さんから聞いていませんか？」

岳斗も不思議に思ったことだった。自分の夫が姿を消し、しかも殺人事件の重要参考人として警察に追われているのだ。普通であれば、母親に相談したり泣き言を言ったりするのではないだろうか。

「なにを？　離婚のこと？　ぜーんぜん。あの子、昔から余計なことしゃべらないのよ。たぶん私に心配かけたくないんだと思うわ」

「野々子さんとは連絡を取り合わないのですか？」

「そんなことないわよー。友達親子だもん。仲良しよー。東京に行ったときは、一緒にお買い物したりおいしいもの食べたりしてるの。野々子は子供ができてからはこっちには帰ってこないけどね。ま、こんな田舎に帰ってきてもしょうがないからねー」

「友達親子というのはどういう意味ですか？」

そこかよ、と岳斗は胸の内で突っ込んだ。相変わらず三ツ矢の引っかかりどころがわからない。友達親子とは文字どおり友達みたいな親子のことで、とっくに一般化している言葉だろう。

「友達親子は友達親子よー」

乾は酔っ払いをいなすように笑いながら答えた。

「ですから、その意味を聞いています」

しつこい三ツ矢に対し、乾は面倒がるふうもなく、むしろおもしろそうに「そっかー。男の人にはわからないかもね」と返すと、ちょっと失礼、と煙草《たばこ》をくわえて火をつけた。

「この歳《とし》になるとお互いに親とか子供とかっていう感覚よりも、気心の知れた親友って感じになるのよね。古いつきあいだからお互いのことがわかってるし、家族だから信頼し合ってもいるしね。私、たぶん昔よりいまのほうが娘のことが大好きだと思う」

「それは手がかからないからですか?」

「あー。そうかもねー。私、面倒なことは嫌いなのよ。でもあの子、子供の頃から聞き分けがよくて、手がかからない子だったわね。……あっ、ねえ、それで弁護士さん。わざわざこんなところまで来て、野々子と旦那がどうしたのよ」

「僕たちは弁護士ではなく警察の者です」

そう言って、三ツ矢は警察手帳を呈示した。

「警察?」と、乾が不思議そうな顔になる。

「百井辰彦さんが行方不明になっています」

「行方不明? 失踪《しっそう》したってこと?」

「行先に心当たりはありませんか?」

「ないわよー」乾は即答した。「だって、あの子の旦那に会ったのって……えーと、いつだったかしら。あ、そうそう。たしか凜太が生まれたときが最後だから、もう二年近く会ってないわよ」

「では、野々子さんと辰彦さんの夫婦仲はどうですか? 野々子さんからなにか聞いていませんか?」

「夫婦仲? いいと思うわよー。よくわかんないけど」

「よくわからない?」

「だって、わざわざそんなこと話さないもの。でも、旦那の愚痴や不満も聞いたことないからうまくいってるとばかり思ってたわよー。で、どうして旦那は失踪なんてしたのよ」

「それを知りたいのです」

「会社のお金を使い込んだとか？　それとも、いまの生活に嫌気が差したとか？　あっ、直接あの子に聞いてみるわ」

乾は煙草を灰皿に押しつけると、スマートフォンを手に取った。そのタイミングで三ツ矢は、「それではこれで失礼します」とあっさりと辞去した。

たったこれだけのために、わざわざ二時間もかけて東京から来たのか？　岳斗は首をひねりたくなった。聞き込みが収穫を得るためのものではなく、可能性をひとつひとつ潰すためのものだと理解していても釈然としない。これなら電話でもよかったのではないか。

「一ヵ所、行きたいところがあります」

雑居ビルを出ると三ツ矢が言った。山から吹きつける風が三ツ矢のくせのある前髪を揺らしている。

「あ、はい。どこですか？」

三ツ矢は答えず、タクシーに片手をあげた。

無視かよ、と岳斗は胸の内で吐き捨てた。いらいら、うつうつ、もんもん。いまの感情を表す畳語を並べていくと、どれも当てはまった。今日もまた聞き込みでひとこともしゃべらなかったし、なんの役にも立たなかった。ただ影のように三ッ矢に従っていただけだ。影なら俺じゃなくてもいいだろ。っていうか、人間じゃなくても、フィギュアやぬいぐるみで十分だ。三ッ矢から見れば俺は無能なのだろう。だから、なにひとつ相談することなく、すべてひとりで決めるのだ。自分に対する情けなさが、三ッ矢への不満へとシフトしていく。

タクシーを降りたのは、ドラッグストアの手前を左に入ってすぐの住宅地だった。三ッ矢の手には途中で買った供花《きょうか》がある。このへんに知り合いが住んでいるのだろう。そう思ったが、三ッ矢はアパートの植え込みの前に供花を置くと、地面に向かって手を合わせた。猫背ぎみの静かな後ろ姿は、事件現場で合掌したときを思い出させた。あのときのように一分をゆうに超えてから三ッ矢は両手を離した。

交通事故で亡くなった人がいるのだろうか。岳斗の疑問を見透かしたように、三ッ矢がゆるりと顔を向けた。

「以前、ここは空き地だったそうです」

そう言ってアパートを指差した。

二階建てのファミリー向けのアパートは、古くはないものの新築ではないようだ。

三ツ矢の言う「以前」とはいつ頃のことだろう。

「知りませんか？」

なにを問われているのかわからないのはいつものことだ。岳斗はとりあえず「はい」と答えた。

「宇都宮女性連続殺人事件」

それなら知っている。岳斗が中学生のときに起きた事件だ。岳斗が鮮明に記憶しているのはふたりの女性が殺された事件そのものよりも、逮捕された男が宇都宮警察署のトイレから逃げ出したことだ。凶悪犯の逃走劇に日本中が騒然となった。当時、岳斗は仙台に住んでいたが、「気をつけなさいよ」と母にしつこく言われたことを覚えている。

この前林市は宇都宮から七、八十キロ離れ、県もちがう。宇都宮女性連続殺人事件とどう関係があるのだろう。

「犯人を覚えていますか？」

そう問われ、岳斗は焦った。逮捕後、犯人が過去にもうひとり女性を殺害していたことが判明し、死刑判決が下った。刑が執行されたのは知っているが、名前も顔も浮かんでこない。

「林竜一です」

岳斗が記憶していないことを見透かしたように三ツ矢が言った。

ああ、そうだ。林竜一だ。名前を思い出したら、風貌がよみがえった。つり上がった目と短い金髪。体格がよく、悪役レスラーといった印象だった。

「じゃあ、中学校を卒業したばかりの少年が亡くなったことも知りませんね」

三ツ矢の口調は静かだったが、切れ長の細い目は無知な新人刑事を咎めるように見えた。

「すみません」

反射的にあやまった。あの事件の被害者のなかに少年がいたという記憶はなかった。

「十五年前、林竜一にまちがわれた少年がここで亡くなりました。パトカーに追われて自転車で逃げている途中、駐車中のトラックに激突してしまったんです」

「すみません。知りませんでした」

「田所さんは何歳ですか？」

「二十八です」

「じゃあ、十五年前というと十三歳ですね。亡くなった少年よりふたつか三つ下になりますね」

「はい。すみません」と岳斗は繰り返した。あやまるたびに、体がどんどん縮こまっていく気がした。

三ツ矢は事件当時は二十代半ばだから、すでに入庁していたのだろう。

「わからないのですよ」

三ツ矢はふっと息を吐くようにつぶやいた。

「え？　なにがですか？」

「どうして少年が命を落とさなければならなかったのか」

その事故を知らない岳斗は反応しようがなかった。

「事故があったのは夜中の二時頃でした。少年は補導歴もなく、成績優秀で問題行動もなかったそうです。なぜ少年はそんな時間に出かけたのか。どこに行ったのか。なにをしたのか。あるいはなにをしようとしたのか。なぜ逃げたのか」

「三ツ矢さんはあの事件の担当だったんですか？」

「担当ではありませんでしたが、少しだけかかわりました」

「どんなふうにですか？」

「わからないのですよ」

「え？　わからない？」

どんなふうに捜査にかかわったのかわからないとはどういうことだろう。岳斗は混乱したが、三ツ矢は少年のことを言っているらしかった。

「あの夜の少年の行動がどうしてもわからない。当時は、あの年齢特有の思いつきで家を抜け出し、自転車でうろうろしていたところ、思いがけずパトカーに追われてとっさに逃げたのだろうと言われていました。僕が十五歳だったときとはちがいますが、そういうこともあるかもしれません。でもね」

三ッ矢は唐突に言葉を切り、小さく二度うなずくと、「戻りましょう」と待たせていたタクシーに乗り込んだ。

でもね、の続きを聞かされるとばかり思っていた岳斗は肩透かしをくらった。が、三ッ矢がドライバーに告げた行先は前林駅ではなく、「キボウバシ」という名称だった。「希望橋」だろうか、という岳斗の想像は当たった。五分もしないうちにタクシーが停まったのは川にかかる橋の手前だった。

川は幅三メートルほどで、流れに勢いはない。暗い空を映した水面に、街路灯のオレンジ色が細い帯になって揺れている。川の両側は雑草が茂った土手だ。

無言で橋を歩く三ッ矢は真ん中あたりで足を止めた。欄干に両手をのせ、遠くを見つめるまなざしになる。その視線の先を追ったが、月のない暗い空があるばかりだ。

「逃走していた林竜一が逮捕されてまもない頃です」

前置きもなく三ッ矢がしゃべり出す。

「自転車で逃げていた少年を見たという人が現れました。少年は向こうからやってきて……」

三ッ矢は川向こうを指差した。区画整理された住宅地があり、その向こうに工場らしき建物が数棟見える。

「橋の真ん中で自転車を停めて、ポケットからなにかを取り出して川へ捨てたそうです。パトカーのサイレンが近づいてきて、少年は慌てたようにまた自転車をこぎ出したと言っていました」

「少年はなにを捨てたんですか？」

「よく見えなかったそうですが、こぶしに収まる程度のものだったと目撃者は言っていました。念のため川をさらったところ、気になるものが見つかりました。鍵です」

鍵、と岳斗は無意識のうちに復唱していた。

「車の鍵が二本。どちらも新しいものだったため、少年がなにかを捨てたのだとしたら、これかもしれないということになりました。もちろん確証はありません。少年がなにを捨てようが、彼は林竜一とは無関係だし、犯罪にかかわっていたわけでもない。それに、林竜一は逮捕されたのだから、気にする必要はないでしょう。ところが、当時の捜査員のなかに僕のような知りたがりがいました。彼が調べたところ、二本の鍵のうちの一本は少年の父親が勤める会社の営業車の鍵であることがわかりました」

「えっ」

思わず三ッ矢を見たが、欄干に両手をのせて遠くを見つめたままだ。

「しかも、その鍵は会社がつくった覚えのない合鍵だったそうです。もうひとつの鍵も車の鍵であることはまちがいなかったのですが、車の持ち主はわかりませんでした」

当時、少年は十五歳。車を運転できる年齢ではない。が、技術的に運転できるかどうかは別問題だ。

「その二本の鍵は、ほんとうに少年が捨てたものなんでしょうか？」

岳斗は聞いた。

「ですから、それはわかりません。ただ、そう考えるのが合理的でしょうね。少年の父親は、営業車で帰宅することも多かったそうです。つまり、少年は合鍵をつくれる環境にあったということです。少年はあの夜なぜ出かけたのか、どこに行ったのか、なぜ逃げたのか。そこに、なぜ営業車の合鍵を持っていたのか、もうひとつの車の鍵は誰のものなのか、なぜ川に鍵を捨てたのか、という新たな三つの疑問が加わることになります」

三ツ矢はポケットに手を入れてから川にものを投げ込む動作をすると、

「どう思いますか？」

岳斗に顔を向けた。岳斗を試しているのではなく、純粋に答えを欲しているように見えた。三ツ矢が前林市まで来たのは、百井野々子の母親に会うというのは口実で、少年の足跡《そくせき》を辿りたかったからかもしれないと思い至った。

「少年は、車の合鍵を持っているのを警察に知られたくなかったということですよね」

岳斗が慎重に言葉にすると、三ツ矢は目だけで続きを促した。

「ということは、その合鍵でなにかをしたか、しようとしたか、ということではないでしょうか。たぶん、してはいけないことを」

「たとえばどんなことですか？」

「えーと、そうですね。営業車からなにかを盗んだとか？」

なんとかひねり出したが、誰でも思いつく幼稚な推察だと情けなくなる。

「営業車には盗まれるようなものはなにも積まれていなかったそうです。残念ながらこれ以上のことはわかっていません。事件性がないのだから調べる必要はないという判断だったようです。知りたがりの捜査員もそれ以上のことはできなかったようですね」

「あの、どうして三ッ矢さんは十五年前の少年の事故死を気にしているんですか？」

「気になるからです」

三ッ矢は即答した。

「だから、どうしてですか？」

少年が誰かに殺され、犯人が特定されていないのなら理解できる。しかし、少年はパトカーから逃げた挙句、駐車していたトラックに激突したのだ。そこに犯人はいないし、事故で処理されたのだから死因に不審な点もなかったはずだ。いったいなにが気になるのだろう。

「どうして？」と、三ッ矢が見慣れないものを観察する顔になる。なぜそんなことを聞くのか理解できないと言いたげな表情だ。

岳斗の胸を焦燥感と劣等感が締めつけていく。

「彼が死ななくてはならなかった理由がわからないからですよ」

「え？」

少年が死んだのはトラックに激突したからだと、さっき自分で言ったではないか。

「彼はなぜトラックに激突しなくてはならなかったのか。なぜパトカーから逃げなくてはならなかったのか。死に至るまでの理由がわからない。わからないから知りたいのです」

そう言うと、三ッ矢は恥じるような微笑を浮かべて目を伏せた。

「えらそうに言ってしまいましたが、正直なところ彼のことは忘れかけていました。気になりながらも、十五年間調べることもしませんでしたし」

「これから調べるつもりですか？」

言葉の頭に「まさか」をつけたい気持ちで聞いた。

「無理でしょうね」

ですよね、と声には出さずに同意する。捜査本部でも設置されれば別だが、前林市は管轄外だ。しかも事件性はない。いくら変わり者として知られる三ッ矢でも、十五年前に解決した事故をいまさらほじくり返すことはできないだろう。

「定年になったら調べるかもしれませんね」

冗談かと思ったが、三ッ矢は真顔だ。

「定年になったら調べたいことがたくさんあります。世の中には僕には理解できないことがあふれていますから」

そう言って三ッ矢は欄干から両手を下ろした。

6

ポラリスの事務局は、さいたま市の大宮《おおみや》駅から歩いて十分ほどのマンションにあった。

百井智恵は七階でエレベータを下り、七〇五号室のドアフォンを押した。

ポラリスは行方不明者の捜索を支援するNPO法人で、家族や親族に行方不明者がいるメンバーも多いらしい。

智恵がポラリスのサイトの申込フォームから掲載依頼をしたのは三日前のことだ。その翌日、自宅に連絡があり、事務局へ招かれた。

ドアを開けたのは太った女だった。智恵より十歳ほど若く見えるから五十代だろう。尻がすっぽり隠れる紺色のシャツとジーパンを身につけ、肉づきのいい頬にシミが散らばっている。

「百井さんですね。お待ちしていました。どうぞ」

外見とは正反対に小さな声だった。

この人も家族が行方不明なのだろうか、と智恵は考えた。私と同じように子供が行方不明なのかもしれない。そう思うと、彼女の手を握り、胸に渦巻く不安と恐怖をぶつけたい衝動に駆られた。

十畳ほどの部屋には、パソコンが置かれたデスクが三つと小さな応接セットが配置されている。応接セットで智恵を待っていたのは、代表理事の福永《ふくなが》という男だった。サイトのプロフィールには元埼玉県警の警察官とあった。七十歳前後に見える。

「遠いところをようこそいらっしゃいました」

福永は立ち上がり、深々と頭を下げた。

丁寧に扱われているのを感じ、それだけで泣きたくなった。「よろしくお願いします」という声が震えた。

「申込フォームを拝見しました。息子さんの百井辰彦さんが行方不明なんですね。心配ですよね。ご心労、お察しします」

福永はすぐに本題に入り、申込フォームをプリントアウトした用紙をめくった。

「辰彦さんが行方不明になったのは今月の二十日、金曜日。夜の七時過ぎに会社を出たきり行方が知れないとありますが、まちがいないですか？」

「はい」

会社を出たあと、殺された女性のアパート近くの防犯カメラに辰彦が映っていたと警察から聞いたが、それは伝えないことにした。

「電話やメールもないんですね？」

「辰彦さんには奥さんとお子さんがいるそうですが、奥さんのところにも連絡はないんですか？」

「ええ。ないそうです」

「トラブルや悩みがあったようでもない、と」

「はい」

太った女がお茶を運んできた。失礼します、と息を漏らすように言い、ひっそりと去っていった。

「家出とは考えられませんか？」

福永がプリントアウトした用紙から顔を上げ、智恵をまっすぐ見据えた。元警察官というだけあって目つきが鋭い。

「家出ではないと思います。でも……」

「でも？」

「帰りたくても帰れない状況なのかもしれません」

「というと？」

福永は智恵から目をそらさず、小さく首を傾ける。その瞳がきゅっと引き締まったように見えた。

「いえ。よくわかりませんけど」

智恵は目を伏せ、ポラリスのサイトに並んだ顔写真を思い浮かべた。三ページにも及ぶ、ある日突然消えた人たち。インターネットで検索すると、日本では一年間で約八万人が行方不明になるが、そのほとんどが発見されるという。それでも二千人ほどの行方はわからないままだ。

「失礼ですが、警察が行方を捜していませんか？」

え、と智恵は目を上げた。福永の視線とぶつかった瞬間、この人は事件のことを知っているのだと確信した。

「先日、新宿区の中井で二十代の女性がアパートで殺される事件がありましたよね。同僚男性が姿を消し、警察が行方を捜していると報道されていました。行方不明になった日時が合致しますが、もしかすると辰彦さんはこの同僚男性ではありませんか？」

「そうです」

智恵は素直に認めた。

辰彦はたしかに警察に追われている。しかし、辰彦は犯人ではない。事実を隠す必要はないのだ。

「でも、辰彦は犯人じゃありません。絶対にちがいます。きっと、いま警察に見つかったら犯人にされてしまうと思って隠れているんだと思います」

「それなのに捜すんですか？　犯人にされてしまうかもしれないんですよね？」

福永は智恵の決心を試すように問う。

「だってこのまま見つからなければ、警察は辰彦が犯人だと決めつけるに決まっています」

「そんなことはないと思いますが」

この男は元警察官だから古巣をかばうのだろうか。そう考えたのを見透かしたように、

「しかし、いずれにしても見つからないより見つかったほうがいいでしょうね」

福永は言い、「少々お待ちください」と席を立った。

智恵は、ポラリスのサイトに書かれていた〈事例〉のひとつを思い返した。

仕事に就かないことを母親になじられた息子が家を飛び出した。すぐに帰ってくると思ったが、一週間たっても戻ってこず、警察に相談したところ、事故や事件に巻き込まれた可能性がないため積極的に捜索はしないと言われた。母親はポラリスに相談し、サイトに顔写真と名前などの情報を載せた。すると、数日のうちに息子の友人から連絡があり、息子が隣町のネットカフェで寝泊まりしていることがわかった。息子は母親に暴言を吐いた手前、帰りたくても帰ることができなかったらし

い。

その事例を読み、辰彦も帰りたくても帰れずにいるのだと思った。事例では、その息子の友人は警察ではなくポラリスに連絡をしてきたという。だったら、警察よりも先に辰彦を見つけられるかもしれない。

福永が戻ってきた。

「いま、ネットで検索してみましたが、辰彦さんの名前は特定されていないし、顔写真なども出まわっていませんね。うちのサイトに行方不明者として載せると、辰彦さんが殺人事件の重要参考人として警察に追われていることがわかってしまうかもしれませんよ。なにしろ、日時と場所が一致していますから」

「かまいません」

迷いが入り込まないうちに智恵は答えた。

辰彦は犯人ではないのだ。特定されたってかまわない。逃げたり隠れたりすれば、余計に疑われてしまう。いや、それどころか辰彦が犯人だと認めることになってしまう。行方不明者として堂々と掲載することが、辰彦の無実を証明する方法なのだ。

いちばん恐ろしいのはこの状況が続くことだ。辰彦は犯人にされ、もう二度と会えない。どこにいるのかも、なにがあったのかもわからず、それどころか生きているかどうかも知ることができない。

辰彦はいまなにをしているのだろう。苦しんでいないだろうか。痛い思いをしていないだろうか。つらくないだろうか。泣いていないだろうか。絶望の底にいないだろうか。考えると、胸が押し潰されそうになる。世の中にこんな恐ろしいことがあるのが信じられない。地獄、と思う。このままだと、いずれ私は気が変になってしまうだろう。

「わかりました。それでは掲載しましょう」

「よろしくお願いします」

智恵は頭を下げた。

「家族からのメッセージはどうしますか？　お母さんのメッセージだけにしますか？　奥さんのメッセージは載せなくていいですか？」

そう聞かれ、気の抜けたような野々子の顔を思い出した。

野々子には毎日電話をして、辰彦から連絡がなかったか、捜査はどうなっているかを聞いている。しかし、彼女から電話があったことはない。電話中に何度か野々子が涙声になったことはあるものの、智恵の耳にはそらぞらしく聞こえた。野々子の気持ちがつかめない。辰彦のことを本気で心配しているのだろうか。無事に帰ってきてほしいと心から願っているのだろうか。もしそうならなぜなにもしないのだろう。本来なら、私ではなく野々子が藁《わら》をもつかむ思いでポラリスを訪ねるのではないだろうか。

「私のメッセージだけでけっこうです。嫁はショックでまともに考えられない状態ですので」

家族からのメッセージには〈なにも心配いりません。大丈夫です。必ずあなたを守ります。連絡ください。〉と書いた。辰彦に伝えたい気持ちを記そうとするほど、ありきたりな言葉になった。

7

宇都宮女性連続殺人事件についてネット検索すると、少年の事故死を報じる関連記事が見つかった。どれも簡略化した事実を伝えるだけの短い記事で、少年の名前や学校名は伏せられている。ただ、少年の名前を明かした掲示板サイトやブログが複数あった。

少年の名前は水野大樹。前林北中学校を卒業したばかりで、剣道部に所属していたらしい。三ツ矢は少年のことを成績優秀で問題行動もなかったと言っていたが、掲示板サイトの書き込みにも「頭がよかった」「勉強ができた」といった言葉が見られ、市内でもっとも偏差値の高い高校に合格していたらしい。「人気があった」

「性格がよかった」「やさしかった」という声がある一方で、「下着泥棒だったらしい」「優等生を演じていた」「ジキルとハイド」といった声も見られた。

田所岳斗は目についたサイトをクリックし、素早く目を通しては次のサイトに移ったが、少年がなぜ深夜にうろついていたのか、なぜパトカーから逃げたのかについて詳しく書かれているものはなかった。

深夜の〇時をまわっている。刑事組織犯罪対策課のデスクにいるのは岳斗だけだ。今日はもう上がるように三ツ矢に言われ、寝床になっている道場に行く前に自分のデスクに寄ったのだった。

「よう」と背後からだみ声がかかり、振り返らなくても先輩刑事の池《いけ》だとわかる。

「お疲れさまです」

「おう。ミッチーはどうだ?」

デスクのひきだしを開けながら池がからかう口調で聞く。

「ミッチー?」

「三ツ矢だよ。おまえ、組んでるだろう」

池が取り出したのは柿の種だった。道場での寝酒のつまみにするつもりだろう。

「三ツ矢さん、ミッチーって呼ばれてるんですか?」

「おう。陰でな。あと、パスカルとかな。あいつ、ひょろっとして考える葦《あし》っぽいだろ。ただし、考えるわりにたいしたこと言わないんだよな」

　そう言って池は笑った。

　たしかに、と岳斗も笑った。もったいぶっているだけで、結局は「わからない」「知りたい」このふたつしか言わないイメージだ。

「じゃあな」

　池は片手をあげて出ていこうとした。

「あ、池さん」

「おう?」

「十五年前の宇都宮女性連続殺人事件って覚えてますか?」

「あたりまえだろ。応援に駆り出されたんだからよ」

　池は四十歳になったばかりだから、当時は二十代半ばだったことになる。

「っていっても殺人事件の捜査じゃなく、逃げた林を追いかけるほうな。おまえ、当時いくつだった?」

「十三歳です」

「まじかー。歳の差を感じるな。で、それがどうした?」

「その事件に、三ッ矢さんがかかわってたって聞いたんですけど」

「おまえ知らないのか。ミッチーが逃げた林を逮捕したんだよ」

「え？」

「林の野郎、東京で潜伏してやがってよ。で、当時、地域課だったミッチーがひとりで身柄確保したんだよ」

「どうやってですか？」

池は思い出し笑いをした。

「ミッチーは俺よりひとつ下だから、あんときはペーペーだったんだけどよ、やっぱり昔から変わり者だったんだなあ。そこに林竜一がいたので捕まえました、ってさらっと答えたらしいぞ」

平然とそう答える若き日の三ツ矢が想像できた。

「そこに山があるから、みたいですね」

「だな」

池は柿の種の袋をお手玉のように放り投げながら出ていった。

三ツ矢は十五年前、逃走中の林容疑者を逮捕した。それを自慢することなく「少しだけかかわった」と表現するのは変わり者の三ツ矢らしい。そう思うと、なぜか癪《しゃく》に障った。

朝の捜査会議で、百井辰彦の名前や写真がネット上で明かされていることが報告された。

情報元は、行方不明者の捜索を支援するポラリスというサイトのようだった。行方不明者として百井の名前や顔写真などが掲載され、失踪時の状況から殺人事件の重要参考人ではないかと推察した人物がいたらしい。ただ、まだ拡散されてはおらず、百井がツイッターやインスタグラムといったSNSと無縁だったため、ポラリスに掲載されている以外の情報は出まわっていなかった。

「こうなる可能性が高いことは伝えたんですがね」

ポラリスの代表理事の福永は渋い表情で言った。

元埼玉県警の警察官で刑事経験もある福永は、三ツ矢が聞こうとしている事柄を察知し、先まわりして答えた。

「相談者は百井辰彦さんのお母さんです。先週の金曜日にサイトのフォームから申し込んで、二日前の月曜日にここに相談に見えました。失踪時の状況を聞いたら、殺人事件の重要参考人じゃないかと思ったので、確認したところそうだと認めました。ただ、お母さんは絶対に犯人じゃないと言っていますがね」

警察は絶対的な縦社会で上下関係は理不尽なまでに厳しい。退職しても年下の警察官にいばりちらすOBが多いなか福永の態度は紳士的だった。

「百井さんの奥様は一緒ではなかったのですか？」

「お母さんおひとりで来ましたね」

「奥様のことはなにか言っていませんでしたか？」

「特に聞いてないですね」

福永のなかで、警察に伝えるべき情報と伝える必要のない情報の線引きがしっかりされているようだった。短い会話から相談者のプライバシーを守ろうとする姿勢が感じられた。

「行方不明者の目撃情報が、警察ではなくポラリスに直接寄せられることもあるわけですよね」

「もちろんそうです」福永は三ツ矢の言わんとすることを察したようだった。「もし百井さんを目撃したという人がいても、警察に連絡することはできません。百井さんは被疑者でも指名手配犯でもないですからね。どうするかは、百井さんや百井さんのお母さんが決めることです」

「おっしゃるとおりです」

三ツ矢はあっさりと同意した。

「どうせ警察なんてなにもしてくれないじゃないですか」

ぼそっとした声が落ちてきた。

顔を向けると、太った女がお茶を持ってきたところだった。五十代だろう。頬にシミが散らばり、口角の下がったくちびるが不満げにも悲しげにも見えた。

「警察はなにもしなかったのですか？」

三ッ矢の問いに、立ち去ろうとした女が動きを止めた。無表情に三ッ矢を見下ろす。そのまま無言の時間が過ぎていく。

「警察はなにもしなかったのですか？」

三ッ矢はまったく同じ口調で繰り返した。

女は沈黙を挟んでから「そうですね」と投げやりに答えた。

「あなたもご家族に行方不明者がいらっしゃるのですか？」

「ええ」と女は答え、「婚約者です」と続けた。それが自分自身への合図になったかのようにすぼめた口から空気を吸い込んだ。

「警察に相談しても、ちゃんと調べないどころか話もまともに聞かないで、彼は自分の意志であなたの前から姿を消したんだろう、って私をバカにするような態度でした。警察なんて人が死ななければなにもしてくれませんよね」

つぶやくような声量でまくしたてると、もう用はないとばかりに立ち去った。

「元警察官としてはどちらの立場もわかるので、心苦しいときがありますよ。失踪者の家族のほとんどが警察に捜索願を出していますが、警察が動いてくれるケースは稀《まれ》ですからね。正直なところ、警察に不信感を持っている人も少なくありませんよ」

福永がため息まじりに言った。

8

お母さん、助けて――。

暗闇のなかからその声がはっきり聞こえた。

「辰彦！」

叫んだ感覚はあるが、実際に声になったのかはわからない。

百井智恵の目が開く。

胸を突き破りそうな激しい鼓動。全身に張りついている冷たい汗。浅くせわしない呼吸。鼓膜には辰彦の声が刻まれている。

ソファに仰向《あおむ》けになった智恵の目に白い天井が映っている。掃き出し窓からやわらかな陽射しが入り込み、天井のすみと照明器具のまわりに淡い影ができている。

いま何時だろうとちらりと思うが、強大な力にねじ伏せられているように体が自由にならなかった。

昼寝をした覚えも、ソファに横になった覚えもなかった。智恵は記憶を辿り、めまいがしてソファに倒れ込んだことを思い出した。

昼前にポラリスの福永から電話がかかってきたのだった。

ポラリスに匿名の電話がかかってきた、と福永は言った。電話の主は、辰彦が最後に目撃されたのは退社するところではなく、帰宅途中の姿が防犯カメラに映っていた、と告げたらしい。

福永を騙そうとしたわけではない。辰彦が犯人だと疑われる気がして黙っていただけだ。智恵が詫びようとすると、福永は思いがけないことを口にした。

辰彦さんは自宅近くの防犯カメラに映っていたそうですよ。

夜の九時二十分頃のようだ、と福永は続けた。電話の声は女だったという。おそらく警察が聞き込みをした人物で、辰彦と同じマンションか近所の住人ではないかというのが福永の見立てだった。

殺人事件があった夜、事件現場近くを往復する辰彦の姿が防犯カメラに映っていたことは警察から聞いていた。それが最後の姿だと思っていた。しかし、ちがったのだ。その後、辰彦は自宅へ帰ろうとした。が、実際に帰りはしなかった。自宅を目前にして姿を消したことになる。

警察はなぜ教えてくれなかったのだろう。私が辰彦を匿っている可能性を考えたからだろうか。じゃあ、野々子は？　野々子もまた警察から教えられていないのだろうか。しかし、近所の人が知っているのだから、当然野々子の耳にも入るのではないだろうか。野々子はなにか考えがあって私に隠しているのだろうか。

そんなことを考えているうちに、めまいにのみ込まれたのだった。

振り返ってみると、辰彦が行方不明だと知ってからまともに眠った日はない。日中は、辰彦を見つけなければ、辰彦を助けなければ、と気持ちを奮い立たせているが、夜になりベッドに入った途端、不吉な想像が次々と頭を駆け巡り、眠りに落ちかけては覚醒するという繰り返しで朝を迎えた。

それなのに、いまの眠りはなんなのだ。

長く眠ったつもりはない。いや、そもそも眠った感覚がない。深い穴に下りていったようでもあり、別の次元と交わったようでもあった。どちらにしても光のない空間だった。

――お母さん、助けて。

智恵の意識に直接呼びかける辰彦の声。

声だけで姿は見えなかった。いや、そうじゃない。見えなかったのではない。辰彦には姿がなかったのだ。

絶望の底に突き落とされるようにそう確信した。その瞬間、仰向けの体に力が入り、智恵は跳ね起きた。

――お母さん、助けて。

はっきり聞こえたのに、その声に切迫さはなく、とうにあきらめているように聞こえた。

体から血の気が失《う》せ、視界が暗く狭まっていく。

無理もない、と智恵は自分に言い聞かせようとした。辰彦が心配でたまらないんだもの、辰彦のことばかり考えているんだもの、こんな夢をみるのはあたりまえよ。

しかし、あの声は夢ではなかったともうひとりの自分が主張していた。

この防犯カメラだろうか。

智恵が見上げたのは、〈防犯カメラ作動中〉と書かれた看板が取りつけられた電柱だった。黒いレンズがこちらを見下ろしている。

辰彦のマンションはすぐそこ、二百メートルくらい先の右手にある。

福永の話では、ポラリスに電話をかけてきたのは同じマンションか近所に住む人物ではないかとのことだった。

智恵の前方を母娘《おやこ》らしいふたりが手をつないで歩いている。母親は背中まである髪を金色に染め、娘は三、四歳ほどだろう。あたりまえの幸せをなんの疑いもなく享受している後ろ姿だ。ふたりが辰彦のマンションに入っていくのを認め、智恵は急いで追いかけた。

「すみません。ちょっとお聞きしたいことがあるんです」

振り返った母親はグレーのトレーナーとジャージという若者のような恰好《かっこう》だが、四十代に見えた。一〇一号室のドアの前に立ち、右手には鍵を持っている。辰彦の部屋の真下の住人のようだ。

「私、二〇一号室に住んでいる百井辰彦の母です」

「え?」

驚きと好奇心が混じり合った表情を見て、この女は辰彦の置かれている状況を知っているのだと察した。

「息子のことで警察が来ませんでしたか?」

「来ましたけど」

「警察になにを聞かれたんですか?」

「なにって、百井さんのご主人を見かけなかったかって。なんか事件に関係してて行方不明らしいですよね」

そう答えた女の目にはおもしろがる表情が透けていた。

ポラリスに匿名の電話をしたのはこの女だろうか、との疑いが湧く。しかし、いまとなってはそんなことは取るに足りないことだった。

「最近、息子の嫁に変わったことはありませんでしたか?」

智恵はいちばん聞きたかったことを口にした。

「嫁？　奥さんのことですか？」

「ええ。たとえば息子と喧嘩をしていたとか……」

そこで唐突に声が止まった。

ほかに男がいたとか、大きな荷物を運び出していたとか、と続けるつもりだった。

言葉は喉もとまでせり上がっているのに、声にすることに激しい拒否反応がある。いまはまだ智恵の内に留《とど》まっている妄想めいた考えが、声にすることで形をなし、現実のなかに組み込まれてしまう気がした。

「百井さんの奥さんとは子供の保育園が一緒だけど、プライベートなことはあんまり話さないからなあ」

女はそう言い、「奥さんも事件に関係あるんですか？」と目を輝かせた。

これが現実なのか、と智恵は巨大な手で叩き潰されたような衝撃を覚えた。私が苦しみ、もがき、嘆いているこの地獄のような現実は、他人にとっては退屈しのぎのスパイスにすぎないのだ。

「いえ。なんでもありません。失礼します」

そう言い捨て、逃げるように階段を上った。

合鍵で二〇一号室のドアを開ける。

鼻孔にふっと流れ込んだのは、他人の家のにおいだった。

智恵ははっとした。これまで何度も辰彦の家に来たが、こんなにおいを感じたことはなかった。ここはおまえの場所ではないという無音の圧力が四方から迫ってくるようだった。

智恵は散らかったリビングを眺めた。

食卓には、凜太が食べ残したらしいおじやの器と潰れたイチゴがのったお皿、汚れたスプーンとフォーク、飲みかけの牛乳、食パンの袋。流し台には使った鍋や食器が乱雑に置かれている。床のあちこちに凜太のおもちゃが転がり、ソファには脱ぎ捨てたのか洗濯したのかわからない衣類があふれている。そういえば、このあいだ合鍵で入ったときもいつもより部屋が荒れていた。あれはちょうど一週間前ではなかっただろうか。

辰彦がいなくなった途端、野々子はこんなふうにだらしない生活を送っているのか。まるで辰彦がもう帰ってこないことを知っているかのように。

キーンと耳鳴りがし、めまいにのみ込まれそうになる。

智恵は浴室に向かった。床、壁、浴槽、シャワーヘッド、蛇口、排水口をじっくりと調べる。どこにも血の痕跡はないし、不自然な点は見当たらない。しかし、安堵感は生まれない。

浴室を出て台所に行った。流し台の下から三本ある包丁を取り出し、銀色の刃を凝視する。このあいだなにも考えずにカレーをつくったことを思い出し、叫び出したくなった。

考えすぎだ、落ち着け、と頭のすみで必死に語りかける自分がいた。しかし、暴走した思考は止まらない。唐突に、保険金、と頭に浮かぶ。辰彦に多額の生命保険がかけられているのではないか。

智恵はリビングのキャビネットを開けた。ボールペン、シャチハタ、メジャー、宅配便の送り状、保育園の書類、病院の診察券。保険証券は見つからない。

玄関から近づいてくる足音を耳が捉えていたが、智恵の手は止まらなかった。

「ばあば！」

幼い声がかかったのは食器棚を調べているときだった。

「お義母さん、どうしたんですか？」

野々子は重そうなトートバッグを肩にかけ、手にはコンビニのレジ袋をさげている。

「辰彦はどこ？」

「はい？」

「辰彦はどこにいるのよ」

私はなにを言っているのだろう、と頭のすみの冷静な自分が思っている。

野々子は沈黙を挟み、「まだわからないみたいです。警察からも連絡がないんです」と答えた。

智恵にはなにもかもが演技に見えた。とぼけた答えも、情けない表情も、小柄な体にまとった悲愴《ひそう》感と疲労感も。

「ねえ。ばあば！　ばあば！」

凜太が智恵のパンツを引っ張る。思わず見下ろすと、「はい！　ばあば」と広げた小さな手にどんぐりがひとつのっていた。

「はい！　はい！」

凜太は満面の笑みを浮かべ、どんぐりののった手を智恵に向かって差し出している。黒い瞳が無邪気に輝き、くちびるのあいだから小さな歯とピンク色の舌がのぞいている。

智恵は我に返った。激しく渦巻いていた黒い靄《もや》が抜けていく。ゆっくりと息を吸って吐いたら、ひさしぶりに呼吸をした気になった。

早まってはいけない、と自分に言い聞かせる。先走ってもいけないし、決めつけてもいけない。きっと辰彦は生きている。

お母さん、助けて、といまにも聞こえそうな声を封じるために、「ありがとう、凛ちゃん。ばあば、大事にするからね」と笑顔をつくってどんぐりを受け取った。

智恵は改めて部屋を見まわした。不審な痕跡がないか、冷静になった目で確かめようとした。

「あ、すみません。散らかっていて」

いま気づいたように野々子が言う。

「ほんと、いったいどうしちゃったの。辰彦が帰ってきたらびっくりするわよ」

冗談めかして言ったつもりだが、声に怒気がこもったのを自覚した。

野々子に背を向け、ソファの上の衣類を片づけようと手に取った。ふと、ごみ箱のなかの紺色のものに目がいった。

野々子の様子をうかがうと、凛太を連れて洗面所へ向かうところだった。

智恵はごみ箱から紺色のものを拾い上げた。布の切れ端だ。光沢のある紺色に、青と水色の小さな水玉模様。ちがう、よく見ると水玉ではなくハート模様だ。智恵はもう一度、ごみ箱を見た。同じ柄の生地がいくつも入っている。

これは辰彦のネクタイではないか。ネクタイをハサミで切ったものではないか。

血の気が引いた。体中の穴から空気とともに自分自身が抜け出していく感覚がした。智恵は遠のきそうな意識を必死でかき集めた。

なぜ辰彦のネクタイが切られているのだろう。なぜ捨てられているのだろう。

智恵はごみ箱からネクタイの切れ端を拾い上げ、パンツのポケットに素早く入れた。

辰彦の同僚女性は、紐状のもので首を絞められて殺されたはずだ。ネクタイも紐状のものといえるのではないだろうか。このネクタイで女の首を絞めたのか、それとも辰彦の首を……。

「お義母さん、すみません」

背後から声がかかり、ぎくりとする。

「いま片づけますから、そのままにしておいてください」

ネクタイを捨てたことが露見すると思っているのだろうか。

「わかったわ」

智恵は平静を装い、野々子に目を向けた。

実物大の人形が立っているように見えた。目も鼻も口も奇妙に平面的でぼんやりとし、内側が透けて見えない。得体の知れない存在と対峙している感覚だった。

うちの嫁はこんな女だっただろうか。そう思った途端、背中に震えが走った。

このネクタイどうしたの？

そのひとことがどうしても出てこなかった。

9

目についた中華料理店でラーメンとチャーハンのセットを食べた田所岳斗は、コーヒーショップへと場所を変え、二杯目のコーヒーを飲んでいる。

百井辰彦の高校時代の友人を訪ね、予想どおりなんの収穫も得られず、このあとはどうするのだろうと考えていた岳斗に、「僕はちょっと予定があるので」と三ツ矢が言い残し、どこかへ行ってしまってから三時間以上がたつ。あとで連絡すると三ツ矢はおまけのように告げたが、まだ用事が終わっていないのか、それとも岳斗の存在を忘れてしまったのか。

まあ、どうせ俺なんかいてもいなくてもどうでもいい存在だし。冷めたコーヒーを飲みながら胸の内で自嘲《じちょう》した。

三ツ矢と組まされてから、もともと希薄だった自信がますます目減りしていくのを感じていた。三ツ矢に威圧的なところはないが、無音の声におまえは無能だと絶えずささやかれている気がする。

岳斗はため息をつき、店内を見まわした。サラリーマンの姿が目立つ。スマートフォンやパソコンをいじっていたり、談笑や打ち合わせをしていたり。同じようなスーツを着ていても、自分とはちがう人種に感じられた。

窓の向こうは夕暮れの気配が漂っている。少し迷ってから三ツ矢のスマートフォンに電話をした。が、呼び出し音が鳴るばかりだ。

三ツ矢が言った予定とはなんだろう。俺がいると不都合なことだろうか。じゃあ、事件とは関係のないことだろうか。いや、三ツ矢が事件と関係ないことに時間を使うはずがない。そう思ったところで、事件と関係ないことに時間を使っているのはひとり悶々《もんもん》とコーヒーを飲んでいる俺ではないか、と気づき、頭を抱えてわーっと叫びたくなった。


結局、三ツ矢と連絡が取れないまま岳斗は捜査本部に戻った。

六時を過ぎたばかりで、戻っている捜査員は少ない。

「おう。ミッチーに置いてかれたのか」

池が声をかけてきた。

「どうして知ってるんですか？」

「さっき、証拠品持って来たからな」

「え？　証拠品？　三ツ矢さん、戻ってきたんですか？」

「おう。すぐ出てったけどな」

「証拠品ってなんですか？」

「なんだ、おまえ知らないのかよ。ネクタイだってよ。ネクタイを切り刻んだやつ。これ、来たかもな」

凶器となった紐状のものはネクタイの可能性があると見られている。

そんな大切な情報を三ッ矢は俺に教えてくれなかったのか。頭のなかでぐらぐらと煮立つものがあった。

「変わり者はいいですよね。なにしても許されるんですから」

岳斗は苛立ちを吐き出した。

「おう。でもな、変わり者ってだけじゃねえぞ。前の赤坂《あかさか》署の署長、ミッチーの叔父らしいからな。二、三年前に定年になったけどな」

「さらにコネですか。最強ですね」

反射的に言ってから声が大きかったかとまわりをうかがったが、岳斗を気にしている者はいなかった。

捜査本部を出てすぐに声をかけられた。

「どうだ。きついか？」

使い古したようなだみ声は地域課の加賀山《かがやま》だ。

五分刈りの頭は銀髪で、日に焼けた顔にはしわが刻まれている。定年まで二年を切ったはずだ。加賀山には、警察学校時代に職場実習で世話になって以来、なにかと気にかけてもらっている。捜査本部の応援に加賀山が駆り出されていることは知っていた。おそらく自ら志願したのだろうと岳斗は思っていた。

池との会話を聞かれていたのだと気づき、恥ずかしくなった。父と同い年の加賀山にはすべてを見透かされている気持ちになることがある。

「はじめての捜査本部だもんな。いろいろ大変だろ」

加賀山の言葉に、俺は気負っているのだろうか、と考えた。

「缶コーヒーおごってくれや」

加賀山が口調をやわらかくする。

「俺がおごるんですか？」

「独身のほうが自由に使える金があるだろう」

「安月給なの知ってるじゃないですか」

一階の自動販売機を贔屓《ひいき》にしているという加賀山に従い、並んで階段を下りた。

加賀山の歩調は不自然に遅く、なにか大事な話があるのだと察した。

「三ツ矢はどうだ？」

加賀山はそんな聞き方をした。

「どう、って……」

返答に詰まる岳斗に追い打ちをかけるように、

「ついていけないか？　うんざりか？　腹が立つか？」

ますます答えに窮する。

「あいつ、中二だからな」

中二病のことだろうか。たしかに三ツ矢は飄々《ひょうひょう》としていて厄介ではあるが、中二病的なナルシシズムは感じない。

「中二ですか？」

「中二のまま心が止まってんだよ」

「どういうことですか？」

「あいつ、中二のときに母親を殺されたんだよ」

え、と言ったつもりだが、声にはならなかった。

「犯人は母親の交際相手らしい」

「え」と今度は声になった。

「あいつは小さいときに父親が病死して、ずっと母ひとり子ひとりだったんだ。母親の交際相手っていうのは公務員だったかな、とにかくちゃんとした素性の男で、三ツ矢もなついてたらしい。三人で旅行をしたり飯を食いに行ったり、ほんとうの家族みたいに仲がよかったらしいな。実際、母親と男は近いうちに結婚するはずだった。それなのにある日、母親は殺された。自宅アパートで胸を刺されて死んでいるのが発見されたんだ」

「どうして……」

「犯人が母親の交際相手だということは遺留品や目撃者の証言からも明らかだった。まもなく山のなかで首を吊《つ》った男の遺体が発見されたよ。三ツ矢はな、そんなはずがないとずっと言っていたらしい。あの人がお母さんを殺すはずがない、絶対にちがう、犯人はほかにいる、ってな。男が母親を殺した証拠は完璧《かんぺき》にそろっていたんだが、動機が見つからなかったんだよ。三ツ矢は、母親がなぜ死ななければならなかったのか、その理由を調べてくれ、って言ったらしい。そうすれば真犯人が見つかるかもしれない、ってな」

——死に至るまでの理由がわからない。わからないから知りたいのです。

三ツ矢の声がよみがえる。

あれは百井野々子の母親に会うために前林市に行ったときのことだ。希望橋という名の橋の上だった。

——彼が死ななくてはならなかった理由がわからないからですよ。

三ツ矢が言った「彼」とは、十五年前、パトカーに追われて死んだ少年のことだった。

「俺、微糖な」

自動販売機の前で加賀山が言い、早く硬貨を入れるように目で促す。

ガタガタッと音を立てて落ちてきた缶コーヒーを拾い上げながら、「赤坂署の前の署長があいつの叔父だってことは、さっき池に聞いたよな？」と加賀山がさりげなく言った。

「はい」と答えつつも、さらにコネですか、最強ですね、と返したことを思い出し、自己嫌悪でいたたまれなくなる。

「事件のあと、三ツ矢は叔父に引き取られたんだけどな、あいつがマイペースでも許されるように見えるのはコネだけが理由じゃないぞ。三ツ矢が二十代半ばの若さで本部の捜査一課に引き抜かれた理由、知ってるか？」

「いえ」

「十五年前に、宇都宮警察署から殺人事件の容疑者が逃げただろ」

「ああ、それなら知ってます。身柄確保したのが三ツ矢さんだったんですよね」

「なんだ、知ってたのか」

「そのとき三ツ矢さんは地域課で、そこに林竜一がいたので捕まえました、とか言ったんですよね」

池から聞いたことを思い出し、岳斗は笑いながら答えた。

「新宿駅東口の交番だぞ」加賀山は真顔で言った。「あの雑踏だぞ。しかも林は向こう側の歩道を歩いてたんだ」

まさか、という思いがこみ上げる。新宿駅東口の交番と向こう側の歩道のあいだにはロータリーと車道がある。しかもあの雑踏だ。一瞬で人の顔を認識できるのだろうか。

「噂だけどな、三ツ矢には瞬間記憶能力があるんじゃないかと言われている。しかも、頭のなかでアップにしたりズームにしたりコントロールできるんじゃないか、ってな」

瞬間記憶は、写真記憶やカメラアイとも言われ、見たものを映像や画像として完璧に記憶することだ。サヴァン症候群によく見られる能力として知られ、受験勉強に苦戦していたときはこんな能力を授かりたいと思ったものだ。

「瞬間記憶は特別な能力じゃなくて、もともと人間に備わっているという説もあるらしいな」

「そうなんですか？」

「おまえ、聞いたことないか？　生まれる前の記憶がある子供の話」

「ああ、ありますけど」

答えながら思わず苦笑した。

母親のお腹にいたときの記憶がある子や、雲の上から母親を選んだという子、なかには前世のことをしゃべり出す子がいるらしいことは、都市伝説のひとつとして知っていた。

「行ったことのない国の言葉を話す子もいるらしいな」

「加賀山さん、まさか信じてるんですか？」

岳斗はミルクティのボタンを押した。甘さ控えめと書いてあるのに、舌が溶けそうなほど甘かった。

「実は生まれる前の記憶はみんな持っていて、成長するにつれて消えていくとも言われているらしい」

加賀山がこんな非科学的なことを言うのが意外だった。

「瞬間記憶能力もそれと同じで、ほとんどの場合、思春期の前にはなくなると聞いたことがある」

「へえ」と受け流そうとし、思春期、という単語に引っかかった。三ツ矢は中学二年生のときに母親を殺された。

「三ツ矢さんのお母さんの遺体を発見したのって……」

最後まで言わなくても伝わった。加賀山は喉を鳴らして缶コーヒーを嚥下《えんげ》すると、

「ああ」とだけ答えた。

三ッ矢は自分の母親が殺された事件の第一発見者だった。

血に染まった体、床に広がる血の色、虚空を見つめる瞳、真っ白な顔、床に投げ出された手足。世界が壊れた瞬間。日常が終わった光景。そのとき三ッ矢の瞳が捉えた映像は色あせることもあやふやになることもなく、まるでこの瞬間を凝視しているように鮮明に刻まれたままなのだ。

地獄のようだ、と思う。俺なら神経がおかしくなってしまうだろう。

三ッ矢はその体験のせいで、瞬間記憶能力を手放すことができなかったのだろうか。

「加賀山さんはどうして三ッ矢さんのことを知ってるんですか？」

「俺くらいの歳のやつはけっこう知ってるぞ。それに、俺は昔から青江《あおえ》さんと親しくさせてもらってるんだよ」

青江は赤坂署の前署長、三ッ矢の叔父だ。

「だから三ッ矢が入庁すると聞いて、あのときの子が警察官になったんだって見守るような気持ちになったもんだよ」

三ッ矢はいまも、母親を殺したのが交際相手の男だとは思っていないのかもしれない。母親が死ななければならなかった理由と、犯人が母親を殺さなければならなかった理由を探し続けているのだろうか。

「なあ。事件のことだけどよ」

話の流れから、三ッ矢の母親が殺された事件かと思ったがちがった。

「百井のやつ、もう生きてないんじゃないかって言われてるよな」

捜査本部でささやかれている声だった。岳斗もその可能性は高いと考えていた。百井辰彦と被害者のスマートフォンはどちらも見つかっていない。電源が切られているらしく、GPS追跡ができないままだ。もし百井が自ら命を絶ったとすれば、なぜ被害者の小峰朱里が死ななければならなかったのか、その理由は闇に閉ざされたままになる。

捜査本部の筋書きでは、被害者宅にあったオブジェで頭を殴りつけ、紐状のもので首を絞めるという手口から、別れ話のもつれによる突発的な犯行ということになっている。しかし、計画的犯行の可能性が排除されたわけではない。

そこまで考え、ネクタイ、と思い出した。さっき三ッ矢は、切り刻まれたネクタイを持ってきたらしい。もしかして凶器なのだろうか。彼はどこでそれを見つけたのだろう。

10

「ねえ。また警察が来たわよ。大丈夫なの？」

母の言葉に、百井野々子の心臓が止まりそうになる。

母に会うのは三ヵ月ぶりで、いつもどおり池袋のデパートのなかの喫茶店で待ち合わせた。約束の時間に野々子が行くと、日曜日で混雑している店のテーブル席で足を組んでコーヒーを飲んでいる母がいた。「ひさしぶりー」と母は笑顔で手を振ってから、席についた野々子に顔を近づけ、警察が来たことを告げたのだった。

「また？　またっていつ？」

一週間ほど前、ふたりの刑事が前林市にある母の店を訪ねたことは知っていた。旦那が行方不明なんだって？　たったいま私のところに刑事が来て、旦那の行方を知らないかって聞かれたんだけど、私が知るわけないじゃないねえ。ちょっとなにがあったのよ。なんで知らせてくれなかったのよ。

電話でそうまくしたてた母は、夫が重要参考人として警察に追われていることは知らないようだった。野々子はとっさに、私にもわからないの、と答えていた。出張に行くって言ったきりいなくなったの。

「一昨日《おととい》よ。前はふたりだったけど、一昨日はひとり。いい男のほうよ。顔は好みなんだけど、あれは女心がわからないタイプね。なんて言ってる場合じゃないわよね。ごめんねー」

母はバッグに手を入れて煙草を取り出したが、「あー、禁煙だもんね。どこも禁煙禁煙でまいっちゃう」とぼやきながら戻した。

「それで、一昨日はどうして警察がお母さんのところに行ったの？」

「こっちが聞きたいわよ。旦那が行方不明になって半月になるんでしょう。ほんとどこ行っちゃったのかしらねー。原因に心当たりはないの？　会社のお金を横領したとか、愛人と駆け落ちしたとか」

「ない」と、野々子は短く答えた。

警察がなんのために再び母のところへ行ったのか、母になにを聞き、母はどう答えたのか。聞こうとしたが、母のほうが早かった。

「でもさー、普通の失踪だったら、警察がこんなに熱心に捜すはずないわよね」

そう言われ、野々子の心臓が引き締まる。

「野々子には酷な話かもしれないけど、やっぱり横領だと思うわよー。もしそうだとしても、あんたが代わりに返済する必要はないんだからね。あんた、ぼーっとしてるから相手に言われるがまま判子押しちゃいそうで怖いわ。なんかあったらすぐ私に言いなさいよ」

「うん。わかった。それで、一昨日は警察になにを聞かれたの？」

「この前と同じようにあんたの旦那の行先を知らないかとか……。んー、あとはたいしたことは聞かれてない。世間話みたいな感じかな」

「世間話って？」

警察が二時間もかけて前林市まで行き、ただの世間話をするなんて考えられない。

「誰それを知らないかとか、前林で昔こんなことがあったとか」

「誰のことを聞かれたの？」

「知らない人よ。名前も覚えてないわ」

母はそっけなく答え、コーヒーに口をつけると、「あー、煙草吸いたい」とひとりごとを漏らした。

そのあまりにも自然な様子が、野々子には演技をしているように感じられた。ほんとうだろうか。ほんとうに誰のことを聞かれたのか覚えていないのだろうか。考えれば考えるほど鼓動が速くなっていく。

「じゃあ、昔の話って？」

野々子もそっけなさを装った。

「ほら、あれよ。あんたが中学卒業したときに、殺人犯とまちがわれて死んじゃった子がいたじゃない」

　水野大樹――。ぱっと名前が浮かび、少し遅れて胸が絞られるように痛んだ。

「ええと、名前なんだっけ。刑事さんから聞いたんだけどな」

「水野君でしょ。水野大樹」声にすると、胸の痛みが鋭くなった。「それで、いまさら水野君がどうしたっていうの？」

「別にどうもしないわよ。刑事さんにね、あんたがどこの中学校を出たか聞かれたのよ。前林北中だって答えたら、じゃあ水野大樹君と同じですね、って。学年も同じだけどクラスも同じだったのか、って聞かれたわ。たしか同じクラスだったわよね」

「そうよ」

「野々子からその子の話を聞いたことがないかなんて聞かれたわよ。あんな昔の話にどうして興味があるのかしらね。ほら、あの頃ってさー」

　そこで言葉を止め、母はゆったりと頬づえをついた。なつかしい光景を思い出すようにマツエクで飾られた目をしばたたく。

「ほら、私たち、いろいろあったじゃない？」

　いたずらっぽくささやき、秘密を共有するまなざしで野々子を見た。

　母がとんでもないことを言い出す気がして、野々子は息を詰めた。息苦しさが増し、全身を巡る血がゆっくりと下がっていくような感覚がした。

母はくちびるをにんまりとつり上げ、意味ありげに瞳を輝かせた。その表情は、言わなくてもわかるでしょう？　と語りかけているようだった。

――いろいろあったじゃない？

母の言う「いろいろ」がなにをさしているのかはわかる。しかし、母と野々子が共有する「いろいろ」がすべての出来事ではない。野々子が母に隠していることがあるように、母もまた娘に隠していることがあるはずだ。

母の言う「いろいろ」は、野々子たちの前に亮《りょう》が現れてからのことだ。野々子は中学三年生で、父が死んでから三年がたっていた。

幼い頃から、自分の父が戸籍上の父ではないことに野々子は気づいていた。月に一、二度だけ家にやってくる彼は無口で、表面上はやさしかったが、娘との関係は希薄だった。だから、父が死んだと聞かされたときも、これまでと変わらない生活が続くのだと思っていた。

けれど、一変した。ほとんどの荷物を手放し、マンションから古いアパートに引っ越した。台所と和室がひとつあるだけの、湿っぽくてうっすらと黴臭《かびくさ》い部屋だった。母からは機嫌のよさが消えて、野々子に見せていた笑顔はうんざりした表情に変わり、笑い声は苛立ちをぶつける声に変わった。

「お母さん、ごめん。校外学習費がいるの」

お金のことを切り出すと、母の機嫌はさらに悪くなった。わざとらしくため息をつき、「働いても働いても、ぜーんぶあんたに持っていかれるね」「あーもう子供なんか産むんじゃなかった」などと吐き捨てた。夜の仕事をはじめた母は明け方近くに泥酔して帰るようになり、やがて家を空けることが多くなった。

あのとき、母を変えたのは貧しさだと思っていたが、そうではなく絶望だったのだと思い至ったのは亮が現れてからだ。

「この人、亮ちゃん。こっちは娘の野々子」

お互いを紹介した母ははしゃいでいた。瞳と肌が輝き、少女のようにかわいらしかった。こんなふうに笑う母を見たのは父が死んでからはじめてだと気がついた。それまでも何度か母に男の気配はあったが、この人はちゃんとした恋人なのだと野々子は理解した。亮は死んだ父とはちがってお金持ちではなかったが、それでも母は幸せそうだった。

「ねえ。亮ちゃんのことどう思う？」

あるとき、母が照れたように聞いてきた。

「いい人だと思うよ」

亮は野々子を邪魔者扱いすることなく、野々ちゃん、野々ちゃん、と歳の離れた妹のようにかわいがってくれた。

「私、亮ちゃんと結婚するかも」

そうなるだろうという予感はあった。

母に亮を紹介されてから半年がたっていた。亮は週に三、四日は家に来て、一緒に夕食のテーブルを囲んだり、三人でテレビを観たり、買い物に行ったりと、家族のような存在になっていた。二十四時間営業のスポーツクラブで夜勤をしている彼は、仕事終わりの朝八時過ぎに来ることが多かった。野々子は学校に行く準備をし、母は寝ている時間帯だ。亮は合鍵を使ってそっとドアを開け、野々子に「おはよう」と小声で笑いかけ、静かにふすまを開けて、寝ている母に「ただいま」とやさしくささやいた。

「結婚したら生活も少しは楽になるし、野々子にも贅沢《ぜいたく》させてあげられるもんね」

そう言って、母は野々子に笑いかけた。

贅沢なんかいらなかったが、母が笑っていることが嬉しくて、「ありがとう」と野々子は答えた。

高校の合格発表の日のことだった。

野々子は私立の併願はせず、公立高校一本に絞っていた。志望校のランクを落としていたため、合格するのがあたりまえだった。だから合格したことよりも、母と亮が合格祝いをしてくれたことのほうが嬉しかった。ローテーブルに並んだ寿司やピザを目にすると、自分は母と亮にとって大切な存在なのだと感じられた。

「それ、もしかしてクローバーのケーキ？」

野々子は思わず声をあげた。

亮が冷蔵庫から取り出したケーキの箱にはあざやかな四葉のクローバーが描かれていた。

「そうだよ。野々ちゃんのお祝いだから奮発して買っちゃったよ」

「ありがとう！」

駅向こうにある洋菓子店のクローバーは誰もが知っている高級店だ。野々子にとってクローバーのケーキは幸せの象徴だった。ずっと憧れていたが、一生食べられないかもしれないとあきらめてもいた。そうか、いま私はとても幸せなんだ、と野々子は改めて満ちたりた気持ちを嚙みしめた。

「五百円もするケーキなんて信じられなーい」

文句を言いながらもほろ酔いの母は機嫌がよく、「じゃあ、特別に私のケーキも食べていいわよー」と歌うように言った。

クローバーのケーキは現実感がないほどおいしかった。真っ白なクリームはふわりとなめらかで、口に入れると贅沢な甘さを残して魔法のようにやさしく溶けた。幻を食べているみたいだ、と野々子は思った。

ローテーブル越しの母が「若いわねー。私なんかケーキ二個とか無理よ」と笑い、亮が「瑶子ちゃんはケーキよりお酒が好きなだけでしょ」と母のグラスにワインをつぐ。「これ以上飲んだら仕事行けなーい」と母が甘えた声を出し、「休んじゃえ休んじゃえ」と亮がはやし立てる。

いま、私は世界でいちばん幸せかもしれない。そう思った野々子の口角が自然と上がり、頭の芯が温かくなった。

この瞬間がずっと続きますように。ずっとずっと母が笑っていますように。

気がつくとにぎやかさが消えていた。

いまがいつで、自分がどこにいるのかわからなかった。頭も体も重たく、まるでぬるま湯の底に沈められているようだった。思考はぼんやりとしていたが、なにか大変なことが起こっていると本能が告げていた。

荒い呼吸が聞こえ、煙草くさい息がかかった。首から胸にかけてすうすうと頼りなかった。

目を開けると、すぐ真上に亮の顔があった。「あ。起きちゃったか」と、いたずらが見つかったような表情になった。

目線を亮の顔から下へと移動させていき、ブラウスのボタンをはずされていることに気づく。驚愕《きょうがく》と恐怖で筋肉が固まった。悪夢から逃れるために野々子は反射的に目をつぶった。

「そうそう。いい子だね」荒い呼吸とともに亮が言う。「ちょっとだけだから。ね、ちょっとだけ」

やっぱり、という思いが胸に生まれた。

ずっと変だと感じていたのだ。頬を撫でたり、手を握ったり、肩を抱いたり、亮の野々子へのスキンシップはきまって母のいないときに行われ、少しずつエスカレートしていた。このあいだは背後から抱きしめられ、「野々ちゃん、チューとかしたことあるの?」と聞かれた。そのとき、亮の手がトレーナー越しに乳房にふれた。でも、まさか、と思おうとした。母と亮はとても仲がよかった。亮はスキンシップをすることで父親になろうとしてくれているのだ、私の自意識過剰にすぎないのだ。自分にそう言い聞かせた。

しかし、もうどんなこじつけも思いつかない。

亮の手がブラジャーをたくし上げた。

早く目を開けなくちゃ。やめて、と叫ばなくちゃ。ここから逃げなくちゃ。そう思うのに、見えない鎖が巻きついているように自分のなにもかもが自由にならなかった。

亮の指先が片方の乳房にふれた。鳥肌が立った。そのとき、ギャ――――ッ、とものすごい叫びが響き渡り、窓ガラスがびりびり震えた。亮が身を引いたのと野々子の体にスイッチが入ったのは同時だった。

考えるよりも先に体が動いた。野々子は亮を突き飛ばして起き上がった。そこではじめて自分が和室のベッドにいることに気づいた。体を動かすと、頭蓋の内側からトンカチで殴られているように頭ががんがん痛んだ。

野々子は衣服を直しながら玄関に走った。いまにも後ろから羽交い締めにされそうで、怖くて振り返ることができなかった。玄関のコートかけからスクールコートを取り、外に飛び出した。

夢中で走り、ひとつめの交差点でやっと足を止めた。恐る恐る振り返り、亮の姿がないことにほっとする。がんがん響く頭痛と、脳みそが発熱しながら膨張していくような不快感。頭の先から足の先まで湿った砂を詰め込まれたように体が重かった。

紅茶、と思いつく。クローバーのケーキと一緒に亮が出してくれた紅茶は濃くて甘ったるかった。野々子があまり口をつけずにいると、「野々ちゃんのために高い紅茶を買ってきたんだよ」とやけに熱心にすすめられた。亮は紅茶になにか入れたのかもしれない。

いま何時なのだろう。家々の窓には灯りがともり、どこからか魚を焼くにおいが流れてくる。空き地が多いこのあたりは夜になると人通りがない。

さっきの叫びを思い出した。ギャ———ッ、というこの世の終わりのような声。あれはなんだったのだろう。女の悲鳴だったのか、男の断末魔だったのか、それともなにかの機械音だったのだろうか。

野々子は来た道を戻り、アパートの裏手をのぞいた。

数年前まで資材置き場として使われていた空き地には、古いプレハブ小屋と木材が残っている。一台だけ停まっている白い車は亮のものだ。彼は裏の空き地を駐車場代わりにしていた。

ほんの十分前まで野々子がいた和室の窓には灯りがついている。あんな目に遭ったのに、外から見ると明るく安全な場所に見えるのが信じられなかった。亮の息づかいと指先の感触がよみがえり、内臓が身悶《みもだ》えするように震えた。

窓から漏れる灯りが暗がりのなかを動くものを捉えた。

それは窓の下から野々子のほうへ悠々と歩いてきた。茶色に黒の縞《しま》模様が入ったでっぷりと太った猫。さっき聞いたのはこの猫の鳴き声だったのだろうか。

「あんただったの？　あんたが助けてくれたの？」

首輪はしていないが、近所の飼い猫だろうか。太った猫は野々子を警戒するどころか、豊満な体を甘えるように脛《すね》になすりつけてから、通りを渡って向こう側の空き地へと消えていった。

これからどうすればいいのだろう。このままどこか遠いところへ行こうか。それとも死んでしまおうか。もし私がいなくなれば、母と亮はあのアパートで体を寄せ合い、笑い合い、ふたりで幸せに暮らすのだろうか。

そんなの嫌だ、と強烈に思う。どうして私が弾き出されなければならないのだろう。

母に言おうと思った。しかし、どんな言い方をすれば母を怒らせず、悲しませず、傷つけずにすむのかわからなかった。

わからないから、亮を避けることしかできなかった。

「亮ちゃんって役立たずだよね」

ある日、昼過ぎに起き出した母が煙草を吸いながら言った。声はがらがらで、目は半分しか開いていなかった。

亮と別れるつもりなのかと期待したがちがった。

「こんなときに田舎に帰っちゃうんだもん。ほら、昨日、宇都宮かどこかで殺人犯が逃げたじゃない。なんかねー、このへんにいる可能性もあるんじゃないかってお客さんが言ってたのよ。こういうときこそ一緒にいてほしいのに、お祖母ちゃんが死んだからって一週間くらい実家に帰るんだって。ほんと使えないわよねー」

しかし、裏の空き地には亮の車が停めっぱなしだった。野々子がそう言うと、

「酒気帯びで免停になったんだって。取り消しになったらさすがにまずいからって。バカだねー」

母は野々子を見て、「たまには女同士もいいかもね」とにっこり笑った。親密さを手渡すような笑顔に、野々子の心が決まった。

「お母さん！」

野々子は身をのり出し、亮にされたことをまくしたてた。

合格発表の夜のこと。その何ヵ月も前から手を握られたり、頬を撫でられたり、抱きつかれたりしていたこと。しかし、考えすぎだと思おうとしたこと。

母は眉間にしわを刻み、細めた目で野々子を見据えた。汚いものを見るような表情だった。

「ほんとうなの！　紅茶に薬かなにか入ってたと思うの。ほんとうだって！　お母さん、信じて」

母は不機嫌な表情で立て続けに煙草を吸った。狭い部屋に煙が立ち込め、咳《せき》が出

そうになったが、音を立てたらすべてが悪いほうへと傾いてしまう気がして我慢した。

「嘘だね」

やがて母は舌打ちするように吐き捨てた。

嘘だね、と言った母だったが、野々子の話にショックを受けたことはまちがいなかった。亮が実家から帰ってくるまでのあいだ、起きてすぐに酒をあおったり、泥酔して帰ってきたりした。ちがう男を連れ込んだこともあった。亮とつきあう前の母に戻ったようだった。

亮が帰ってきた日、母は合格発表の夜のように寿司やピザをローテーブルに並べた。亮ちゃん亮ちゃん、とはしゃいだが、無理をしているように見えた。

「野々子も一緒に乾杯しよう。亮ちゃんが帰ってきたお祝いだもん」

母はスパークリングワインを野々子にすすめた。

「そうだよ。野々ちゃんも一緒に飲もうよ」

亮が、ほらほら、と楽しそうに煽《あお》る。

強引に飲まされたスパークリングワインは甘く、クセのあるサイダーのようだった。野々子はふたりにすすめられるがままグラスを重ねた。酔いは遅れてやってきた。顔が熱くなり、頭がぼうっとし、鼓動が速くなった。

「野々ちゃん、このあいだはごめんね」

亮がそう言ったのは、母が仕事に出かけてからだった。野々子の隣に場所を移し、

「ほら、もっと飲みなよ」と空になったグラスにスパークリングワインを注いだ。

「野々ちゃん、俺のこと避けてたでしょ。もしかして嫌だった？」

「嫌に決まってるでしょう」

「でも、いま俺の前で無防備に酔っ払ってるじゃん」亮が笑う。「瑶子ちゃんにもチクらなかったみたいだしさ。そういうの昔の言葉でなんて言うか知ってる？　嫌よ嫌よも好きのうち、って言うんだよ」

亮は手慣れたしぐさで野々子の肩を抱いた。

「亮ちゃん、お母さんのことが好きなんじゃないの？」

「俺が好きっていうより、瑶子ちゃんのほうが俺のことを好きなんだよ。瑶子ちゃん、俺がいなくなったらだめになっちゃうだろうなあ。よく、亮ちゃんに捨てられたら生きていけない、って言ってるから自殺しちゃうかもね」

亮の手がトレーナーの裾から入ってきた。全身に鳥肌が立ち、「やめてよ」と反射的に亮の手をつかんだ。

「ちょっとだけ。ちょっとだけだから。そうじゃないと、俺、瑶子ちゃんのこと捨

てちゃうよ。野々ちゃん、お母さんが死んだら悲しいでしょ？」

亮は野々子の耳に顔を近づけ、水分を含んだ声でささやいた。トレーナーのなかに潜り込んだ手がブラジャーにかかった。

野々子は目をぎゅっとつぶり、体を固くした。

「誰が自殺すんだよ！」

ふすまが開く音と同時に母が和室から飛び出してきた。

ひっ、と亮が息をのみ、飛び下がった。

母は金属バットを高く掲げている。

「ふざけんなよ、てめえ！」

金属バットが振り下ろされた。びゅん、と空気が震えた直後、ふすまが、ばこっ、と音を立てて破壊された。

「ちょっ……瑤子ちゃん。落ち着いて。ちがうから。ちがうんだから」

亮は尻もちをついたまま後ずさりする。

「嘘ばっかついてんじゃねーよ！　亮ちゃんに捨てられたら生きていけない？　んなこと誰が言ったんだよ！」

母はまた金属バットを掲げ、一気に振り下ろした。

「わ――――！」

亮が悲鳴をあげる。バットはローテーブルを直撃し、食器が激しい音とともに割れ、食べ残した寿司やピザが吹っ飛んだ。

「ぶっ殺す！」

母の目は血走っていた。

計画を立てたのは母だった。仕事に出かけたふりをして和室の窓から戻り、亮の様子を盗み見る、と。聞かされたとき、私の話を信じてくれたのだ、と野々子は嬉しかった。

そして、ほんとうに殺しそうなほど怒り狂っている母を目の当たりにし、驚きと衝撃よりも感動が勝っていた。お母さんは私のためにこんなに怒ってくれている。亮よりも私を選んでくれた。母にこんな一面があることを野々子はこのときはじめて知った。

玄関から飛び出していった亮を、母は金属バットを持ったまま追いかけた。野々子が止めなければ、亮の頭を叩き割っていたかもしれない。

亮は空き地に停めてあった車に乗り込み、急発進させた。エンジン音を響かせて走り去る車を、母は全力疾走したあとのような呼吸をしながら睨みつけた。金属バットを杖《つえ》のようにつき、もう片方の手を腰に当てた母は鬼のようだった。

「まじで殺す。ぶっ殺す」

血走った目はつり上がり、まぶたが痙攣《けいれん》していた。

紫色のワンピースを着た母が、試着室の前でくるりとまわった。スカートがやわらかな円を描き、微小な風が香水のにおいをふりまいた。

「どうかしら?」

疑問形ではあったが、自信があることはまちがいない。

「とーってもお似合いです。お客様の華やかさがすっごく引き立ってますよ」

若い店員が鼻にかかった声で大げさに褒めた。

「うん。似合うよ」

野々子が同調すると、母は満足したらしい。「じゃあ、これももらうわ」と機嫌よく試着室に戻っていった。

高い店ではない。若者向けのハイカジュアルブランドだ。それでも、ワンピースとスカートを二着ずつ、カットソーを三着買えば、数万円にはなる。このショップに来る前に、すでにロングカーディガンとコートと靴を買っているから十万円近くにはなっているはずだ。母はすべての買い物をカード払いで済ませた。

母が三、四ヵ月に一度、前林市から東京にやってくるのは、娘や孫の顔を見るためではなくショッピングが目的だ。サービスコーナーで宅配便の発送手続きを済ませてから、野々子は形ばかり聞いてみた。

「このあとどうする？　凛太に会っていく？」

いつもなら土日は凛太と一緒に過ごすのだが、今日は母の買い物につきあうためにベビーシッターを頼んだ。

「うーん。どうしようかな」

母は悩むふりをしたが、答えはわかっていた。

「凛太の顔は見たいけど、また今度にするわ。それよりも私、お腹すいちゃった。軽く食べてから帰りたいな」

あらかじめ店を決めていたらしく、母は早くからオープンしているイタリアンバルの名前をあげ、スマートフォンの地図を野々子に見せた。

池袋駅の東口から五分のところにその店はあった。

案の定、喫煙できる小さなバルで、ドアを開けた途端、煙草のにおいが鼻についた。カウンターがメインで、テーブル席はふたつ。三時を過ぎたばかりで、客の入りは三分の一ほどだ。テーブル席に案内されると、母はさっそく煙草に火をつけた。ふーっと音をたてて煙を吐くと、「はあ。生き返ったー」と大げさな声を出した。

「前林まで二時間でしょう。吸いだめしておかないとニコチン切れで持たないわよー」

母はメニューを開き、赤ワインとチーズの盛り合わせと鶏レバーのパテを頼むと、一方的に近況報告をはじめた。むかついた客やおもしろい客のこと、新しく使いはじめた化粧品のこと、ホットヨガのお試しレッスンに行ったこと。母の話題はいつも同じだ。

「それでね」と、母はわずかに身をのり出した。「私ね、彼氏ができそうなのよ」

その話題も、一年に一回は耳にすることだった。

それでも野々子は、「わあっ」と感嘆の声をあげ、「どんな人?」「どこで知り合ったの?」「何歳?」「仕事は?」などと矢継ぎ早に質問した。

得意げな母に、うんうん、へえ、それで? とすっかり習慣となった相づちを打ちながら、凛太はいまなにをしているだろう、と考えた。

普段、保育園に行くときにぐずることはない凛太だが、今日はベビーシッターに抱かれて、マーマ、マーマ、いやー! と大泣きした。母親を求めて慟哭する凛太を見て、胸が押し潰されそうになった。凛太にこんな思いをさせてまで、なぜ母の買い物につきあわなければいけないのだろう。しかし、野々子はそれ以上考えることをやめ、泣き叫ぶ凛太に背を向けたのだった。

「ねえ。あんたのほうは？　このまま旦那が見つからなかったらどうするつもり？」

話題を変えた母は、野々子に答える時間を与えずまくしたてた。

「でも、あんたが働いてるのが不幸中の幸いよね。もしこのまま見つからなくても、凛太を育てていけるじゃない。やっぱり女も自分で稼げないとだめよねー。そりゃ、ひとりで生活費を稼いで子供を育てるっていうのはすごく大変よ。私だって経験者だもの、よーくわかるわよ。でも、私のほうが大変だったわよ。だって、東京とちがって前林は仕事がないんだもの。いまだってないわよ。不景気よー、前林は。だから、前林に帰ろうなんて早まらないほうがいいわよ」

「まだ、そんな具体的なことは考えられないよ」

「っていうか、逆に見つかったらどうするつもりなの？　だって、横領か駆け落ちか知らないけど、あんたと凛太を捨てて逃げたわけでしょう。これまでどおり一緒に暮らせるの？　でも、野々子は我慢強いしやさしいから、意外と許せちゃうのかもしれないわねー。そりゃ、あんたに子供がいなかったら、私だってそんな男とはいますぐ別れろって言うわよ。でも、凛太がいるからねー。これからの生活のことを考えると簡単に離婚はすすめられないわね。うちのお客さんでも、離婚した娘が子供を連れて帰ってきた人がいるんだけど、娘は仕事が見つからないし、孫は環境が変わって情緒不安定になるしで大変みたい。親もいつまでも若くないから大変そうよ」

やっとわかった。母は、娘が孫を連れて帰ってくるのを警戒しているのだ。悠々自適な日々を邪魔されたくないのだ。

それとも……、と考えた野々子の胸に不安が濃い影を落とす。母には、娘を遠ざけたい別の理由があるのだろうか。

母と私が共有する過去が、すべての出来事ではない。私に隠しごとがあるように、母にもまた隠していることがあるはずだ。

――まじで殺す。ぶっ殺す。

怒りに震えていた十五年前の母を思い出す。

あれ以来、亮は姿を消した。気になって勤め先のスポーツクラブに電話をすると無断欠勤を続けていると言われた。亮はどこに行ったのだろう。単に私たちの前に現れなくなっただけだろうか。

じゃあ、二年後に見つかった男の遺体は誰なのだろう。

三ツ矢という刑事が二度も母を訪ねた理由。夫を捜しているというのは口実で、十五年前のことを調べているのではないだろうか。

「野々子ちゃーん」

母の甘えた声で、野々子は我に返った。

「今日も使いすぎちゃってちょっとピンチなの。五万円だけプリーズ」

そう言って母が片手で拝む。

予想していたことだった。野々子は財布から一万円札を五枚抜き出した。

「サンキュー。助かる。そのかわりここは私がおごるからね」

母はカウンターに顔を向け、「チェックプリーズ！」と歌うように言った。

11

訪問することを伝えていたにもかかわらず、百井家のリビングは散らかっていた。床には子供のおもちゃが転がり、ソファには衣類やタオルが山になっている。食卓には資料らしきものが積み上げられ、〈御提案書〉と書かれた表紙には食べ物か飲み物と思われる茶色い染みがあった。

「散らかっていてすみません」

野々子は食卓を片づけながら言った。

なにも言わずリビングを見まわしている三ツ矢の代わりに、岳斗は「こちらこそお忙しいところすみません」と答えた。

「お仕事をされているので大変ですよね」

「時短なんですけど」野々子はウェットティッシュで食卓を拭きながら言う。「でも、最近忙しくて仕事を持ち帰ってるんです。だから、家のことをする時間がなくて」

野々子の足もとには一歳九ヵ月の凛太がいる。母親のスカートをつかんで、「ママ、ママ。これなあに？　ね。これなあに？」と繰り返しているが、「これ」がなにをさしているのか岳斗にはわからない。

野々子は岳斗たちに椅子をすすめると、お茶を淹れようとしたらしく台所へ行った。置き去りにされた凛太がきょとんとし、次の瞬間、火がついたように泣き出した。激しく地団太を踏んで不満を表現する。

「バタバタしちゃだめ！」

野々子が慌てて抱き上げたが、凛太の泣き声は勢いを増すばかりだ。

野々子はお茶を淹れることをあきらめ、子供を抱いたまま椅子に座った。背中をとんとんとやさしくリズミカルに叩いている。

「保育園でいろいろ噂になってるみたいなんです」

野々子がぽつりと言った。

「なにか言われたのですか？」

三ツ矢が尋ねる。

「先生たちはなにも言わないんですけど、様子がちがうっていうか、よそよそしい感じで。お母さんのなかには、大変ね、なんて言う人もいて……。夫の名前と顔写真がネットに出てるんですね。今日、会社の社長が教えてくれました。出所はポラリスっていう行方不明者を捜すサイトじゃないか、って」

「ポラリスのサイトは見てみましたか？」

野々子はうなずき、「お義母さんが載せたんですよね」と言った。そこに非難や憤りの気配はなく、あきらめたような脱力感がうかがえた。

しばらく沈黙が漂った。子供は寝てしまったのだろうか、母親の胸にぐったりと体を預けている。

「あの」と野々子が意を決したように顔を上げた。「金曜日、また母のところに行ったんですね。どうしてですか？」

えっ、と岳斗は左横の三ツ矢を見た。

金曜日、また野々子の母親のところに行った？

初耳だった。金曜日といえば、「僕はちょっと予定があるので」と、三ツ矢がひとりでどこかに行ってしまった日だ。三ツ矢はあのあと、野々子の母親に会うために前林市まで行ったということか。

「お母様から聞いたのですね？」

三ッ矢の問いに、野々子はうなずく。

「お母様はどのようにおっしゃっていましたか？」

「私の夫のこと以外に、昔のことをいろいろ聞かれた、って言ってました。前林で昔あったこととか、なんとかという人を知らないかとか。どうしてわざわざ前林まで行って母にそんなことを聞くんですか？　十五年前のことが夫とどう関係あるんですか？」

野々子の疑問は岳斗も聞きたいことだった。

「十五年前のこととは言っていませんよ」

三ッ矢が指摘すると、野々子はつまずいたような顔になった。が、すぐに「母から聞いたんです。水野大樹君のことを聞かれた、って。彼が亡くなったのは十五年前のことですから」と言葉をつないだ。

三ッ矢は野々子を見据えたまま、ゆっくりと身をのり出した。

「どうして彼は死ななければならなかったのでしょう」

「え？」

ふいを突かれたように野々子の瞳が無防備になった。

「どうしてだと思いますか？」

追いつめるように三ッ矢が質問を重ねる。

岳斗は自分が答えを求められている気になった。

「どうして私にそんなことを聞くんですか？」

野々子の瞳に怯えと警戒の色が表れた。

「水野君とは同じクラスだったのですよね」

「でも、話をしたことはほとんどありません。そんなことより、母につきまとう理由を教えてください」

「つきまとう？」と、三ッ矢は不思議そうな顔になった。「二回お会いしただけで、つきまとってなどいませんよ」

「私にはつきまとっているように感じるんです」

「まだ答えてもらっていません。なぜ水野大樹君は死ななければならなかったと思いますか？」

「わかりません」

野々子はそっけなく答え、三ッ矢から外した視線を自分の胸で眠る子供に向けた。

事件発生から半月以上がたったいま、百井辰彦のマンション前の張り込みは解除された。道路を挟んだ駐車場に捜査車両はない。

百井の姿が最後に捉えられていた防犯カメラの下に行くまで、三ッ矢も岳斗も無言だった。

岳斗には、三ツ矢の沈黙が容赦なく厳しいものに感じられた。

どうして彼は死ななければならなかったのか——。

岳斗はその答えを見つけるどころか、まともに考えることもできないでいた。夜中に自転車でふらふらしているところを警察に見つかり、やばいと思って逃げた。それだけじゃないのか？　という思いから抜け出せない。少年が橋の上から車の鍵を投げ捨てたからといって、それが彼の死の理由を導き出す手がかりになるとは思えなかった。そこで岳斗の思考はストップし、先に進まないのだった。

「あの、ネクタイの件ですが」じわじわと体を締めつけるような沈黙を振り払うために岳斗は口を開いた。「彼女に確認しなくてもよかったんでしょうか？」

三ツ矢が捜査本部に持ち帰ったという断裁されたネクタイのことだ。その後、三ツ矢はそれが百井辰彦の母親である智恵から託されたものであること、百井宅のごみ箱に捨ててあったらしいことを教えてくれた。

「わざわざ言う必要はないと思いました。お姑さんが自分を疑っていると知ったら、ふたりの仲は修復不能になってしまうかもしれませんから」

鑑定の結果、断裁されたネクタイからは被害者の皮膚片もＤＮＡも検出されなかった。また、被害者の首から採取された繊維とネクタイの繊維は一致せず、凶器ではないと判断された。

「あのネクタイは、百井さんの寝室のクローゼットにかけてあったものです。九本のうちの左端にあったはずです」

瞬間記憶能力、と頭に浮かぶ。

三ツ矢にその特殊な能力が備わっていると加賀山に聞いてから、この変わり者のことがますます底知れない人間に感じられた。自分の見ている世界とこの人が見ている世界は、まったく別物なのだろうという気がしてならない。

岳斗の脳裏に血の色が広がり、鼻孔の奥に鉄くささを感じた。三ツ矢は、自分の母親が殺害された光景をすべて記憶している。それはどういう感覚なのだろう。正気を失わずにいられるのだろうか。

岳斗の沈黙で悟ったらしい。ああ、と三ツ矢は淡い笑みを漏らした。

「誰かから聞いたのですね。面子《メンツ》から考えると、たぶん加賀山さんでしょう。瞬間記憶といっても、僕の場合すべてを覚えられるわけではありません。なにが記憶されるかコントロールできない。それに、いままでは一年に数回ある程度です。ちなみにネクタイのことは瞬間記憶ではなく、一般的な記憶です。あのネクタイだけセンスがちがう気がしたので、よく覚えていました。もし、あのネクタイが凶器だとしたら、そしてそれを野々子さんが知っていたとしたら、すぐに捨てるなりして証拠隠滅していたでしょう。いまになって適当に切って、しかも自宅のごみ箱に捨てるわけがありません」

では、なぜ野々子はネクタイを断裁し、ごみ箱に捨てたのだろうと考えると、怒り、と浮かんだ。そのネクタイは浮気相手からのプレゼントだったのではないだろうか。

「彼女は、夫が浮気していることを知っていたのかもしれませんね」

岳斗は自分の思いつきを口にした。

「そうかもしれませんね」

そんなことはとうに考えついているといわんばかりの口調にカチンとなった。いや、傷ついたのかもしれない。振り返ってみると、岳斗が自分の考えを率先して口にしたのははじめてだった。

「なんでいつもそうなんすか?」

そう言った瞬間、もう止められないと悟った。

「三ツ矢さん、俺のことバカにしてません? いや、バカにされるなら全然オッケーすよ。だって俺、自分でもバカだと思ってますから。役立たずなのも使えないのもガキなのも経験不足なのも自覚してますよ。だからもっと怒ったり文句言ったりしてくださいよ。いちばんきついのは無視されることっすよ。俺なんかいないみたいにふるまって、勝手にどっか行っちゃうし、なにを見てなにを考えてるのか大事なことは全然教えてくれないし。三ツ矢さんってみんなにそうなんすか？　自分以外の人間のことはどうでもいいんすか？　自分以外の人間にも心があるってわかってますか？　三ツ矢さんといると、俺、さびしくなるんすよね」

そうまくしたててから、しまった、と激しく後悔した。この人は自分には想像もできないほど過酷な体験をしているのだ。少しくらい変になっても、いや、かなり変になっても仕方がないのではないか。それを責めてしまう自分の人間力のなさと懐の小さささを呪った。

さらに、少し遅れてよみがえった自分の台詞にとどめを刺された。

——三ツ矢さんといると、俺、さびしくなるんすよね。

うわーっ、と叫びたくなる。叫びながらこの場から走り去りたくなる。俺、さびしくなるんすよね、って、恋人に甘える女子かよ！

三ツ矢は立ち止まり、切れ長の目を開いて岳斗を見つめている。ぽかん、という擬態語がぴったりの表情だ。三ツ矢のこんな無防備な顔を見るのははじめてだった。

「よく言われました」

三ツ矢は感心したように言った。

「は？」

「昔、よく言われましたよ。なつかしさを覚えてしまいました」

「はあ」

「なぜ無視するのか、なぜなにも言わないのか、なにを考えているのかわからない、自分のことをしゃべらない、他人に興味がない、バカにされている気がする。そうですよね？」

岳斗は渋々うなずいた。

「つきあった子からほぼ百パーセントそう言われ、ほぼ百パーセントふられました」

ああ、やっぱり彼女が言う台詞なのだな、と岳斗は恥ずかしさにめまいを覚えた。

「若い頃はよく言われましたが、最近は言ってくれる人がいなくなりました。いま田所さんに言われてはっとしました」

そこで一拍置き、三ツ矢は短く息を吐いてから口を開いた。

「無視をしているつもりはありません。ほんとうです。ただ、僕にはまわりが見えなくなることがよくあるのです。わからないことや知りたいことにぶつかると、それ以外のことは考えられなくなるのです」

すみません、と三ツ矢は頭を下げた。

「あ。いえ」

俺のほうこそすみません、と続けようとしたが、三ツ矢のほうが早かった。

「じゃあ聞いてください」

「はい？」

「どんどん聞いてください。僕がなにを考えているのか、なにをしようとしているのか。僕も聞いていますよね、どう思いますか、と」

そう言われ、あ、と気づく。

――どう思いますか？

たしかに三ツ矢はよくそう口にする。

そうか、無視されていると思い込んでいたせいで、俺はこの人とちゃんと向き合っていなかったのかもしれない。劣等感や拒否反応が先に立ち、シャッターを下ろしていたのは俺のほうだったのだ。そう気づいたら、胸につかえていたものがすうっと落ちていくのを感じた。

「じゃあ、聞きますよ。聞きますからね」

岳斗は勢い込んだ。

はい、と三ツ矢が微笑する。

「聞きたいことは三つあります。まずひとつめは、金曜日に百井野々子さんの母親に会いに行った理由。ふたつめは、十五年前に事故死した少年がこの事件と関係あるのかどうか。三つめは、三ツ矢さんがなにを考え、どう推理しているのか。でもその前に、金曜日に俺を置いてどこでなにをしたのか、全部教えてください」

「説明するのに少し時間がかかるので、どこかに腰を落ち着けましょうか」

ついでに夕食を済ませようということになり、駅近くの商業ビルにあるファミリーレストランに入った。

地域柄なのか客の多くが家族連れで、奇声をあげて走りまわる子供の姿もあった。岳斗が野菜カレーとドリンクバーを頼むと、三ツ矢は「僕も同じものを」とメニューも見ずに告げた。

「さあ、教えてください。金曜日は俺に隠れてなにをしてたんですか？」

岳斗はテーブルに両手をつき、体をのり出して三ツ矢に迫った。

「隠れたわけではありません。捜査に関係あるかどうかわからなかったので、ひとりで行動しただけです」

「言い訳はいりません」

岳斗の強い口調に、三ツ矢は苦笑しながら額を人差し指でかいた。

「はい。それでは金曜日の行動を説明します。最初にポラリスの代表の福永さんに話を聞きに行きました」

「福永さん？」

「理由はのちほど説明します。福永さんと別れると、百井智恵さんから電話が入りました。息子の家のごみ箱からネクタイを見つけたので調べてほしいということでした。それで智恵さんからネクタイを受け取り、一度、捜査本部に戻りました。それから野々子さんの母親に会うために前林市に行きました」

「わかりました。じゃあ次は、先ほどの三つの質問に答えてください」

「ひとつめとふたつめの質問を飛ばして、三つめからお話ししてもいいですか」

三つめというと、三ッ矢がなにを考え、どう推理しているのか、ということだ。

岳斗がうなずくと、三ッ矢も浅くうなずき返し、烏龍茶《ウーロンちゃ》で口を湿らせてから低く掠れぎみの声で話しはじめた。

「正直なところ、まだ具体的な考えも推理もありません。ただ、どうしようもなく引っかかるのが、百井辰彦さんの行方を捜していると、妙に十五年前の前林市が現れるなあということです」

十五年前の前林市というと、逃走中の殺人犯にまちがわれた少年が事故死したことだろう。

「野々子さんの母親が前林市にいると知って、僕は忘れかけていた少年のことを思い出しました。金曜日に母親に話を聞きに行くと、野々子さんとその少年が同級生だったことがわかりました」

そこまでは、先ほどの三ツ矢と野々子の会話から知ったことだった。

「もうひとり、草薙雅美《くさなぎまさみ》さんです」

そう言って、三ツ矢は顔の前で人差し指を立てた。

「クサナギマサミ？」

名前に聞き覚えがない。

「田所さんも会っている人ですよ」

そう言われても浮かんでくる人物はいなかった。

「どうせ警察なんてなにもしてくれないじゃないですか」

三ツ矢が棒読みしたその台詞で、ポラリスにいた太った女だと思い至った。たしか彼女は、婚約者が行方不明だと言っていた。警察はなにもしなかったのですか？と三ツ矢が尋ねると、そうですね、とぶっきらぼうに答えたはずだ。まさか、彼女が小峰朱里殺害事件に関係しているというのだろうか。

「田所さんはポラリスのサイトを見ましたか？」

「ええ、一応」

「では、佐藤宏太《さとうこうた》という人を知っていますね」

「はい？」

次々に知らない名前が出てきて思考がついていけない。

「ポラリスのサイトを見たのですよね。佐藤宏太さんです。載っていましたよね」

「ええと。すみません。ちょっと待ってください」

岳斗は慌ててスマートフォンを操作した。ポラリスのサイトは百井の情報を確認しただけで、ほかの行方不明者については見ていなかった。三ッ矢は隅々まで確認したのだろうか。

野菜カレーが運ばれてきたが、自分のだめさ加減にうんざりし、とても手をつける気にはなれなかった。しかし、三ッ矢は効率よく片づけるかのようにカレーを口に運んでいる。

佐藤宏太。あった。が、ほかの行方不明者とちがい、写真が粗いうえに斜め後ろから撮っているため顔がほとんどわからない。失踪時は三十四歳、無事でいれば現在は四十九歳になる。家族からのメッセージには、〈どうか無事でいますように。あなたをずっと待っています。〉と掲載され、最後に〈雅美〉とあった。この男が草薙雅美の失踪した婚約者なのかと思い至った。失踪時の状況に目を通し、あ、と声が出そうになった。佐藤宏太が失踪したのは十五年前の二〇〇四年だ。三月二十五日の夜から連絡が取れないとある。二〇〇四年三月二十五日——。

思わず三ッ矢を見たが、早くも残り半分となったカレーを片づけることに集中している。岳斗はスプーンを手に取った。早食いには自信がある。ふたりのあいだに、スプーンが皿にぶつかる音と咀嚼音が漂った。ほぼ同時に食べ終えた。

「佐藤宏太さんの情報を確認しましたか？」

紙ナプキンで口をぬぐうと三ツ矢が聞いてきた。

「はい。ポラリスで会った女性の婚約者なんですね」

「どう思いますか？」

岳斗は烏龍茶を飲んでから慎重に口を開いた。

「佐藤宏太さんが失踪したのは、二〇〇四年の三月二十五日とありました。これって、殺人犯にまちがわれた少年が事故死した前日ですよね」

三ツ矢は岳斗を見据えたまま深くうなずいた。

「いまのところ、百井辰彦さんにも被害者の小峰朱里さんにも前林市との接点は見つかっていません。それなのに、百井辰彦さんの行方を捜していると、十五年前の前林市に出くわす気がするのです。不思議だと思いませんか？」

「今回の殺人事件と、十五年前の少年の事故死は関係しているということですか？」

「それはふたつめの質問でしたね。答えはわからない、です。次にひとつめの質問の、なぜ野々子さんの母親に会いに行ったかですが、答えはわからないことを知りたかったから、です。母親は、草薙雅美さんのことも失踪した佐藤宏太さんのことも知らないようでした。ですから、結局わからないままですが……。事故死した水野大樹君、同級生だった百井野々子さん、そして失踪した佐藤宏太さん。この三人につながりはないのかと考えてしまいます」

岳斗は、先ほどの野々子の反応を思い返した。

十五年前に事故死した水野大樹という少年について聞いたとき、彼女は狼狽したようだった。

なぜ彼女は狼狽したのか、なにを隠しているのかがわかれば、明らかになることがあるのだろうか。それは小峰朱里が殺された理由だろうか、百井辰彦の居場所だろうか、それとも十五年前、水野大樹という少年が死ななければならなかった理由だろうか。

岳斗の思考を見透かしたように、

「それからもうひとつ」

三ツ矢が人差し指を立て、「明日わかることがあります」と続けた。

「彼が行方不明になって今日で十五年六ヵ月十三日です。あのときのことはよく覚えています。忘れられるわけないじゃないですか。

あの頃はまだスマホがなくて、動画が撮れる携帯電話が出た頃でした。私はそういう機器にまったく興味なかったんですけど、彼が新しもの好きで、だから驚かせてやろうと思って、彼に内緒で最新式の携帯電話に買い替えたんです。動画を撮ってメールで何度も送ったんですけど、返事が来ないからおかしいなあと思いました。彼、とてもマメな人でしたから。

あの頃、女の人をふたり殺した男が宇都宮警察署のトイレから逃げたことがニュースになってました。ほんとにいまも昔も警察はなにやってるんでしょうね。あ、そうか、なにもしないんですよね。ふふっ。

あのとき、犯人にまちがわれた中学生がいたんですよ。パトカーに追われて逃げて、トラックに激突しちゃったみたいですね。そうです。前林市で起きた事故です。私は当時、生命保険会社に勤めていて、そのニュースは会社の昼休みにテレビで知ったんです。一緒にテレビを観ていた部長も言ってましたけど、中学生のうちから夜遊びして、警察に呼び止められて逃げたんだから、きっとろくでもない子だったんでしょうね。部長は愚連隊って言ってましたけど。ふふっ。愚連隊だって。思い出したら笑えちゃいますね。

でも、そんなことより私の頭のなかは彼と連絡がつかないことでいっぱいでした。彼と最後に連絡を取り合ったのは、そのニュースを観た前日の昼過ぎです。彼にメールをして返信が来て、その日の会社帰りに最新型の携帯に機種変更したんです。それで夜に動画を送ってみたんですけど、返信がなかったんです。携帯電話のメールって既読がつかないから、彼が見たかどうかわかりません。もちろん何回も電話しましたよ。でも、ずっと電源が切れたままでした。私、嫌な予感がしたんですよ。もしかしたら、逃走中の殺人犯に殺されたんじゃないかって。だってその犯人、逃走中にも女の人を襲いましたよね。ナイフで切りつけてバッグを奪ったはずです。だから、彼も犯人に襲われて川に捨てられたり山に埋められたりしたんじゃないかって心配になって。

もちろん警察に届けました。でも、警察は事件性がないと言ってなにもしてくれませんでした。彼は自分から姿を消したって決めつけたんです」

草薙雅美は終始、息を漏らすような低い声だった。

「そうですか。自分から姿を消したと言って、警察はなにもしてくれなかったのですね」

三ツ矢が繰り返すと、草薙は不平不満を表すように大きくうなずいてから、アイスココアのストローを口に含んだ。氷が多すぎるのだろうか、グラスのなかのアイスココアが一気に減った。

ポラリスの近くの喫茶店にいる。ランチタイムを終えた店内は馴染《なじ》み客がほとんどのようで、おしゃべりを楽しむ老婦人たちや、新聞や文庫本を読むひとり客でのんびりとした雰囲気だった。代表の福永の了承のもと、十五年前の話を聞かせてほしいとポラリスにいた草薙を呼び出したのだった。

行方不明者は一年間で約八万人いるが、その大半が見つかっている。見つからない場合でも、事故や事件に巻き込まれたケースは稀で、自らの意志で姿を消す人が圧倒的に多い。

「佐藤宏太さんと最後に連絡を取ったのは、二〇〇四年の三月二十五日の昼過ぎでまちがいないですか？」

三ツ矢が確認する。

「はい。今日で十五年六ヵ月十三日ですから」

草薙は鳩《はと》の目を連想させる小さな目を伏せ、ぼそぼそとした声で答えた。

彼女は十五年以上ものあいだ毎日指を折りながら暮らしてきたのか。岳斗は目の前の女を見つめ直した。が、無表情で覆われた顔から悲嘆の気配は感じられなかった。

「その翌日の昼に、逃走中の犯人にまちがわれた少年が亡くなったというニュースを観たのですね？」

「ええ、会社で。それがなにか？」

「亡くなった少年の名前は知っていますか？」

「いいえ」

「ところで、佐藤宏太さんはどのような人でしたか？」

三ッ矢の問いに、草薙は鳩のような目を上げ、二、三秒置いてから、

「私たち、結婚するはずでした」

と、質問とは微妙にずれた答え方をした。

「佐藤宏太さんはどこに行ったと思いますか？」

「事故か事件に巻き込まれたんだと思います。正直、もう生きていないのかもしれません」

そうですか、と三ッ矢はつぶやき、「ありがとうございました」と立ち上がった。つられて岳斗も腰を上げたが、草薙は座ったたままだった。

「捜してくれるんですか？」

草薙が無表情のまま聞いた。目を上げてはいるが、その視線は誰にも合っていない。

「いまさら捜してももう手遅れかもしれないのに」

三ッ矢は、自分と目を合わせようとしない草薙をしばらく無言で見下ろした。やがて、「あなたはわかっているはずですよ」とだけ答えた。

店を出る間際に振り返ると、草薙は背中を丸めて座ったたままだった。

昨日、三ッ矢が言った「明日わかること」というのは、前林市で発見された遺体

のことだった。三ッ矢はそれを前林警察署に問い合わせて知ったという。
佐藤宏太の捜索願は受理されていなかった。しかし、記録は残っていた。佐藤宏太という氏名、生年月日、住所、勤め先のすべてがでたらめで、草薙との連絡に使っていた電話はプリペイド携帯だったらしい。おそらく結婚詐欺を働くために偽名を使って草薙に近づいたのだろうということだった。

佐藤宏太なる人物が行方不明になった二年後、前林市の工場跡地から白骨化した遺体が見つかった。殺害された可能性もあるが、死因は不明だった。歯の治療痕から、前林市に隣接した町に住む男だと判明した。彼には結婚詐欺の前科があった。死後二年程度たっていると判断されたが、結局、死因不明のまま東北にある実家の両親に遺体は引き渡された。

三ッ矢がポラリス代表の福永にこの事実をぶつけると、案の定、彼は承知していたそうだ。しかし、草薙の気持ちが少しでも癒《い》えるのであればと考え、佐藤宏太を行方不明者としてポラリスのサイトに掲載したとのことだった。

今日、草薙に会ってはっきりした。彼女もまたすべてを知っていたのだと。

草薙は、男に裏切られたことを受け入れられなかったのだろう。目を開ければ幸せや喜びが見えたかもしれないのに、彼女は十五年ものあいだ目をつぶり暗闇で過ごすことを選んだのだ。

「これではっきりしましたね」三ッ矢が言った。「十五年前、水野大樹君が亡くなった頃、もうひとり亡くなった男性がいたということが」

12

母親の勘は当たるものだ。

ふいにそんな言葉が頭に浮かび、百井智恵は深淵《しんえん》をのぞき込んでいる心地になった。一寸先も見えない真っ暗な穴。低い地響きのような音が智恵を招くように響き、冷たい風が吹き上がってくる。怖くてたまらない。足が震える。それなのに、いっそのこと飛び込んでしまいたくなるのは、深淵と通じている場所に辰彦がいる気がするからだ。

——お母さん、助けて。

あの声を聞いたときにわかってしまった。そして、ごみ箱のなかのネクタイを見つけた瞬間、それは確かなものになった。辰彦はもうこの世にはいないのだ、と。

それなのに、あのネクタイは凶器ではないという。

どうして？　という疑問が渦巻いている。どうして野々子はネクタイを切ったのか。どうしてごみ箱に捨てたのか。

しかし、よく考えれば変だった。もし、あのネクタイが凶器であれば、あんな見つけやすい場所に捨てるはずがないのだから。

智恵はごみ箱からネクタイを拾い上げたときの衝撃を思い出した。野々子はこのネクタイで女の首を絞めたのか、それとも辰彦の首を……。そんな考えが浮かび、身震いしたのだった。

まさか罠《わな》だったのだろうか。なんのためかはわからないが、私を欺き陥れるために、わざと見つけやすいように捨てたのだろうか。

あのネクタイは凶器ではないと刑事から報告を受けた。しかし、それは女の首を絞めた凶器ではないということにすぎない。

母親の勘は当たるものだ。そんなことを思いたくないのに、まるで見えない手で押さえつけられているようにその考えが頭から離れない。

もう手遅れなのだろうか。

「嫉妬に狂った奥さんが旦那を殺したんだよ」

智恵の耳にその声が飛び込んできた。

「えー。まさか。だってあの人おとなしそうじゃん」

智恵はひばりヶ丘駅のトイレの個室にいた。一刻も早く辰彦のマンションに行かねばと急き立てられたが、電車に乗っているときから感じていた腹痛が邪魔をした。

ドアの隙間からうかがうと、ふたりの女が鏡に向かって化粧直しをしていた。金色の髪を背中まで伸ばした女と、背の低い黒髪の女だ。

「人は見かけによらないっていうじゃん。それに、そう考えてるのは私だけじゃないみたいなんだよ。警察も奥さんのこと疑ってる感じなんだよね。だって、妙に奥さんのこと聞いてきたもん。それにね、こないだ旦那のお母さんって人まで訪ねてきたんだよ。夫婦喧嘩したところを見たことがなかったかとか聞いてきてさ。これ絶対やばいでしょー」

金髪の女はマンション一階の住人だと気づいた。智恵は息をひそめて女たちの会話に聴覚を集中させた。

「だってさ、あそこの旦那、マンション近くの防犯カメラに映ってたっていうじゃん。あそこまで来たら家に帰ったと思うんだよね。それなのに行方不明ってことは、奥さんが殺してバラバラにして捨てたのかもね」

「ちょっと金城さん、刑事ドラマの見すぎだって」

「やっぱり？」

ふたりは笑いながら出ていった。

智恵の頭に居座ったのは、女が言った「嫉妬に狂った奥さんが旦那を殺した」でも「奥さんが殺してバラバラにして捨てた」でもなかった。

——警察も奥さんのこと疑ってる感じなんだよね。

智恵はその言葉を神から手渡された気がした。神はその言葉を聞かせるためにふたりの女をここに連れてきたのだ。

野々子が辰彦を殺したのではないか——。頭の片隅にあったその疑念は、存在を主張するようにしだいに膨張していき、いまでは頭蓋を突き破りそうなほどだ。

ほんとうは最初から気づいていたのかもしれない。そう考えればすべて辻褄《つじつま》が合うのだ、と。辰彦がいなくなったというのに野々子が平然としていることも、私に連絡をよこさなかったことも、辰彦が帰ってこないと知っているかのように部屋が散らかっていることも、積極的に辰彦を捜そうとしないことも。

そうか、警察も野々子を疑っているのか。智恵は奥歯を嚙みしめた。キーンと耳鳴りがし、頭に激しい電流が走った。自分の内に、荒ぶる熱とすべてを凍らせる冷気が混在しているのを感じた。

ごみ箱にあったネクタイはやはり罠だったのだ。野々子はあのネクタイを凶器だと思わせ、警察に届けさせるためにわざと捨てたのだ。警察が私の相手をしないように、すべて妄想だと思わせるために計画的に仕組んだことなのだ。

トイレを出た智恵は反射的に野々子の携帯番号を呼び出していた。自分がなにを言うつもりなのか、なにを問いつめたいのかは頭になかった。ただ、胸に渦巻く怒りをぶつけたかった。

「もしもし？」

携帯から聞こえた男の声に、智恵の頭は一瞬、真っ白になった。気がつくと通話を切っていた。体から力が抜け、その場にへたり込んだ。

野々子には男がいるのだ——。

なにもかもが腑《ふ》に落ちた。あの女は男と共謀し、辰彦と辰彦の浮気相手を殺したのだ。そして、辰彦に殺人犯という濡れ衣を着せようとしたのだ。

なんて恐ろしい女。絶対に化けの皮を剝いでやる。辰彦の敵《かたき》を討ってやる。

凛太は大丈夫だろうか。ふと浮かんだ考えに智恵は身震いした。

13

夫のネクタイにハサミを入れる。

繊維を断ち切るザリッという音が不穏に響き、布の抵抗がふっとゆるんだ感触がハサミ越しに伝わる。茶色と黄色のチェックのネクタイ。切り離された先端がごみ箱に落ちる。たぶんこれは、以前の浮気相手からプレゼントされたものだろう。

百井野々子は手を止め、ごみ箱のなかのネクタイを見つめた。

この裏切り者！　人でなし！　あんたが浮気していることくらいずっと前から知ってたんだから！

そういう生々しい怒りや嫉妬が自分の内に芽生えるのをじっと待った。しかし、いくら待っても自分が求める感情は現れず、野々子は惰性でハサミを入れていく。最後の一片がごみ箱に落ちても、心はしんとしたままだった。

ハート柄のネクタイを切り刻んだときもそうだった。最近、出張だと言って家を空けるときはいつもあのネクタイをしていたから、いまの浮気相手からのプレゼントだと思っていた。夫の浮気に憤る妻のふりをしてハサミを入れてみたが、あのときもなにも感じなかった。

夫は仕事の取引先の人だった。打ち合わせを重ねるうち、飲みに行こうと誘われた。つきあいはじめるとすぐに妊娠した。そこまではあっというまだった。まるできらきらと輝く魔法をかけられたように、楽しく夢心地の日々だった。

しかし、妊娠した途端、目の前で手を叩かれたように正気に返った。夫を知らない人に感じた。なぜ自分があんなにも浮かれていたのか理解できなかった。

夫を好きでないどころか、親密さや情も湧かないことに野々子はずっと後ろめたさを抱えていた。夫は凛太が生まれる前から浮気をしたが、それを知ってもなにも感じず、こんなふうに空洞の心を向けるくらいなら、いっそのこと嫌いになったほうがまだましではないのかと思うこともあった。野々子は後ろめたさを軽くするために夫が望むような妻を演じようと心がけた。夫は、妻の心に自分が映っていないことに気づいていたはずだ。それでも夫なりになんとか家族を継続しようとしたのかもしれない。

私は誰かを愛するという感情が欠落しているのかもしれない。そう考えると恐ろしくなる。

野々子は首をのばして寝室をのぞいた。凜太は布団のなかで熟睡している。

今日は打ち合わせから直帰したため、いつもより二時間も早い帰宅だった。凜太は最近、保育園で昼寝をしないらしく、家に帰っておやつを食べるとすぐに寝てしまう。三時間ほどで目を覚まし、夜になかなか寝てくれずに睡眠サイクルが乱れている。

いままで自然に起きるのに任せていたが、無理にでも起こしたほうがいいのだろうか。そう思いつき、インターネットで調べてみようとバッグに手を入れたが、スマートフォンが見当たらない。まただ、と自分にうんざりする。会社か打ち合わせ先に置き忘れたのだろうか。

自宅に固定電話はない。野々子は凜太の眠りが深いことを確認し、マンションの一階にある公衆電話へと急いだ。自分の携帯番号にかけると、野々子のスマートフォンに出たのは会社の同僚で、「また忘れただろ。デスクに置きっぱだよ」と笑った。

「会社でよかった」

「さっき電話があったぞ。百井母って表示だったから、急用かなと思って代わりに出たんだけど、すぐに切られちゃったよ。出ないほうがよかったかな」

「ううん。ありがとう。あとでかけてみるわ」

電話を切って戻ると、凜太は熟睡したままだった。

凜太の横に座り、あどけない寝顔を見下ろした。すう、すう、と規則正しい寝息。子供特有の甘いにおい。クッキーを焼いているときのにおいに似ていると思う。

ほんとうは子供のことも愛していないのではないか?

いつもの自問が頭に浮かぶ。凜太が生まれたときからまとわりついている疑問だった。

凜太のことは愛《いと》おしい。かわいい。大切な存在だ。しかし、それが心からの感情なのか自信がなかった。ほかの母親も、こうして答えの出ない自問を繰り返しているのだろうか。

そこまで考えたところで、姑から電話があったらしいことを思い出した。

姑のヒステリックな言動は、最初の対応をまちがってしまったからだろう。警察が夫の行方を捜していることをすぐに伝えるべきだったのだ。

野々子の母は昔から、嫌なことや煩わしいことは耳にしたがらなかった。たとえば、お金が足りなくなったこと、同級生から無視されていること、なかなか内定をもらえないこと、凛太の成長が遅く感じられること。野々子がそんなことを漏らすと、「私、楽しいことしか聞きたくないんだよねー」とはっきりと拒絶した。だから、姑に対しても暗い話題は避けるようにしていた。しかし、今回ばかりは伝えるべきだったのだろう。

姑がまとっている悲愴感を思い出し、野々子の胸がきゅっと縮む。

私も凛太がいなくなればあんなふうになってしまうのかもしれない。そう考えた瞬間、ならなかったらどうしよう、と不安に襲われた。

野々子が心底から恐れているのは、いざというとき凛太よりも母を選んでしまうのではないかということだった。

自分が十五年前に囚われていることを自覚していた。

あのとき母は、亮ではなく私を選んでくれた。私を信じてくれた。私のほうが大事だと行動で示してくれた。

——殺したから。

母の声が耳奥によみがえる。秘密を漏らすようなひそやかな声だった。

あれは亮を追い出してから数日後の夜更けだった。仕事から帰ってきた母が寝ていた野々子を揺り起こし、酒くさい息とともにそう告げた。え？　と聞いた野々子に、母はくちびるをにんまりとつり上げ、

——安心しな。殺したから。

さっきよりもはっきりとした声で言ったのだった。

工場跡地から身元不明の男の遺体が発見されたのは、それから二年ほどたってからだった。野々子は高校二年生になっていた。遺体が発見された数日後、警察が母を訪ねてきた。仕事に出かけていると答えると、勤め先を知っているらしく帰っていった。その後どうなったのか母は言わなかったし、野々子も聞かなかった。

その頃、アパートの裏の崩れかけたプレハブ小屋には、野々子を助けてくれた猫が住みついていた。でっぷりと太っていた体は少しずつ痩せていき、目が白濁し、鼻から血を流すようになった。野々子は段ボールとバスタオルで寝床をつくり、餌《えさ》と水をこっそりやっていたが、ほとんど口をつけない日が続いていた。猫は野々子の姿を認めると逃げることなく、ナァァ、とか細く鳴いた。

アルバイト代が出たら、すぐに動物病院に連れていくはずだった。しかし、母に全額取られてしまった。いや、正確には取られたのではない。「超ピンチ！　支払

いできないからお金貸して」と言われ、そのまま渡してしまったのだ。罪悪感から猫に会いに行くことができず、三日目の朝ようやくプレハブ小屋に行くと猫は餌を残したまま姿を消していた。

野々子は、自分があのときのことを繰り返すのではないかという不安を抱き続けていた。命の二者択一を迫られたとき、母を選んでしまうのではないか、凜太を捨ててしまうのではないか。

ほんとうはわかっている。

十五年前、母があれほど怒り狂ったのは娘のためではなく、自分を欺いた男を許せなかったからなのだ、と。母が守ろうとしたのは娘ではなく自分のプライドだったのだ、と。だから、もし母がほんとうに亮を殺したのだとしても、私は責任も恩も感じる必要はない。すべて母が自分自身のために行ったことなのだ。

頭ではそう理解しているのに、心の奥深いところはあの頃に囚われたままだ。

警察はなぜ二度も母のところに行ったのだろう。夫を捜しているというのは口実で、十五年前のことを調べているのではないだろうか。

野々子は、甘い息を吐きながら眠る凜太の頰に人差し指を当てた。指を押し返そうとする弾力と、指を包み込もうとするやわらかさを同時に感じ、ふいに泣きたくなる。愛おしさと悲しみが絡み合った感情がこみ上げ、心が溺れそうになる。

息苦しさから逃れるために勢いをつけて立ち上がった。

いまのうちに部屋を片付けてしまおう。いや、その前に姑に電話をしてしまったほうがいいかと考え直す。

突然居間のドアが開き、野々子の口から、ひっ、と音が漏れた。そこに立つ姑の姿を認め、息をのんだ。

姑は恐ろしい形相をしていた。髪は乱れ、充血した目はつり上がり、青ざめた顔は汗で濡れていた。全力疾走したかのように全身で荒い呼吸をしている。

「凛太は⁉」

叫ぶような声だった。

声を出せずにいる野々子を押しのけ、姑は寝室をのぞくとその場に座り込んだ。荒い呼吸の合間から、ああ、よかった、よかった、というつぶやきが聞こえた。

姑がいきなり振り返り、野々子はぎくりとした。数秒前の恐ろしい形相は消え、安堵した顔つきに変わっている。野々子もほっとし、やっと声を出すことができた。

「お義母さん、どうしたんですか？」

「どうもこうもないわよ。さっきひばりヶ丘駅から野々子さんの携帯に電話したら男の人が出たのよ。凛太と野々子さんになにかあったんじゃないかと思って走ってきたのよ」

「すみません。スマホを会社に置き忘れてしまって。電話に出たのは同僚なんです」

「そうなの。ああ、びっくりしたわ」

姑はどんな想像をしたのだろう。ちらっと頭をかすめたが、深く考えることはしなかった。

「でも、あなた、携帯を会社に置いてきたの？　だめじゃない。辰彦から電話があったらどうするのよ」

寝ている凛太を気づかって姑は小声で言った。が、その口調は野々子を責めるものだった。

「すみません」

「いまは非常時なのよ。こんなときに携帯を忘れてくるなんて、あなたなにやってるのよ」

壁時計に目をやると、まだ五時になっていない。会社までは片道一時間ほどだ。おそらく姑は、スマートフォンを取りに行かないと納得しないだろう。

「凛太は私が見てるわ。これだけしゃべっても起きないんだから、もうしばらく寝てると思うわよ」

野々子がなにも言わないうちに姑は言い、「気をつけてね。なるべく早く帰ってくるのよ」とつけ足した。

早足で駅に向かう途中、いつも立ち寄るコンビニになにげなく目を向けると、金髪の女が目に飛び込んできた。

レジ前に立っているのは、同じマンションの一階に住む金城だった。彼女の横にいるのは広田《ひろた》。金城とも広田とも子供の保育園が一緒だ。ふたりともまだ子供を迎えに行っていないのだろう、ほかに客がいないのをいいことに店員とおしゃべりをしている。案の定、店員は金城の向かいに住んでいる松本だった。

自分に関係のないトラブルが大好きな金城のことだ、事件のことをおもしろおかしく話しているにちがいない。保育園でふれまわっているのも彼女だろう。

金城たちに気づかれないうちに野々子はコンビニの前を通りすぎた。

池袋に向かう電車は空席があったが、気が急いて座る気にはなれなかった。つり革につかまり、窓越しの風景に目をやった。家を出たときはまだ明るかったのに、夕暮れの色に塗り替えられている。二十分ほどしかたっていないのに、ずいぶん長い時間がたったように感じられた。胸がざわざわし、呼吸が浅くなる。

なぜこんなに不安なのだろう。凜太の食事のことを姑に伝えなかったからだろうか。冷蔵庫に炒飯《チャーハン》と野菜のミルクスープが入っている。凜太が起きたらちゃんと食べさせてくれるだろうか。そこまで考え、不安の正体が凛太の食事ではないことに思い至る。これまでも姑に凛太の世話を任せたことがあったが、食事もおむつ替えも入浴もいつも問題なくこなしてくれた。じゃあ、なんだろう。なにがこんなに不安にさせるのだろう。

野々子は、電車の窓に映る自分を見つめた。目の下が真っ黒で、頬が垂れている。疲れ切った顔で見つめ返す女が他人に見えた。そこに鬼の形相が重なり、ぎくりとする。さっきの姑の顔だ、と思い出した瞬間、心臓が嫌な跳ね方をし、不安の正体にぶつかった。

姑はなぜあんなに恐ろしい顔をしていたのだろう。なぜ半ば強引にスマートフォンを取りに行かせようとしたのだろう。なぜ凛太のそばから離れようとしなかったのだろう。

全身の毛穴から冷たい汗が滲み出すのを感じた。

野々子は次の駅で反対方向の電車に乗り換えた。刻一刻と風景から色が失われ、闇が地上に覆いかぶさろうとしている。スマートフォンを取り出そうとし、会社に置き忘れたことを思い出した。いつもこうだ、と泣き出したくなる。私はいつも大事なところで選択をあやまるのだ。

ひばりヶ丘で電車を降り、自宅マンションまで走った。階段を駆け上り、鍵を取り出すのももどかしくドアノブに手をかけた。

ドアに鍵はかかっていなかった。

「凜太！」

靴を脱ぎ捨てて短い廊下を走った。リビングに入らなくても寝室をのぞき込まなくても、凜太がいないことがわかった。

部屋は荒れていた。リビングも台所も寝室も、家具のほとんどのひきだしが開けられ、中身が床にぶちまけられている。クローゼットのドアも開けっ放しで、なかはぐちゃぐちゃだった。

心臓が早鐘を打ちながらせり上がってくる。一瞬でも油断すると気を失ってしまいそうだった。

姑が凜太を連れ去ったのだ。しかし、連れ去る理由も、部屋を荒らす理由もわからない。

姑じゃなかったら――？

最悪の想像に叫び出しそうになる。

凜太を連れ去ったのがまったく別の人間だったら？

野々子は玄関を飛び出した。一一〇番通報をするという考えは抜け落ちていた。

どこに向かえばいいのかわからないまま通りを駆け抜け、十字路を折れたり直進したりしながら駅のほうへと走った。

駅前広場に出て、周囲を見まわす。池袋方面からの電車が着いたらしく、駅舎から通勤客が流れ出てきた。人の波に逆らうように、野々子は駅舎のなかに入ろうとした。そのとき視界の端に見慣れた姿を捉え、足が止まった。

「凜太！」

息子の名を呼んだが、野々子の声は届かなかった。しかし、あちら側からの声ははっきり聞こえた。

「私の孫なのよ！　連れていかないと！　このままだとこの子が殺されちゃう！」

姑が金切り声をあげながら、凜太に手を伸ばしている。ふたりの警官がその手を制し、まあまあ落ち着いて、といった様子でなだめている。その周囲に何人かのやじ馬が立っている。

「凜太！」

今度は声が届いた。

凜太がこちらに顔を向け、母親の姿を認めると、「ママ！」と無邪気な声を出した。凜太は白髪の女と手をつないでいた。

「凜ちゃん！　いいからばあばのほうに来なさい！　早く来なさい！」

姑が絶望的な声をあげた。

野々子は駆け寄り、凜太を抱き上げた。うあーん！　と凜太が激しく泣き出した。

「お母さんですか？」

警官に聞かれ、野々子はこくこくとうなずいた。なかなか声が出てこない。マーマ、マーマ、と野々子の胸で凜太が泣きじゃくっている。

「凜太を渡しなさい！　あんたなんか母親じゃないわ！　あんた、この子をどうするつもりなのよ！」

姑の手から逃れるために、野々子は凜太を強く抱きしめた。

「この人は、ほんとうにこの子のおばあちゃんですか？」

警官に聞かれ、野々子はまたこくこくとうなずいた。頭のなかが吹っ飛び、なにも考えられなかった。

「でも、いくらおばあちゃんでも変でしょう？」

そう言ったのは、凜太と手をつないでいた白髪の女だった。

「だってその子は、ママー！　ママー！　って泣き叫んでるし、声かけたら、その子を抱えたまま逃げ出すし、おせっかいなおばちゃんからしたら、誘拐なんじゃないかって思うじゃない」

改めて白髪の女に目をやると、マンションの一階に住む松本だった。

「でも、ほんとうのおばあちゃんだったんだね。この子があんまり泣き叫んでるから、ちがうのかと思ったよ」
そう言って、松本は少し困ったように笑った。
松本はコンビニのパートを終え、駅向こうの商店街に買い物に行こうとしたとい
う。その途中、凛太を抱いてせかせかと歩く姑を見かけた。凛太の泣き方が尋常じ
ゃなく、なにかおかしいと直感したという。野々子に確かめることも考えたが、電
話番号は知らないし、マンションに戻ったら手遅れになる気がしたため、とりあえ
ず声をかけることにした。
凛太君だよね、百井さんとこの。ママはどうしたの？
すると姑は凛太を抱いたまま逃げるように走り出した。そのままタクシーに乗ろ
うとしたところを必死で止めていると、近くの交番から警官が駆けつけたらしい。
「この女！」
突然、姑が野々子に人差し指を向けた。
「恐ろしい女よ。私の息子を殺したの。証拠ならあるわ。ほら！」
姑がバッグから取り出したのは、ネクタイの束だった。
「このどれかで息子の首を絞めたのよ。調べればすぐにわかるわ。三ッ矢っていう
刑事に調べるように言ってよ」
そう言ってネクタイを警官に押しつけた。

「このままだと孫まで殺される! 息子の忘れ形見なんだから、私が守らないと!」

姑は唾を飛ばしてまくしたてた。

「わかりました。わかりましたから、向こうでお話を聞かせてもらえますかね」

警官が姑を促した。

姑の姿が遠ざかると、かろうじて踏ん張っていた足から力が抜け、凛太を抱いたままふらついた。

「ちょっと大丈夫?」

「大丈夫です。ありがとうございました」

「おせっかいだったかもね。悪いね」

「いいえ。ほんとうに助かりました」

「でもさ、あのおばあちゃん、普通じゃないよね。いつまた同じことするかわかんないんじゃない?」

松本の言葉に、冷たい水を浴びたようにはっとした。

姑は交番に連れていかれたが、拘束されたり逮捕されたりすることはないはずだ。

姑が言い出したこととはいえ、凛太の面倒を見ていてほしいと野々子も頼んだのだ。

野々子の外出中に孫を外に連れ出したからといって罪にはならないだろう。

野々子は無意識のうちに背後を確かめた。いまにも姑が髪をふり乱しながら追いかけてくる気がしてならなかった。

「しっかし、あんたも災難続きだねえ」

松本の口調は呆れたようにもおもしろがるようにも聞こえた。

おそらく明日には松本から金城へ、金城から保育園へこの顚末《てんまつ》が伝わるのだろう。

それでもいまは松本がそばにいることに安心した。

マンションに入ると、松本は「凜太君、バイバイ」と笑顔で手を振った。すっかり泣きやんだ凜太は「バイバイ」と機嫌よく返した。じゃあね、と玄関のドアを開けた松本は思いついたように振り返り、「ちゃんと戸締りするのよ。おばあちゃんが来ても開けちゃいけないよ」と野々子に言った。その言葉で思い出した。

「合鍵」

「え？」

「合鍵を渡してるんです」

「ええーっ」

ドアチェーンはついているが、工具を使えば簡単に切断できるだろう。

野々子は凜太の手をぎゅっと握り、松本を見つめた。すがるような目になっていたのだろう、松本は浅くため息をついた。

「とりあえずうちに上がるかい？」

やれやれ、と言いたげに、それでもドアを大きく開けてくれた。

14

その人は三度目のコンタクトでやっと会うことを承諾してくれたと三ッ矢は言った。ただし三十分だけ、という制限つきで。

所沢《ところざわ》駅近くのファミリーレストランに、約束の午後七時ちょうどにその人は現れた。ふっと目を上げた三ッ矢の視線の先には、小柄な初老の男が立っていた。彼が約束の相手だろうと察し、田所岳斗は三ッ矢の隣へと移動した。案の定、その人は店員に案内され、岳斗たちのテーブルにやってきた。

三ッ矢が立ち上がり、「三ッ矢です。お忙しいところすみません」と頭を下げたが、その人は目を合わせようとはせず、曖昧に首を動かしただけだった。コーヒーを注文すると、「それで、なんのご用件でしょう」と小声ではあったが迷いなく切り出した。

「水野大樹君のことです」

三ッ矢の返答に、そんなことはわかっているといわんばかりに彼は表情を変えなかった。

　少年の父親の水野克夫は、息子が事故死した数ヵ月後、会社を辞めると同時に前林市を離れ、埼玉県所沢市へと居を移していた。同じ頃、離婚をし、現在は別の家庭を持っている。

「お父様はいまでも、なぜあの夜、大樹君が外出したのか思い当たることはありませんか?」

　水野克夫はコーヒーが置かれるのを待ってから、「ありません」と短く答えた。

「大樹君が、営業車のスペアキーを持っていたかもしれないことはご存じでしたか?」

　水野克夫は目を落としたまま小刻みにうなずき、「でも、息子が持っていたかどうかはっきりしていないと聞きましたが」と言った。

「そうです。可能性のひとつにすぎません」

　水野克夫のくちびるがわずかに歪《ゆが》み、「でも」というつぶやきとともに自嘲する表情が表れた。

「社内にもいろいろ勘繰る人はいますから。それに息子でも息子じゃなくても、知らないうちにスペアキーをつくられていたなんて私の管理責任が問われますから」

　そのせいでこの人は会社に居づらくなったのだろう、と岳斗は考えた。

「それが原因で転職したのですか?」

三ッ矢が単刀直入に聞くと、水野克夫は思案するようにくちびるをすぼめた。

「そうですね。……いえ、もしスペアキーの件がなかったとしても、辞めていたかもしれませんね」

「どうしてですか?」

三ッ矢の問いに水野克夫は長い沈黙を挟み、「どうしたんですか、いまさら」とやっと目を上げた。苛立ちや不機嫌さは皆無で、純粋に疑問に思っているようだったが、そこには悲しみの気配が漂っていた。

「ある殺人事件の捜査をしています」

三ッ矢は一拍開け、「二十日ほど前に新宿区のアパートで若い女性が殺された事件です」と続けた。その事件を知らないのか、それとも関心がないのか、水野克夫は浅くうなずいただけだった。

「その事件と、水野大樹君が亡くなったことに関連性はないのか調べています」

水野克夫は不思議そうな顔になり、「息子は事故だったんですよね?」と聞いた。

「事故であっても、なぜ大樹君があの夜に死ななければならなかったのかはわかっていません」

それが若い女が殺された事件とどう関係があるのだ。おそらく水野克夫はそう思ったはずだ。しかし、彼は質問することをしなかった。大切なものを手放したようなあきらめの表情で自らの疑問をなかったことにした。

「先ほどの質問ですが、どうしてスペアキーの件がなかったとしても会社を辞めていたかもしれないのですか？」

「妻のことがあったからです」

またひとつなにかをあきらめたように水野克夫は答えた。

「いづみさんですね。いづみさんがどうしたのですか？」

「息子があんなことになって、妻は心を病んでしまいました。最初は、大樹と同じ中学校だった女の子に怪我をさせました。もみ合いになっているうちに、車道に突き飛ばしてしまったんです。運よく車にはひかれず、足首を捻挫《ねんざ》しただけで警察沙汰にはならなかったんですが、今度は警察署にのり込んで、パトカーを運転していた人を連れてこい、そいつが大樹を殺したんだ、と騒ぎを起こしました。そして、川底から営業車のスペアキーが見つかってからは、大樹が死んだのは会社のせいだと私の勤め先に怒鳴り込んだんです。妻とはまもなく離婚しました。妻から言い出したんです」

妻から言い出した、の部分が強調されて聞こえた。

「いづみさんはいまどちらへ？　旧姓は猿渡《さわたり》いづみさん、ですよね」

水野克夫はわからないと答える代わりに首を横に振った。

「離婚後にいづみさんと連絡を取ったことは?」

「いえ。一度も」

「娘さんの沙良さんは?」

「アメリカにいるようです。でも、もうずっと連絡を取っていないのでどうしているのかはわかりません。沙良は私が再婚したことが許せないんです」

なにを尋ねても、過ぎ去った出来事を淡々と述べる印象だった。水野克夫にとってはいづみも沙良も、十五年前という時間の檻《おり》にしまわれた過去の存在なのかもしれない。

彼が腕時計に目をやり、いとまを告げようとした直前、

「わからないことばかりですね」

三ツ矢が言った。

え、と水野克夫が目を上げる。

「大樹君と沙良さんはお子さんですよ。いづみさんも離婚したとはいえ家族だった方ですよ。それなのに、あなたはなにもわからないのですね。というより、わかろうとしないのですね。いえ、責めているのではありません。ただ、わからないままでいいのかと不思議に思っただけです」

水野克夫は三ツ矢の言葉の意味を考えているようだったが、やがて頬の筋肉をぴ

くりと動かし、

「家族を不幸な事故で亡くしたことがない人にはわかりませんよ」

と抑揚なく言った。

岳斗ははっとし、三ッ矢の横顔をうかがった。しかし、三ッ矢は内心を読み取れないいつもの表情だった。


水野克夫を見送り、ファミリーレストランを出た。

無言で歩く三ッ矢にならい、岳斗も黙ったまま歩調を合わせた。沈黙が続いても以前とはちがって気にならなかった。

わからないことばかりですね、と三ッ矢が水野克夫に言ったことを思い返した。三ッ矢も水野克夫も、不幸な出来事で家族を亡くしている。三ッ矢は口にはしないが、母親が死ななければならなかった理由を、そして母親の身に起きたすべてのことを知りたがっているのだろう。一方の水野克夫は十五年前のことから遠ざかろうとしているように見えた。だからといって彼が事故死した息子を忘れたがっているとは限らない。毎日、息子を思い出し、悲しみ、恋しがり、涙を流しているかもしれない。彼の心の世界を見ることができるのは彼だけなのだ。

息子の事故死によって彼の家族はバラバラになってしまった。元妻の居所を知らず、娘とも連絡を取っていないと言った。彼にとって十五年前と現在はつながっているのではなく、隔てられた別の次元にあるのかもしれない。

そうしないと生きていけない人もいるのだろう。家族の死を経験したことのない岳斗には想像することしかできない。しかし、現実はいつだって想像をはるかに上まわるということは理解しているつもりだった。

自分ならどうするだろう、と考えた。知りたい、とすぐに答えが出たが、それは想像上のアンサーでしかない。想像を超える現実にぶつかったとき、自分がどちらを選ぶのかはわからなかった。

「老けて見えませんでしたか？」

三ツ矢が口を開いた。

「え？　なにがですか？」

「水野さんです。水野克夫さんは五十九歳ですが、もう少し上に見えませんでしたか？」

それは岳斗も感じたことだった。五分刈りの髪は薄く、白と黒が混じり合っていた。顔には深いしわが刻まれ、眼窩《がんか》がくぼんでいた。年齢を知らなければ、六十代後半だと思ったかもしれない。苦労したのかもしれませんね。そんな陳腐なことを言いそうになり、慌ててのみ込んだ。

水野克夫との対面はあっさりとしたものだった。具体的な収穫はなかったといえるだろう。しかし、十五年前について調べるほど、小峰朱里殺害事件と水野大樹の事故死が関係していると思えてならない。水野大樹という少年が死ななければならなかった理由を見つけることが、百井辰彦の行方を炙《あぶ》り出す方法なのかもしれない。

信号待ちをしているとき、三ツ矢のスマートフォンが鳴った。

スマートフォンを耳に当てた三ツ矢の表情が一瞬だけ固まり、すぐに「……そうですか……はい……はい……」といつもどおりの淡々とした応対になる。通話を終え、岳斗を見た。

「先ほど、百井辰彦さんのご遺体が発見されたそうです」

「えっ」

捜査本部では百井がすでに死亡している可能性もささやかれていたが、実際に遺体発見の知らせを受けると不意打ちをくらったような衝撃だった。

百井の遺体は、武蔵村山《むさしむらやま》市の雑木林で見つかった。第一発見者は犬の散歩をしていた老人らしい。死因は司法解剖をしないと断定はできないが、臨場した検視官によると、舌骨が折れていることから絞殺ではないかと見られている。

「絞殺？　他殺ってことですか？　自殺ではなく」

「そのようですね。埋められていたそうですから。検視官によると、死後二、三週間はたっているとのことです」

「二、三週間……」と、岳斗は復唱した。

百井の姿が最後に確認されたのは、約三週間前だ。防犯カメラが自宅マンションへと歩いていく百井を捉えていた。ということは、あの直後に殺された可能性があるということだ。

遺体発見現場付近は、夜間から早朝にかけてそれほど交通量が激しくない。現在、百井が姿を消した時間帯を中心に、Nシステムの解析を進めているという。

百井辰彦は殺された——。ということは、小峰朱里を殺したのは彼ではなかったのだろうか。それとも小峰朱里を殺害後、何者かに殺されたのだろうか。百井を殺したのは誰なのか。十五年前に事故死した少年と関係があるのだろうか。

いずれにしても早急に捜査会議が開かれるだろう。

「すぐに捜査本部に戻りますよね？」

岳斗が確認すると、意外にも「いえ」と返ってきた。

「百井さんのご自宅に行きましょう。ここからすぐですし」

「でも……」

「百井野々子さんと連絡がつかないそうです」

「え？」

発見された遺体はDNA鑑定により百井辰彦であると確認されたが、遺族である野々子といまだに連絡がついていないという。彼女のスマートフォンは勤め先に置き忘れたらしく、応対したのは同僚男性だった。

「行きましょう」

三ツ矢が駆け出した。

百井辰彦の部屋は玄関の鍵がかかっていなかった。

「百井さん、いますか？　百井さん」

三ツ矢が声を張り上げながら玄関を上がり、廊下を進んでいく。岳斗はあとに続いた。鼓動が速いような気がする。緊張しているのかもしれないと自己分析したが、頭のなかは冷静だった。

リビングは電気がついていた。部屋中が荒らされている。荒っぽい空き巣の仕業のように、ひきだしというひきだしの中身が床にぶちまけられ、クローゼットを乱暴に漁《あさ》った形跡もあった。

三ツ矢が寝室のクローゼットをのぞいているあいだに、岳斗はトイレと浴室とベランダを確認した。寝室に戻ると、三ツ矢がスマートフォンを耳に当てていた。

通話を終えた三ツ矢は腑に落ちない顔で黙りこくった。前歯を下くちびるに軽く当て、頭のなかにある難解なパズルを組み立てようとするようだった。いつまで待っても、ひとりの世界に入り浸ったままだ。

「黙ってないで早く説明してくださいよ。誰と電話してたんですか？」

岳斗がせっつくと、やっと存在を思い出してもらえた。

「ああ、すみません。近くの交番です。いま、交番勤務員がここに来てくれます」

空き巣、あるいは百井辰彦を殺害した犯人による妻と子供の拉致《らち》という最悪の事態を想定したのかと思ったがちがった。

「交番勤務員によると、部屋を荒らしたのは百井辰彦さんの母親らしいです」

三ツ矢は言った。一応、岳斗に目を向けてはいるが、難解なパズルを組み立てるような顔のままだ。

「百井智恵さんが自分でそう言っていたらしいです」

「え？」

「そのとき、百井野々子さんもいたそうです」

「え。え？」

意味がわからなかった。

交番勤務員は十分ほどでやってきた。四十歳前後に見えるから、三ツ矢と同世代だろう。そう考えると、三ツ矢の年齢不詳さが際立った。

交番勤務員によると、今日の午後六時頃、百井智恵と百井野々子のあいだで凜太を巡るトラブルがあったらしい。野々子の外出中、智恵が凜太を外に連れ出したところ、あやしく思った顔見知りの人が声をかけた。言い合いになったため、騒ぎを聞きつけた交番勤務員が駆けつけた。場所は、ひばりヶ丘駅前のタクシー乗り場だった。興奮した智恵をなだめているうちに、野々子が狼狽した様子で現れたという。

「そのときは、まさか特別捜査本部が設置されている殺人事件の関係者だとは思わなくて……。すみません、あとで知って驚きました」

交番勤務員は恐縮したように言う。

「部屋を荒らしたのは百井辰彦さんの母親なのですね？」

三ッ矢が確認する。

「そうですそうです。嫁が息子を殺した証拠を見つけるために部屋中を探した、と本人がそう言ってました。興奮状態でちょっとおかしいな、という印象でした。それで、三ッ矢警部補に渡してほしいと、ネクタイを八本預かっています。彼女いわく証拠品とのことです。そのうちの一本だけいくつかに切られているんですが、なんでもそれは罠だとかなんとか。ちょっと意味不明なことを言っていました」

百井智恵は夫の裕造に迎えに来てもらい、帰宅したという。

錯乱状態の彼女はまもなく、息子が遺体で発見されたことを知るだろう。いや、もう連絡が入ったかもしれない。想像すると、岳斗の心は重たくなった。

部屋を荒らしたのが百井智恵であれば、空き巣や拉致の可能性は低い。じゃあ、野々子と凛太は買い物か食事にでも行っているのだろうか。しかし、玄関に鍵はかかっていなかった。

考え込んでいた三ッ矢がふっと思いついたように目を上げ、「顔見知りとは？」と最小限の単語で交番勤務員に聞いた。

「は？」

「顔見知りの人が、凛太君を連れた智恵さんに声をかけたと言いましたよね。それで言い合いになったようだ、と。名前は聞きましたか？」

「いえ。そこまでは」と交番勤務員は申し訳なさそうだ。

「どんな人でしたか？」

「年配の女性です。白髪で七十歳くらいでしょうか。歳のわりには元気そうで、近所の人のようでした」

岳斗と三ッ矢が思い浮かべたのは同一人物だったようだ。ほとんど同時に玄関へと向かい、階段を駆け下りた。

一〇四号室のドアフォンを鳴らした。応答を待たずにドアノブを引くとあっさり開いた。

「松本さん、いますか？」

三ッ矢が呼びかける。

廊下の突きあたりのドアからリビングの灯りが漏れている。数十分前とまったく同じシチュエーションだった。

リビングに入った三ッ矢が動きを止めた。数秒の間を挟み、「こちらにいたのですね」と言った。

リビングにいたのは百井野々子だった。

ローテーブルの前で正座した腰を浮かせ、心細げに三ッ矢を見上げている。

「松本さんのお宅でなにをしているのですか？」

「待っているんです」

「誰をですか？」

「凜太です」

「凜太君はどこに行ったのですか？」

「松本さんと買い物に行ったんだと思います」

淡々と答えた野々子だが、その顔は青ざめていた。自らの不安を払拭しようとするように言葉をつなぐ。

「私がお願いしたんです。姑がまた来るかもしれないから、松本さんのところにいさせてほしい、って。松本さん、少し迷惑そうでしたけど、無理やりお邪魔したんです。私、晩ごはんを買いにコンビニに行ったんですけど、帰ってきたら松本さんも凛太もいなくて。でも、鍵がかかっていなかったからすぐに帰ってくるはずです。きっとふたりで買い物にでも行ったんだと思います。もしかしたら凛太がぐずって、私を捜しに出かけたのかもしれません。あ、じゃあ、私もふたりを迎えに行ったほうがいいのかな。でも、そうしたらすれ違いになるかもしれませんよね」

「ふたりがいなくなったのはどのくらい前ですか？」

野々子は三ツ矢から視線を外し、まるでそこに時刻が映っているかのようにローテーブルに置かれたコンビニの袋に目をやった。小さく首をかしげてから、「一時間前くらいでしょうか」と答えた。

一瞬のうちに空気に緊張が走った。その緊張に貫かれたかのように、野々子がはっと顔を上げる。

「大丈夫ですよね？　ふたりはすぐに帰ってきますよね？」

「松本さんとは親しいのですか？」

「親しいっていうか……。松本さん、近くのコンビニで働いているので、コンビニやマンションで会えば挨拶をしたり、ちょっと立ち話をしたりする程度ですけど。でも、さっき姑が凛太を連れていこうとしたとき、声をかけて助けてくれたんです」

三ツ矢はリビングを見まわした。

岳斗も違和感を覚えていた。百井家とは間取りがちがい、ひと部屋少ない1LDKだ。それにしても殺風景すぎる気がする。リビングにはテレビとローテーブルがあるだけで、食卓もチェストもない。洋室をのぞくと、家具と呼べるのはプラスチック製の収納ケースだけだった。

「それ、クローバーの！」

野々子の驚いた声に振り返ると、三ツ矢がケーキの箱を掲げていた。つやのある白い箱には、あざやかなグリーンのクローバーが描かれている。どうやら冷蔵庫から取り出したらしい。

「有名なお店なのですか？」

箱を掲げたまま三ツ矢が尋ねる。

「ええ」

「箱だけ冷蔵庫に入っていました。中身はからです」

「でも、クローバーって前林市のお店なんです」

「前林市？」

岳斗も同時に復唱した。

前林市。十五年前。事故死した少年。次々と単語が浮かび、居ても立っても居られない気持ちになった。

三ツ矢が、岳斗の背後に立つ交番勤務員に顔を向けた。

「無線連絡をお願いします」一歳九ヵ月の男の子と七十歳くらいの女性です」

「あの」と、野々子が立ち上がった。「私、やっぱりそのへんを見てきます。もしかしたら私の家にいるかもしれないし、松本さんが働いているコンビニにいるかもしれないし。私、さっきちがうコンビニに行っちゃったんです。こんなことなら松本さんのコンビニに行けばよかった」

「百井さん」

三ツ矢の声はけっして大きくはなかったが、空気を震わせる響きだった。

「百井さんはすぐに警察に行ってください。先ほどご主人が見つかったそうです。残念ながらご遺体での発見となりました」

野々子のくちびるがほんのわずかだけ動いた。え？　と聞き直そうとして途中であきらめたように。表情筋が固まった顔。瞳が焦点を失っていく。やがて浅く短い息を吐くと、「もっと、平気かと思った」と、ようやく聞き取れるほどの声でつぶやいた。

三ツ矢は交番勤務員に野々子を警察署まで送るように告げた。

「でも、凜太が」

「大丈夫です。必ず見つけますから」

交番勤務員に連れられ、野々子は出ていった。

三ツ矢は必要最小限のものしかない部屋を点検している。「本人確認につながるものがありませんね」とつぶやきが聞こえた。

「俺、松本さんが働いてるコンビニに行ってきます。コンビニなら働くときに身分証明書の提示が義務づけられていると思うので」

松本が働いているというコンビニは、岳斗が大学生のときにアルバイトをしていたコンビニチェーンと同じだ。大手だから、岳斗のときと同じように松本も身分証明書の提示を求められたにちがいない。

コンビニのレジには運よくオーナーの男が立っていた。警察手帳を見せると、彼は驚きながらもすぐに書類を持ってきてくれた。履歴書とともに運転免許証のコピーがあった。え、と岳斗から声が漏れた。

「これ、松本さんじゃないですよね？」

手渡された履歴書にも運転免許証にも書かれているのはちがう名前だ。

「いえ、松本さんです」オーナーが答えた。「離婚した夫から逃げているから、偽名で働かせてくれないかって相談されたんです。その夫っていうのがひどいDV男で、見つかったら殺されるかもしれないって……。うちも人手不足だし、人助けにもなるかなと思って承諾したんですけど、あの、これって罪にはならないですよね？」

履歴書にも運転免許証にも氏名欄には〈猿渡いづみ〉とあった。事故死した少年の母親だ。生年月日から計算すると、年齢は五十七歳だ。

――老けて見えませんでしたか？

三ツ矢の言葉を思い出した。少年の父親と対面したあとだった。あのとき岳斗は、苦労したのかもしれませんね、と陳腐な感想を言いそうになった。

どういうことだ。どういうことだ。どういうことだ。

頭蓋のなかで自分の声が脈動のように響いている。

前林市。十五年前。事故死した少年。少年が死ななければならなかった理由。

履歴書と運転免許証をコピーしてもらい、三ツ矢に電話をした。「三ツ矢さん、いまコンビニで……」と言った岳斗に三ツ矢が言葉をかぶせた。

「田所さん、いま本部から連絡がありました。Nシステムに不審な車が映っていたそうです。小峰朱里さんが殺害された日の深夜、百井辰彦さんの遺体発見現場付近を往復した車が見つかったとのことです」

小峰朱里が殺害された日の深夜、百井辰彦の遺体発見現場付近を往復した車が見つかった——。ということは、もしその車が百井辰彦を運んだのだとしたら、小峰朱里が殺された日に彼もまた殺され、埋められたということだろうか。

「レンタカーだそうです」

三ツ矢の声に興奮した響きはなく、むしろいつもより低く抑揚のない声だった。

「その車を借りた人物も判明しました」

三ツ矢が告げたのは、岳斗が告げようとした名前だった。

15

大樹は死んでいない——。

いづみがそう結論したのは、あの事故から数ヵ月後のことだった。大樹は死んだけれど、ほんとうに死んだわけではない。ただ、目に見えなくなり、さわることができなくなっただけで、いまもここにいる。私のそばにいる。肉体がなくなったからといって、いなくなったわけではないのだ。

最初から百パーセントそう信じられたわけではない。信じたかった。すがった。その考えは、大樹のあとを追わずにのうのうと生きている自分自身への慰めにもなった。大樹が生きているから私も生きている。そう思わないと気が変になりそうだった。

った。

きっかけは本だった。人は死んだらどうなるのか。死後の世界はあるのか。死者とコンタクトできるのか。いづみはさまざまな本を読み漁った。時間はたっぷりあった。

家族四人で暮らした家に、気がつくといづみはひとりだった。娘の沙良は祖母と暮らすようになり、それからまもなく夫は離婚を切り出した。「すまない」と繰り返した夫は、家も貯金もいづみに渡して逃げるように前林市を出ていった。

いづみが読んだ本には共通点があった。

人は死んでも死なない。死ぬのは肉体であって、魂は死なない。死者は生きている者に寄り添い、魂となって見守っている。そういう本ばかり選んでいるのだからあたりまえだと指摘する人がいたが、その声はいづみの耳を素通りした。これだけ多くの本が同じことを説き、さらに昔から幽霊の目撃談が数え切れないほどあるのだから、やはり人間は死んだからといっておしまいではないのだ。

霊能者を自称する人に会いに行き、いま大樹はどうしているのか、どんな気持ちでいるのか、いづみになにを伝えたいのか聞いたこともある。しかし、大樹君はいま幸せな場所で暮らしているだとか、お母さんにありがとうと言っているだとか、お母さんのことを心配しているだとか言われても、そのときには「大樹ー、大樹ー」と号泣するものの、ひと晩たつと、他人の口を介して伝えられた言葉が大樹のものだとは思えなくなった。なかには、大樹君は成仏できないでいるから供養が必要だという者もいたが、成仏や供養という言葉がピンとこなかった。

なにより霊能者の言葉を信じるということは、彼らに大樹を渡してしまうことのように思えた。大樹のことをいちばん知っているのは私だ。大樹にいちばん近いのも私だ。それは大樹が死んでも変わることはない。大樹からのメッセージは、霊能者ではなく母親の私が受け取るべきものなのだ。

大樹は死んだけど死んでいない。いまもここにいる。目に見えないだけ。さわれないだけ。声が聞こえないだけ。いづみは四六時中、自分にそう言い聞かせた。

朝起きると、「大樹、おはよう。今日もよろしくね」と声をかけた。日中は、「大樹。今日はいいお天気だね」「大樹。母さんのことが見えてるかい？」などと話しかけた。夜は「おやすみ、大樹。夢で会えるかな。会いたいなあ」と声にしたが、なぜか大樹が夢に現れることはなかった。

大樹は死んでいないと結論したからといって、喪失感や絶望感が消えたわけではなかった。なによりいづみを苦しめたのは自責の念だった。大樹は家にいるのが嫌だと言っていた。私が大樹を追いつめ、殺したのではないか、という思いを拭い去ることができなかった。

滝岡鞠香を思い出すたび、いづみの胸を怒りの炎が焼いた。ずっと大樹を好きでいると言ったくせに、絶対に忘れないと言ったくせに、あっさりと「もうどうでもいい」と言い放ったあの女。もみ合いになって転んだ彼女は足を捻挫したらしいが、あのとき車にひかれて死ねばよかったのに、といづみは本気で思っていた。

事故から約十ヵ月後の一月二十日は、大樹の十六回目の誕生日だった。

いづみはクローバーのケーキをふたつ買い、食卓に置いた。百箇日に納骨をし、家には祭壇も仏壇もなかった。位牌《いはい》は夫が持っていった。いづみが望んだことだった。大樹はいまも生きているのだから、位牌や仏壇といった死者を弔うための辛気くさい道具は必要なかった。

食卓のチョコレートケーキを見つめていると、

――僕のチョコレートケーキは？

大樹の声がはっきりとよみがえった。

十ヵ月前の、大樹と沙良の合格祝いの夜だった。二階から下りてきた大樹が、いづみと沙良の会話を聞きつけ、自分の好きなチョコレートケーキは買ってきたかと聞いたのだ。

――あっ、すごい。いくらとネギトロもある。

食卓に目を向けた大樹は無邪気な声を出した。嬉しさをそのまま声にした幼い子供のようだった。しかし、ちがったのだ。大樹は家にいたくなかった。家を窮屈に感じていた。気分転換に外に行くことが必要だった。だからあの夜、こっそり家を抜け出したのだ。

やり直したい、といづみは心の奥底から願った。

大樹はいつから家にいるのが嫌だったのだろう。一年前、それとも二年前。中学生になってからだろうか、それとも小学生の頃からだろうか。いずれにしても私が大樹にストレスを感じさせてしまったのだ。

やり直したい。やり直したい。やり直したい。せめて最後の一年を、いや、大樹が中学生になってから。そうではなく、ほんとうは大樹が幼いときからやり直したい。もう一度、大樹と生き直したい。

いづみははっとし、目の前のチョコレートケーキを見つめた。

やり直せるじゃないか。そう思った瞬間、天からまばゆい光が降りてきたのを感じた。まるでスポットライトのようにいづみがいる食卓を照らしている。

肉体は死んでも魂は死なないというのはこういうことなのか。光を司《つかさど》る大きな存在に教えられた気がした。

今日からやり直せばいいのだ――。

いづみは食器棚のひきだしを探り、小さなろうそくを一本取り出した。チョコレートケーキに立てて火をつける。揺れる炎を見つめていると、頭のなかでハッピーバースデートゥーユーと歌が流れた。

今日は大樹の誕生日だ。

十六歳になった大樹の姿をありありと思い浮かべることはもうできない。しかし、一歳の大樹ならまるですぐ目の前にいるように、甘ったるいにおいも、みずみずしい息づかいも、むちむちした腕も、あざやかに思い浮かべることができる。今日、ここからやり直せばいい。

今日、大樹は一歳になった。

そうすれば、少なくともあと十四年は記憶のなかの大樹とともに生きられる。十五歳になった大樹が、家が窮屈だからと夜こっそり出かけずにすむように、これからともに生き直せばいいのだ。

その日から、いづみは幼い大樹とともに暮らしはじめた。抱っこをし、一緒に風呂に入り、夜は布団のなかで子守唄を聞かせた。なにより大切にしたのはただひたすら愛することだった。自分の幸せを願ってはいけない。欲張ってはいけない。心のすべてを大樹に使うのだ。

大樹が二歳になってから、いづみはパン屋でパートをはじめた。肉体のない大樹はどこへでも連れていけたし、いつも一緒にいられた。

ただ、ときどき魔法が解けたように、私はなにをやっているんだろう、とむなしさがこみ上げることがあった。むなしさは恐ろしい虚無を連れてきた。そんなときいづみは、いますぐ死ぬしかない、と衝動的に思った。そんないづみを止めてくれるのはいつだって姿のない幼い大樹だった。

その頃、書店で一冊の本を見つけた。

〈魂は死なない！　人は何度も生まれ変わる！　輪廻転生《りんねてんしょう》の神秘に迫る世界的ベストセラー!!〉とポップで紹介されていたのは、アメリカの精神科医が書いた本だった。手に取った瞬間、まだ表紙をめくってもいないのに、これは私のための本だ、といづみは直感した。

いづみの直感は当たった。その本はいづみにとってこれまで読んできた本の集大成とも呼べるものだった。著者である精神科医は、ある患者の治療をとおして輪廻転生が存在することを知ったという。その患者は催眠状態において何世紀もの時代を遡り、多くの前世の記憶を語った。そのどれもが信憑性《しんぴょうせい》が感じられるものだった。

肉体は死んでも魂は死なない。魂は永遠に生き続ける。人は何度も生まれ変わる。

内容はそれまで読んだ本と変わらなかった。しかし、著者がアメリカのエリート精神科医だということ、医療の現場で起きた話だということ、そしてこの本が世界中で読まれていることが、大樹の不死を証明しているのだと信じられた。

やはり私はまちがっていない。大樹は死んでいない。姿が見えないだけで、いまも生きている。それは母親の私だけが感じられることなのだ。

いづみは大樹とともに暮らし続けた。

やがて、大樹は二度目の十五歳を迎えた。この日、奇跡が起きた。

ポストに届いたのは、もうひとりの大樹からの手紙だった。

30歳の自分へ

僕は15歳の自分です。中学3年生です。明日が卒業式です。

3年1組の企画で、いまの2倍生きた自分に手紙を書くことになりました。

30歳の自分がどうなっているのか興味があります。

30歳なのだからおっさんですよね。自分がおっさんになるなんて信じられません。

おっさんなりに、しっかりと生きていればいいなと思っています。

どんな仕事をしているのでしょう。いまは漠然と医者か物理学者になりたいと考えていますが、変わっているかもしれませんね。

結婚はしているのでしょうか。まさか、子供がいたりして……。父親になっている自分がまったく想像できません。

ここでこっそり言います（書きます）。

もし、この手紙を家族が読んだら、絶対にからかわれるなあ。

でも、15年もたっているのだから時効ですよね。それに、思い出話兼笑い話になると思うから、まあいいか。

30歳の僕が結婚していたとしたら、相手は乾野々子さんのような気がします。彼女なら僕のことをわかってくれると思うから。

もし、結婚相手が彼女ではなかったら、この手紙はすみやかに破棄してください。

30歳の自分へ。

15歳の僕はとても幸せです。

お父さん、母さん、お姉ちゃん、ありがとう。

15歳の自分より

手紙を持ついづみの手が激しく震え、食卓に涙が落ちた。

悲しみ、愛おしさ、なつかしさ、喪失感。さまざまな感情が混ざり合い、胸のなかにほとばしるものがあった。

いづみは感動していた。今日で三十歳になった大樹、今日で十五歳になった大樹。

ふたりの大樹がつながった奇跡の瞬間だった。

この手紙は啓示だと思った。輪廻転生を操る神からのメッセージ。

いづみとともに生き直した大樹は、家を窮屈だと感じることも、母親にストレスを感じることもなく十五歳になった。もう大樹は夜中に家を抜け出す必要などないのだ。

つながっている、といづみは思った。十五歳の大樹と三十歳の大樹が、生と死を超えた魂でつながっている。

乾野々子、といづみは文字を目でなぞった。

中学校の卒業アルバムを開き、彼女を見つけた。大樹と同じ三年一組。目の上で前髪を切りそろえた乾野々子はふくよかな頬とやわらかなまなざしをしている。

大樹はこの子のことが好きだったのだろうか。この子とつきあっていたのだろうか。

30歳の僕が結婚していたとしたら、相手は乾野々子さんのような気がします。彼女なら僕のことをわかってくれると思うから。

大樹は、滝岡鞠香とつきあっていたのではなかったのだろうか。そう考えたとき、遠い記憶がよみがえった。鞠香とトラブルになったあと、彼女の友人がうちを訪ねてこなかっただろうか。眼鏡をかけたその子は、鞠香の言うことを信じないほうがいい、鞠香は嘘つきだからもう会わないほうがいいと、そういづみに言わなかっただろうか。あの頃のいづみは混乱のなかにいて、現実と空想と悪夢の区別がつかなかった。

大樹が好きだったのは滝岡鞠香ではなく、乾野々子という子だったのだ。結婚したいと思うほど彼女のことが好きだったのだ。三十歳になった大樹がそう教えてくれた。

乾野々子の居所は一ヵ月後に判明した。

依頼した調査会社によると、野々子は現在、東京のひばりが丘に住んでいるとのことだった。結婚して一歳の男の子がいる。平日は子供を保育園に預け、IT企業で働いている。彼女は百井という姓になっていた。

彼女が結婚していることにいづみはショックを受けた。が、すぐに仕方がないことなのだと気持ちを切り替えた。そう、仕方がないのだ。彼女は、大樹がいまも生き続けていることを知らないのだから。

野々子が暮らすマンションに空き部屋があることを知り、いづみはすぐに引っ越した。野々子と出会う頻度を上げるために近所のコンビニで働くことにした。

野々子と顔を合わせるとき、たいてい彼女は凛太という幼い息子を連れていた。紺色のベビーカーを押す野々子。ベビーカーで口を開けて眠る凛太。よちよち歩きをする息子を見守る野々子。奇声をあげて走り出す凛太。「すみません。うるさくて」といづみにあやまる野々子。「マーマ」と母親に両手を差し出す凛太。

このふたりが欲しい——。

欲しいというより、取り戻さなければならないという気持ちだった。大樹の嫁と子供。大樹の家族。このふたりは私のものだ。

いづみから見た野々子は、どこかぼうっとした印象だった。会えば笑顔で挨拶をしたし、世間話にも応じたが、いつもあきらめと疲労の気配を滲ませ、幸せそうには見えなかった。結婚すべきではない相手と一緒になってしまったからだ、というづみの見立ては当たった。

野々子の夫の辰彦は浮気をしていた。いづみが尾行していることに気づかず、辰彦は週末になると浮気相手のアパートに行き、人目もはばからずにふたりで外出した。辰彦の腕にぶら下がり、上目づかいで「ねえねえ」と甘える若い女を見て鞠香を思い出した。

ずっと大樹を好きでいると言ったくせに、何日もたたないうちに別の男をうっとりと見上げていた。それどころか、大樹とつきあっていたと嘘をついたのだ。

嘘つきの女。大樹が結婚したいと願った野々子を裏切り、そんな女のもとに通う辰彦。ふたりは大樹を冒瀆《ぼうとく》し、大樹の居場所を奪った。絶対に許さないといづみは誓った。

ふたりを亡き者にすることに逡巡も抵抗もなかった。辰彦が浮気をしていると知った瞬間、そう決めていたのかもしれない。

いづみは何度もシミュレートした。野々子と凛太のそばにいるためにも捕まるわけにはいかなかった。綿密に計画を練り、浮気相手の女を殺してから、辰彦に罪を着せて遺体を隠すのが最善の方法だと結論した。辰彦が見つからない限り、野々子がほかの男と結婚することはないはずだ。そうすれば、ふたりのそばにずっといられると考えた。

ネクタイとスタンガンを買い、防犯カメラの位置を確かめた。遺体の捨て場所を決め、あらかじめ穴を掘っておいた。あとは行動するのみだった。肉体は死んでも魂は死なない、だからたいしたことではないのだ。そう自分に言い聞かせた。

金曜日の夜、小峰朱里の部屋のドアフォンを鳴らすと、彼女はあっさりドアを開けた。ピポピポーンというリズムで二回押すのが、辰彦との合図になっていることはすでに承知していた。無言で玄関に上がり込んだいづみに彼女は驚いた。一、二秒後、突然の来訪者が手袋をし、その両手にネクタイを握りしめていることに気づき、驚きが恐怖に変わった。

冷静なつもりだったいづみだが、ちがったのかもしれない。スタンガンを取り出すのを忘れた。逃げようとした女の後頭部に、とっさに靴箱の上の置物を叩きつけた。倒れた女の首にネクタイを巻きつけ、夢中で絞め上げた。あんなに憎かった女なのに、首を絞めているときはどんな感情も湧かなかった。女が死んだのを確かめてから、いづみは玄関に鍵をかけて部屋に入り、そのときを待った。

一時間後、ピポピポーンとドアフォンが鳴った。もう一度同じリズムで鳴ってから、鍵を差し込む音がした。ドアが開き、ひっ、と息をのむ音がいづみの耳に届いた。その直後、金属が床に落ちる音がし、ドアが閉まった。耳を澄ませると、外廊下を遠ざかっていく靴音が聞こえた。辰彦は女の様子を確かめることもしなければ、一一〇番通報することもなく逃げ出した。辰彦がそんな男であることにいづみは安堵したが、最初から知っていた気もした。

玄関には辰彦が落としたらしい鍵があった。いづみは女のスマートフォンを持ち、玄関の鍵を閉めてアパートをあとにした。ここから急がなければならない。レンタカーに乗り込み、ひばりが丘のマンションへと向かった。

マンションの向かいの駐車場にレンタカーを停めて待っていると、駅のほうから辰彦が歩いてきた。狼狽しているのが暗がりのなかでもはっきり見て取れた。「百井さん」といういづみの小声に、辰彦の体がびくっと跳ねた。

「奥さんからご主人を呼んでほしいって頼まれたの。奥さん、大変なことをしてしまった、って言ってるよ。いま、車のなかにいる」

案の定、辰彦は女を殺したのが自分の妻だと思ったらしい。こわばった顔で、え、と漏らした。レンタカーの後部座席には、辰彦の遺体を包むための毛布を人の形に見えるように置いていた。車に乗り込もうとした辰彦のうなじに、いづみはスタンガンを押し当てた。すぐに気絶するかと思ったのに、辰彦は激しく痙攣したものの気を失いはしなかった。いづみは急いでネクタイを首にまわし、一気に絞め上げた。女の首を絞めたときと同じく、静かな心だった。急がなくてはならない、落ち着かなければならない、人に見られてはいけない。注意書きを読み上げるようにそう思っただけだった。

辰彦を毛布で包み、武蔵村山市の雑木林へと車を走らせた。

すべて計画どおり事が運んだ。

野々子の姑が凛太を連れ去ろうとしたのは想定外だったが、彼女の愚かな行動のおかげでふたりとの距離が一気に縮まったのだから感謝しなくてはならない。

魂となって生き続ける大樹と、大樹の嫁、そして大樹の息子。ここからゆっくりと家族をつくり直す。一歳から大樹とやり直したように、年月をかけて家族をつくり直していけばいいと思った。

「私、夫はもう帰ってこないような気がするんです」

いづみの部屋に上がった野々子は、ローテーブルの前に正座をしてそうつぶやいた。

「うん、そうかもしれないね。わかんないけどさ」

いづみはお茶を淹れながら返事をした。

「引っ越そうと思うんです」

「えっ。どこにさ」

「まだ決めてませんけど……。保育園にも事件のことを知られてしまったし、ネットに夫の名前と写真が出ているし、そのうちここも知られてしまうと思うんです。それに姑がなにをするのか怖くて」

私も一緒に行くよ、と言いたかったが、なんとかのみ込んだ。

「焦らないほうがいいと思うけどね。なんなら、落ち着くまで私の部屋で暮らしてもいいんだよ」

ありがとうございます、と野々子は答えたが、そのつもりはなさそうだった。

いづみの胸を不安がよぎった。

ふたりの居場所をまた突き止めることができるだろうか。野々子は運命が正しい方向へ動きはじめたことにまだ気づいていない。目を離した隙にちがう男と結婚したりしないだろうか。

コンビニに行くという野々子に、凜太はついていこうとしなかった。いつもとちがうシチュエーションに興奮しているようで、睡魔と戦いながらも部屋のあちこちを指差し「これなあに？　ね。これなあに？」と聞いた。

「凜太、ほんとにママと一緒に行かないの？」

玄関で念を押す野々子に、凜太は片手でバイバイをした。

ドアが閉まった瞬間、凜太がいづみの手を握った。はじめからこうすることが決まっていたかのような自然なしぐさだった。

つるりとなめらかで、ふわりと弾力のある、熱くて小さな手。いづみの手にぴったり収まる、まるで片割れのような手。いづみはわかってしまった。この子は大樹の生まれ変わりなのだ、と。

その証拠に、この子は母親と出かけることより私と一緒にいるほうを選んだ。よく知っている人の手を握るように私の手を握った。野々子がひとりでコンビニに行ったのも、この子が仕向けたことなのかもしれない。「ばあば」と笑いかけた凜太の声が、「マーマ」に聞こえた。

生まれ変わってもまた出会う——。かつて読んだ本にも書いてあった。深く結びついた者同士は、生まれ変わってもまた出会い、ともに生きるのだ、と。

いづみは凛太を連れて部屋を出て、タクシーに乗り込んだ。

凛太は普段車に乗ることがないらしく、しばらくはしゃいだ声をあげていたが、いづみがクッキーを与えるとおとなしく食べはじめた。野々子の姑に連れていかれたときはあんなに泣き叫んだのに、いまは不安がることも泣くこともない。

ほら、といづみは世界中に公言したかった。

この子は大樹だからだ。生まれ変わりだからだ。魂と魂がつながっているからだ。

ふと、以前にも同じ感覚に包まれたことを思い出した。見て！　と世界に向かって叫びたい誇らしさと高揚感。まぶたの裏にまぶしさが広がる。

ああ、あのときだ。食卓を照らす天からのスポットライトを浴びながら、私を見て！　私はこんなに幸せなんだよ！　と叫び出したくなったことがあった。こんなにもはっきり思い出せるのに、前世の記憶のようにあのときが遠くに感じられた。

前林市の自宅はそのままだった。

熟睡してぐったりと重くなった凛太を抱いて、玄関に鍵を差し込んだとき、「猿渡さんですか？」と背後から男の声がかかった。振り返ると、警官が懐中電灯を手に立っていた。「その子は百井凛太君ですよね」と続いた言葉を聞くことなく、いづみはドアを閉めて鍵をかけた。玄関を激しく叩く音とともに、「開けなさい。凛太君は無事ですか？　凛太君を返しなさい」と声がした。

　いづみの頭でなにかが弾け飛んだ。

「この子は大樹だよ！　大樹の生まれ変わりなんだ！」

　ひと呼吸分の間があいた。

「猿渡さん、早く開けなさい」

「入ったらこの子と一緒に死ぬよ！　ほんとうに死ぬからね！」

　そう叫んだ瞬間、自分の言葉に脳天を打たれた。

　一緒に死ぬ――。しかし、ほんとうに死にはしないのだ。肉体が死ぬからそう見えるだけで魂は生き続ける。それじゃあ、肉体をまとっていることに意味などないのではないだろうか。

　凛太を抱きかかえて階段を上った。大樹の部屋のドアを開ける。引っ越してからも定期的に掃除をしに戻っているため黴くささも埃《ほこり》くささも感じない。

　幼い体をベッドに横たえ、布団をかけた。その横にそっと潜り込む。その途端、頭の芯が痺れ、熱い息とともに嗚咽が漏れた。

　いづみは目を閉じた。あふれた涙がこめかみを滑っていく。隣で眠る子供の深い寝息に聴覚を集中し、小さな体が放出する熱を余すことなく感じようとした。

自分がどこにいるのか、なにをしているのか、感覚が遠のいていく。

とうに肉体を失い、時間も空間もない場所を漂っている気になっていく。大樹とともに宇宙の一部となってたゆたっているのではないだろうか。もういいかもしれない、と唐突に思う。このまま今世を終えてもいいのではないだろうか。

外は静かだ。しかし、やがて警察が突入し、力ずくで私と子供を引き離すのだろう。これから起こりうるさまざまな事態を想像すると、とても耐えられそうになかった。

疲れた、と思う。

心にも体にも力が入らない。しかし、最後の力はそのとき﹅﹅﹅のために取っておかなければならない。いづみは布団のなかで包丁を握りしめた。

「大樹君のお母さん」

窓の外から声がし、反射的に体を起こした。

大樹君のお母さん――。

そう呼ばれていた遠い日を思い出す。幸福な食卓。天からのスポットライト。笑い合う子供たち。前世の幸せな記憶が流れ込んできたようだった。

「大樹君のお母さん？　ここにいますか？」

声に続いて、窓をノックする音。

いづみは静かにベッドを下りた。カーテンをそっとめくり、思わず後ずさった。暗くてはっきりとはわからなかったが、窓越しに男と目が合った気がした。男は梯《はし》子《ご》に乗っているようだった。

「よかったです。ここにいたのですね。お子さんも一緒ですか？」

男が窓の向こうから話しかけてくる。もう一歩後ずさったいづみは、左手に包丁を握りしめたままなのに気づく。

「少しお話をしてもいいですか？　僕は三ツ矢といいます。三ツ矢秀平です」

数秒の沈黙を挟み、男は再び話しはじめた。

「凛太君は大樹君の生まれ変わりだそうですね。さっきそうおっしゃっていたと聞きました」

いづみはベッドに目をやった。無防備に口を開いて眠っている子供。深い呼吸と甘ったるい息。かつて私はこのかわいらしい寝顔をずっと見つめていたことがあった。たとえそれが古い記憶だとしても、前世での光景だとしても、その幸福な時間はたしかに存在していたのだ。

いづみは窓に近寄った。

「そうだよ。この子は大樹の生まれ変わりだよ。私にはわかるんだ」

どんなに声を振り絞って主張しても、他人に理解されるはずがないことは承知していた。この奇跡と神秘は、私と大樹だけに訪れたものだ。それでも、誰かに知ってほしい、認めてほしいという気持ちがあった。

「うらやましいです」

男の返答に、いづみはふいを突かれた。うらやましい？　その言葉の真意を探ろうとした。

「大切な人の生まれ変わりに会えて、あなたがうらやましいです。僕も母の生まれ変わりに出会えたらどんなにいいでしょう」

男がなにを言おうとしているのかわからなかった。

「母は二十五年前に殺されました。僕が十三歳のときでした。僕は知りたいのです。母になにがあったのか、なぜ母が死ななければならなかったのか。それを知っているのは母だけです。幽霊でもいい、夢でもいい、母が現れてくれるのを待ちました。正直、いまでも待っています。ですから、生まれ変わりに出会えたあなたが心からうらやましいです」

母が殺された――。いづみの耳に、男の言葉が突き刺さった。

なにがあったのか、なぜ死ななければならなかったのか知りたい――。

それはいづみにとって、十五年ものあいだ片時も離れたことのない心の叫びだった。

「でもね、いづみさん」男の口調が悲しげに変わった。「たとえその子が大樹君の生まれ変わりでも、いまは凛太君として生きているのです。その子のお母さんは、いまはあなたではなくて野々子さんなのです。それはあなたにもわかっているはずですよ」

「でももう遅いんだよ！」

反射的にそう返し、いづみは自分が早まってしまったことに気づいた。数時間前、凛太に手を握られた瞬間、自分を取り巻いている現実が消えてしまった。いづみがいたのは、美しい黄金色の光に満ちた時間も空間もない世界だった。そこで、魂となったいづみと凛太は光の粒子となって漂っていた。すべての感覚をとろけさせる、たとえようもない幸福感だった。

もし、あのとき理性が勝っていたら、当初の予定どおりもっと時間をかけて野々子と凛太との距離を縮めていたはずだ。しかし、いづみの本能は別の道を選んだ。

「死んでも死なないんだよ」

声を絞り出したら、包丁を握る左手に力が入った。男の返事は聞こえないが、窓越しに耳をそばだてている気配を感じた。

「人間は死んでも死なない。死ぬのは肉体だけなんだ。魂は生き続けるんだ。だから、死ぬなんてたいしたことじゃない」

窓の向こうから声は返ってこない。さっき生まれ変わりを信じているようなことを言ったくせになぜ同意しないのだろう。いづみは突き放されたように感じた。

「ほんとうだよ！　私はたくさん本を読んだんだ。お坊さんも霊能者も宗教家もみんなそう言ってる。お医者さんだってそうだよ。アメリカのえらいお医者さんの本にも書いてあった。魂は永遠に生き続けて何度も生まれ変わるって。死は悲しいことじゃないって。魂と魂で結ばれていると必ず再会できるって」

死ぬなんてたいしたことじゃない。悲しいことでもない。ただ一瞬のこと。肉体を脱ぎ捨てるだけのこと。ベッドの上の無防備な寝顔を見つめながら、いづみは自分に言い聞かせた。

「たぶん僕もその本を読んだと思います」

男が言った。

「じゃあ、わかるだろ！」

「読んで救われました。今世で母に会えなくても、いずれ僕が死んだときに会えるのだと、そのときに母になにがあったのか聞けばいいのだと、そう思うと少し気持ちが楽になりました」

いづみはゆっくりとベッドに近づいた。左手から右手へと包丁を持ち替える。

「でも、あなたはあの本に書かれている大事なことを読み落としています。あの本には、人は今世での課題があると書いてあります。覚えていますか？　覚えていますよね？」

課題――。そんなことが書いてあっただろうか。いづみの頭に焼きついているのは、人は死んでも死なない、ということだ。

「課題をクリアしないと、何度生まれ変わってもつらい思いをする。あの本にはそう書いてありましたよね」

そう問われ、かすかに思い出した。生まれ変わっても、同じようなつらい境遇に置かれたり、同じような悲惨な死に方をしたりする人がいる。そんなことが書いてあった。しかし、それがなんだというのだ。

「あなたは大樹君を不幸な事故で亡くしました。今度もまた、生まれ変わった大樹君を不幸な形で死なせていいのですか？　しかもあなたに殺されるという最悪の形で。次にあなたたちが生まれ変わったら、また同じことを繰り返すのですよ。そんな悲しい輪廻にしていいのですか？」

同じことを繰り返す――。

何度生まれ変わっても、私のせいでこの子が死ぬというのか。私がこの子を殺すというのか。何度も、何度も、何度も――。

いづみは歯を食いしばった。

無防備な寝顔が涙で滲んでいく。それでも、規則正しい呼吸と甘ったるい息は変わらない。

「いづみさん、聞いていますか？　あなたは死ぬなんてたいしたことじゃないと言いました。じゃあ、あなたとその子が今世での生を終えたとき、自分のしたことは正しかったと胸を張って大樹君に言えますか？　母親としてふさわしい行為だったと言えますか？　それで大樹君は喜んでくれると思いますか？」

どこかでやめないといけないんです、と男は言った。それがいまなんです。

そんなことはわかっている。反射的にそんな言葉が浮かんだが、ほんとうにわかっているのかどうかは自信がなかった。

もう一度だけチャンスが欲しかった。もう一度だけやり直したかった。

しかし、また同じことを繰り返してしまうのだろうか。私は生まれ変わるたびに大樹を殺す。大樹は生まれ変わるたびに私に殺される。それでも大樹は「母さん」と何度でも安心し切った笑顔を見せてくれる気がした。

いまの私にできることは、これをやめることだけなのだろうか。

「いづみさん、僕は母にどうしても聞きたいことがあるのです。死ななければならなかった理由ももちろん聞きたい。でも、それよりも聞きたいのは、あんなふうに終わってしまった人生でも幸せだったかどうかです」

幸せだったかどうか、と男の言葉をなぞった途端、頭のなかで大樹が笑いかけてきた。

――僕のチョコレートケーキは?

――母さん、この携帯すごいんだよ。

――母さん、これ見て。

――ねえ、母さん。

――母さん。

無邪気に笑う大樹に、幸せじゃなかったと言わせてはいけない。

いづみは窓の鍵を開けた。

窓越しに男と目が合った。その顔が一瞬泣いているように見えた。

男が窓を開けて部屋に入ってきた。いづみの手から包丁を取り上げ、ベッドで眠る子供をのぞき込んだ。

「私のせいなんだ!」いづみは叫んでいた。「私がいい母親じゃなかったから! 私が家を窮屈にして、大樹にストレスを感じさせたんだ! だから大樹はあの夜、家を抜け出したんだ!」

自分の叫びを耳にしながら、ずっと誰かに言いたかったのだ、といづみは思った。

「ちがうと思いますよ」

男の返答に、言いたかったんじゃない、と気づいた。ずっと誰かに「ちがう」と言ってほしかったのだ。

「大樹君が亡くなったのは、あなたのせいではありません。そう言っても、信じようとしないかもしれませんね。でも、あなたのせいではないのですよ。あの夜になにがあったのか、いつかあなたは知るかもしれないし、知らないままかもしれない。どちらにしても苦しいですよね。でもね、いづみさん」

いづみさん、と呼ばれたとき、この男の名前が三ツ矢だということを突然思い出した。

「あなたが殺した人たちにも母親がいるのですよ」

三ツ矢の背後の窓から別の男が入ってきた。少し遅れて階段を駆け上がってくる複数の足音と振動が届いた。

「母親がいるのです」

三ツ矢はそう繰り返すと、いづみの前に立った。涙はないのに泣いているように見えた。

三ツ矢の手が動いた。殴られるのかと思った次の瞬間、いづみは抱きしめられていた。三ツ矢のスーツはひやりとしていたが、温かい、となぜかそう感じた。

いづみの体に力は残っていなかった。三ツ矢の腕がなければ、その場に崩れ落ちていただろう。

16

ふたりの刑事がやってきたのは、夫の葬儀から一週間後のことだった。

百井野々子は前林市の母のマンションにいた。

あんなに前林市には帰ってくるなと言っていた母なのに、夫が遺体で発見されたことを知った途端、野々子のもとを訪れて葬儀の段取りをてきぱきと済ませ、マスコミの取材から逃れるために自分のマンションでしばらく暮らすようにと言った。

野々子は促されるがまま凜太とともに母のもとへ来た。

母はいま、凜太を連れて買い物に行っている。夫の遺体が見つかってから、母の意外な一面を見る機会が多い。

夫を殺したのは松本だった。松本は、あの子の母親だった。あの子——同級生だった水野大樹だ。それを知ったとき、「うちの母さんはさあ」と言うときの彼の照れた笑みを思い出した。

改めてお聞きします、と三ツ矢という刑事は前置きし、

「なぜ水野大樹君は死ななければならなかったと思いますか?」

野々子に向けた視線を強くした。

「わかりません」

以前にもまったく同じ会話をした覚えがあった。

三ツ矢も記憶しているらしい、

「以前もわからないと言いましたね。でも、あのとき、あなたはなにか心当たりがあるような顔をしました」

そう言って隣に座る若い刑事に同意を求める目を向けた。

「はい。はっとした顔になったのを覚えています」

この若い刑事の声を聞くのははじめてかもしれない。

大樹の死の理由に思い当たることなどなかった。ただ十五年前がよみがえり、忘れかけていた悲しみが押し寄せてきただけだ。それは嘘ではない。しかし、すべてではない。

「あなたは、大樹君とはほとんど話したことがないと言いましたね。でも、ほんとうは特別な関係だったのではないですか？　大樹君のお母さんの部屋からこんな手紙が見つかりました」

三ツ矢は白い封筒を差し出した。宛名も差出人も水野大樹になっている封筒を見て、これは中学を卒業するときに書いた、三十歳になった自分への手紙だ、とすぐに思い至った。野々子が十五年前の自分から受け取った手紙はたわいもない内容で、〈三十歳の自分は猫を飼っているような気がします〉というものだった。

野々子は、封筒から手紙を取り出した。厳《おごそ》かな気持ちになり、呼吸を止めていた。

30歳の僕が結婚していたとしたら、相手は乾野々子さんのような気がします。彼女なら僕のことをわかってくれると思うから。

野々子は胸を突かれた。突かれた場所からなつかしさと悲しみが体中に染み渡っていった。彼はこんなふうに思ってくれていたのか。胸の内でそう嚙みしめたが、とうに知っていたようにも思えた。

「猿渡いづみさんは、なぜ大樹君が死ななければならなかったのかわからずに苦しみ続けています。あなたと大樹君の関係は、それを解き明かす鍵になるかもしれません。話してもらえませんか？」

野々子が迷ったのは二、三秒だった。

「たいしたことではありませんし、大樹君が死んだことと関係があるとは思えません」

あれから十五年もたっているのだ。ほとんどのことが昔話として処理されるだろう。野々子は息を吸い込み、覚悟を腹に置いた。

「大樹君とは中学三年生の夏頃から、こっそり会うようになりました。学校から離れた公園で偶然会ったのがきっかけです。その公園は野良猫の集会所みたいになっていて、大樹君は猫に餌をやってました。あの頃、私は家にいるのが嫌で、よく公園で時間を潰していたんです」

さらりと言ったつもりだったが、三ッ矢は聞き流してくれなかった。

「なぜ家にいるのが嫌だったのですか？」

「母の恋人が家にいたからです」

野々子は正直に答えた。

「なぜお母様の恋人が家にいると嫌だったのですか？」

三ッ矢は容赦がなかった。

「身の危険を感じたからです。彼が私を性的な目で見ているような気がして。現にそうだったことがあとでわかったんですけど……。それで公園で時間を潰すようになったんです。そのうち、大樹君と話をするようになって」

「では、大樹君が部活だと言って会っていたのはあなたなのですね」

「そうだと思います。大樹君には母の恋人のことを相談してたんです」

相談したのは亮のことだけではない。母に愛されていないこと、母に捨てられるかもしれない不安、家にお金がないこと。大樹にはなんでも言えた。なぜなら、野々子もまた大樹の秘密を知っていたからだ。

「大樹君は、あなたの話を聞いてなんて言いましたか？」

「はい？」

「お母様の恋人のことです」

「殺してやろうか、って」

そう答え、野々子は小さく笑った。笑ったことで悲しみが強くなった。

「その男を殺してやろうか、って言ったんです。だから、お願い、って答えました。ちゃんと計画も立てたんですよ。もちろん、ふざけてですけど」

「どんな計画ですか？」

「子供じみた計画です」

野々子はまた笑った。胸のなかで悲しみが存在を主張する。少しもおかしくないのに笑う自分が理解できなかった。

大樹が立てた計画はこのようなものだった。

亮はいつも夜の十時半頃に家を出て、裏の空き地に停めてある車に乗って勤務先のスポーツクラブに行く。その時間を狙い、大樹は車の後部座席で待ち伏せをし、運転席に乗り込んだ亮の首を絞めて殺す。死体の運搬には、大樹の父親の会社の営業車を使う。はじめての車は運転できるかどうか自信がないが、父親の営業車ならこっそりスペアキーをつくって練習することができるからだ。

「なるほど」

三ツ矢はあごにこぶしを当て、何度か浅くうなずいた。

「つまり、大樹君は自転車で父親の会社まで行き、そこから営業車に乗り換えて、あなたのアパートの近くまで行く。お母様の恋人を殺して、その遺体を営業車に移してどこかへ捨てに行く。それから会社に営業車を返し、自転車で家に帰る。そういう計画だったのですね？」

「ええ。そうです」

十五年たったいま、言葉にして説明すると、あらためて子供っぽい計画だと思った。

「あなたは、お母様の恋人の車の鍵を大樹君に渡しましたね？」

「どうして知っているんですか？」

たしかに、亮の目を盗んでつくったスペアキーを大樹に渡していた。

「でも無駄になりましたけど」

そう言って野々子はふっと息をついた。「というより、最初からお遊びだったんです」

「遺体を埋める場所は？」

三ツ矢の問いにふいを突かれ、「え？」と無防備な声が出た。

「計画では、遺体をどこに遺棄する予定だったのですか？」

喉が詰まった。少し遅れて、心臓がせり上がるように鼓動を刻みはじめる。

川向こうの工場跡地、と大樹から聞いていた。あそこならしばらく放置されるようだから見つからないだろう、と。

二年後、同じ場所からほんとうに男の遺体が見つかった。

しかし、それが大樹の犯行ではないことは明らかだ。大樹が事故死したあとも、亮は生きていたのだから。

――殺したから。

母のささやきを思い出す。

亮の姿を見なくなったのはあの頃だ。

「工場の跡地ではないですか？」

「え？」

「大樹君は実行したのかもしれません」

「なにをですか？」

三ツ矢がなにを言っているのかわからなかった。

「この方に見覚えはありませんか？」

　そう言って三ッ矢は一枚の写真を取り出した。

　三十代くらいの男だ。くちびるに笑みを刻んで正面を見据えている。亮ではない。しかし、どことなく見覚えがある気がした。

「お母様の知り合いではないですか？」

　その言葉で思い出した。亮が実家に帰っているときに母が連れ込んだ男だった。一度しか見たことのないあの男が、なににどう関係しているというのだろう。

　野々子は口をつぐみ、写真の男をじっと見つめた。

「隠す必要はありません」三ッ矢が安心させるように言う。「お母様にも確認しましたから。お母様は知っているそうです。お店のお客さんだったと言っていました。一度、家にも呼んだことがあるそうですね。ただ、それ以降、姿を見ていないと言っていました。工場の跡地で見つかった遺体はこの方です」

　亮ではなかったのか。

　体から力が抜けていく感覚に、野々子は十数年ものあいだずっと緊張して生きてきたことを悟った。しかし、三ッ矢がなにを言っているのか、これからなにを言うつもりなのか、思考がついていかなかった。

「この方が家に来たことはありますか？」

「はい」

「それはいつですか？」

あれは、亮が実家に帰っているときだった。野々子が亮にされたことを告げると、嘘だね、と吐き捨てた母だったが、やけを起こしてこの男を連れ込んだのだ。

「三月二十五日ではないですか？」

「はっきり覚えてません」

「大樹君が事故に遭う前日ではないですか？」

そうだろうか。そうかもしれない。

「大樹君は、あなたに黙って計画を実行したのだと思います。しかし、たまたま来ていたこの方をお母様の恋人とまちがえてしまったのではないでしょうか」

えっ、と頭のなかで自分の声がした。が、実際の声にはならなかった。

野々子はおぼろげな記憶をたぐり寄せた。

あの日、あの男はどうしたのだっただろう。母が仕事に出かけたあとも、家でごろごろし、煙草を買いに行くといって出ていったのではなかっただろうか。煙草を置いているコンビニは遠い。亮の車で行こうとしたのかもしれない。車の鍵はいつも靴箱の上に置いてあった。

じゃあ、あの夜、大樹は計画を実行するために亮の車のなかで待ち伏せしていたということか。そして、亮とまちがえて男を殺し、工場跡地に埋めたのだろうか。すべて計画どおりに終えて自転車で帰る途中、パトカーを振り切ろうとしてトラックに激突した。そういうことなのだろうか。まさかそんなことがあるだろうか。

「すべて僕の想像にすぎません。ただ、もし真実だとしたら、なぜ大樹君はそんな恐ろしいことをしたのでしょう。あなたを守りたかったからですか？　だとしたらほかに方法があったように思うのですが」

わかりません、と野々子は答えた。ほかに言葉が見つからなかった。

「最後にひとつ聞かせてください。とても大切なことです」

そう切り出した三ッ矢の上半身がテーブル越しにわずかに迫ってきた。

「大樹君は、家にいるのを嫌がっていましたか？　家を窮屈だと言っていましたか？　お母さんにストレスを感じているようでしたか？」

野々子は首を横に振っていた。思い出そうとする前に、大樹の照れた笑みが浮かんだ。

――うちの母さんはさあ、肝っ玉母さんっていう表現がぴったりなんだよ。

――うちの母さんはさあ、水飲んでも太るって自分で言うけど、そんなわけないよね。

――うちの母さんはさあ、普通のおばちゃんなんだけどなんかかわいいんだよね。

「大樹君はお母さんのことが大好きだったと思います」

大樹の母親が、なぜ凜太を連れ去ったのか野々子は知らされていない。

不思議なのは、あの夜、無事に戻ってきた凜太が、あんな目に遭ったというのにご機嫌だったことだ。まるで楽しい時間を過ごしたかのように、「ばあば、ばあば」とはしゃいだ声をあげていた。

ふたりの刑事が帰ったあとも、野々子はソファに座って考えていた。

工場跡地から見つかったのは、亮の遺体ではなかった。

じゃあ、亮はどこへ行ったのだろう。殺したから、という母の言葉はなんだったのだろう。

十五年間、ふれずにいたことに決着をつけなければならないと感じた。いまを逃すと、一生、十五年前の母に囚われる気がした。

「ああ、そんなこともあったわねー」

買い物から帰ってきた母は笑いながら野々子の緊張を受け流した。

凜太は母に買ってもらった積み木に夢中になっている。母がこれほど凜太をかわいがることも、凜太があっさりと母になつくことも、予想外のことだった。

母は換気扇の下で煙草に火をつけ、「ごめんねー」とへらへら笑った。

「私がバヵ男に引っかかったせいで、あんた、毎晩うなされてたもんねー。さすがの私も反省したわよ。殺したって言えばあんたも安心して眠れるかと思ったのよ。でも、意外と効かなかった？　そのあとうなされなかったでしょう？」

——殺したから。

あの言葉は嘘だったというのか。

しかし、亮はあのあと勤務先のスポーツクラブを無断欠勤し、行方不明になったはずだ。野々子がそう告げるより先に母が口を開いた。

「もちろんそれだけじゃないわよ。お店の怖いお客さんに頼んで、いますぐ前林から出ていくようにちゃんと脅したんだから」

そう言った母は、「あの頃は私も血の気が多かったわねー」と笑った。

なにもかもがでたらめだったというのか。

じゃあ、恩義に感じる必要などなかったのだ。

殺してやろうか、と言った大樹を思い出す。野々子が、お願い、と答えると、深くうなずいてくれた。大樹の顔に、猫が重なる。茶色に黒の縞模様が入った猫。

野々子を助けてくれた猫。でっぷり太っていたのに、少しずつ痩せていった。白濁した目、血がこびりついた鼻。野々子を見て、ナァァ、とか細く鳴いた。

大樹と猫を死なせてしまったのは私なのだ、と野々子は思った。

17

植え込みの前に供花を置き、三ッ矢は目を閉じて両手を合わせた。岳斗はその後ろに立ち、三ッ矢にならう。

十五年前、水野大樹という少年が命を落としたこの場所を訪れるのは二度目だった。一度目とちがうのは、会ったことのない少年を近くに感じることだった。近くに感じながらも正体がつかめず、おぼろげな輪郭しか浮かばない。好きな女の子を守るためとはいえ、なぜ彼は殺人という極端な行動を取ったのだろう。ほかの方法は考えなかったのだろうか。

長い合掌を終えた三ッ矢は、「行きましょうか」と待たせておいたタクシーに乗り込んだ。聞かなくても、少年が鍵を捨てた川に向かうつもりなのだと察した。三ッ矢とはじめて前林市を訪れた日と同じコースを辿るのだろう。

おそらく三ッ矢とペアで行動するのは今日で最後だ。東京に帰ればそれぞれの職場に戻ることになる。そう考えると、三ッ矢に伝えたいことがある気がしたが、それがなにかわからず、岳斗は焦れた気持ちになった。

川の手前でタクシーを降り、三ッ矢と連れ立って橋を歩いていく。前回来たときより風を冷たく感じた。暮れかけた空を映した川の流れはゆるやかで、つがいだろうか、二羽の鴨《かも》が水中で柿色の足を動かし、スイーと泳いでいた。

ふと、鴨の寿命は何年だろうと考えた。この二羽の鴨は、十五年前、少年がこの橋から鍵を投げ捨てるところを目撃しなかっただろうか。そんな子供じみた考えに、岳斗は胸の内で苦笑した。

水野大樹はこの橋から車の鍵を投げ捨てた。父親の会社の営業車と、野々子の母親の恋人の車、二本の鍵を。彼は絶対に捕まるわけにはいかなかった。警察に職務質問されれば、たったいま自分がしたことが露見すると考えたのだろう。

三ツ矢の言ったとおり、すべて想像にすぎない。あの夜、水野大樹の身に起きたことを余すことなく知っているのは彼自身だけだ。

三ツ矢は欄干に両手をのせ、流れに逆らうように泳ぐ鴨を見下ろしている。

「あの鴨は親子でしょうね」

三ツ矢がつぶやいた。

二羽の鴨に体格差はなく、親子とは思えないが、「そうかもしれませんね」と岳斗は合わせた。

しばらくふたりで鴨を眺めていた。

「三ツ矢さんは水野大樹君のことが理解できますか？」

岳斗は聞いた。三ツ矢が答える前に、自分の疑問を吐き出した。

「俺はどうしてもわからないんです。いくら野々子さんを守ろうとしたからって、殺そうという発想になるでしょうか」

「大樹君はお母さんのことが大好きだったと思います」

三ツ矢は朗読する口調で言ってから、「さっきの野々子さんの言葉です」と岳斗を見た。

その言葉ならよく覚えている。岳斗はうなずいた。

「僕も田所さんと同じことを考えていました。母親のことを大好きな少年が人を殺すという選択をするだろうか、と。野々子さんを守るためとはいえリスクが大きすぎる。それくらい中学生でも理解していたと思います。本来なら母親を悲しませるようなことはしないはずです。大樹君の行動は極端すぎる気がします。ですから、自分の推理が合っているのかどうか、正直なところ自信がありません。なぜ彼は死ななければならなかったのか、それはいまでもわからないままです」

猿渡いづみは、百井辰彦と小峰朱里を殺害したことを認めている。しかし、その動機と凛太を連れ去った理由については黙秘を続けている。

――私のせいなんだ！

彼女の悲痛な叫びが鼓膜に刻まれている。

——私がいい母親じゃなかったから！　私が家を窮屈にして、大樹にストレスを感じさせたんだ！　だから大樹はあの夜、家を抜け出したんだ！

彼女は十五年ものあいだ自分を責め続けていたのだ。

「大樹君はお母さんのことが大好きだったと思います」と、三ツ矢はもう一度朗読する口調で言い、

「それはいづみさんにとって救いの言葉になるかもしれません。しかし、新たな苦しみにもなるでしょうね」

そうかもしれない、と岳斗は思った。

自分は息子に愛されていた。しかし、そんな息子を悲しませる罪を犯してしまった、と彼女は気づくだろう。

「だからこそ、彼女には野々子さんの言葉を伝えなければなりません」

そう言うと、三ツ矢は欄干から両手を下ろした。行きましょうか、とタクシーのほうへと歩いていく。

「三ツ矢さん。あの本ってなんですか？」

思い切って聞いた。

籠城していた猿渡いづみに、窓越しに話しかけていた三ツ矢の言葉を岳斗は記憶していた。

──あの本には、人は今世での課題があると書いてあります。

あの本、と復唱することで三ッ矢はとぼけた。

「三ッ矢さんと猿渡いづみさんが読んだことのある本ですよ」

三ッ矢の影響だろう、被疑者となった猿渡いづみを自然とさん付けで呼んでいた。

三ッ矢は岳斗を見て、ふ、と小さく笑った。

「それは僕と彼女の秘密です。いいですよね、そんな秘密があっても」

知りたければ自分で突き止めるしかなさそうだ。岳斗はそれ以上追及するのをあきらめた。まあ、いい。知りたいと本気で願い、行動すれば、どんなことでもいつかは自分なりの答えを見つけられそうな気がした。

2003年12月

「殺してやろうか」

餌を食べる猫たちを見ながら彼が言った。

目の前にいる四匹の猫は警戒するそぶりもなく、彼が与えた餌を食べている。この日はドライフードだった。

「え？」

聞こえていたのに野々子は聞き返した。

「だから、その男を殺してやろうか」

猫を見たまま彼は言った。笑っている。

「うん。じゃあ、お願い」

野々子も笑って答えた。

日が暮れた公園に子供たちの姿はなく、ときどき犬を連れた人が遊歩道を歩くだけだ。冷たい風が吹きつけ、野々子はしゃがみ込んだ体をさらに小さくした。

「でも、私の気のせいかもしれないよね。自意識過剰なのかも」

「普通はほっぺをさわったり、手を握ったりしないと思うけど」

そう言って彼はボウルに残りのドライフードを入れた。

夏から餌を与え続けているせいで四匹の猫は人慣れしている。野々子や彼の姿を見つけると、ミャア、とかわいらしい声を出しながら近寄ってくるまでになった。

最初に餌を与えたのは彼だった。

放課後、時間を潰すために学校から離れたこの公園まで足を延ばすと、思いがけず同じクラスの彼がいた。彼はミャアミャアと鳴き声を真似《まね》たり餌をまいたりしながら、野良猫を手なずけようとしていた。しかし、猫は警戒し、彼を遠巻きに眺めているだけだった。あれから四ヵ月。彼と猫の距離は縮まり、四匹の猫はいま無防備に餌を食べている。

「かわいいね」

野々子が言うと、彼は数秒の逡巡を挟み、

「ほんとは気づいてるんだよね？」

猫を見たままそんな聞き方をした。

なにを？　と野々子はとぼけようとした。が、おそらく勇気を振り絞って聞いたはずの彼にまっすぐ向き合わないのは失礼だと思い直した。

「うん。たぶん」

野々子は曖昧な答え方をした。もし、自分の考えがまちがっていたら、取り返しのつかないほど彼を傷つけることになる。

「だから乾さんは、俺を止めるためにこの公園に通ってるんだよね」

その言葉で、自分の考えがまちがっていないことを野々子は知った。

はじめてこの公園で彼を見たときから気づいていたことだった。

夏休みに入ったばかりの夕暮れだった。公園のすみにある東屋《あずまや》に隠れるように、彼はしゃがみ込んでいた。ミャアミャア、と声を出しながら地面にドライフードをばらまいている彼のジーンズの後ろポケットから白い紐の先端がのぞいていた。

そのときはまだわからなかった。人の気配に振り返った彼が野々子を認識し、慌てて立ち上がるのと同時に、手にしていたドライフードをぱっと投げ捨てた。まるで猫に餌をやっていたのをなかったことにするように。その動作に違和感を覚えた野々子は、無意識のうちに眉を寄せていた。彼ははっとし、ジーンズの後ろポケットに手をやった。紐の先端がのぞいていることに気づいた彼の表情が固まった。絶望と対峙した顔に見えた。その直後、彼ははっきりとうろたえながら紐をポケットに押し込んだ。彼は猫が好きで餌を与えているのではないのだ、と野々子はそのとき気づいた。自分の顔がこわばったのを感じた。

彼はクラスの人気者だった。目立つタイプではなかったが、勉強もスポーツもできたし、いつも穏やかで誰にでもやさしかった。彼に好意をよせている女子も多いと聞いたことがあった。そんな彼の暗い部分を垣間見《かいまみ》た気がした。そして、いつも陽射しのなかにいるような彼にも暗がりがあることに救われる思いがした。

そのときのことを思い返していた野々子に、

「止めてくれて正直ほっとしてる部分もあるんだけど」

彼が言った。最後の、あるんだけど、の部分がざらりとした感触で耳に残った。

彼がほんとうに言いたいのはここからなのだ、と野々子は腹に力を入れた。

「やっぱりどうしても止められないんだよね」

彼はため息をつくように言い、あのさ、と声を強くした。

「どうしようもなくなにかをしたいっていう衝動に駆られたことある？」

考えるまでもなく、自分のなかにそんなに激しいエネルギーはないことを野々子は知っていた。

「ないかな」

「俺はあるんだよね」

言葉にして吐き出したい、誰かに打ち明けたい、というせっぱつまった響きだった。

「いつもいつもそのことばかり考えて、居ても立っても居られなくなるんだよね。考えるのをやめようとすると、頭ががんがんして心臓がどきどきして息が苦しくなって、もっともっとしたくなるんだよね。自分のなかに別の人間がいるみたいなんだよ。見たくてたまらないんだ。この手で感じたくてたまらないんだ。どんなふうに苦しむんだろう。体はどんなふうに動いて、どんな顔になるんだろう。目は飛び出るのかな。涎《よだれ》は出るのかな。おしっこもうんちも漏らすのかな。痙攣するのかな」

俺、異常者だと思う。彼はつぶやいた。

野々子はかける言葉を見つけられずにいた。正確には、言葉を探すことを放棄していた。どんな言葉も彼の内に居座る衝動には届かないと思った。

「突然変異ってあるんだな」

彼は雑草を引きちぎり、投げ捨てた。同じ動作を繰り返す。ぶちっ、ぶちっ、という繊維が切れる音が断末魔のように聞こえた。

「だってうちの家族、母さんもお父さんもお姉ちゃんも、みんなやさしくていい人なんだよね。すっごい平凡だけど、きっとうちみたいなのが幸せな家族っていうんだろうなって思うよ、他人事みたいにさ。なんで俺だけ変になっちゃったんだろう。

ほんとにあの人たちと血がつながってるのかな。俺がこんなだって知ったら、みんなびっくりするだろうな。特に母さんには絶対に知られたくないよ。だってかわいそうだろ。母さんに知られるくらいなら死んだほうがましだよ」

「水野君が死んだらお母さんは悲しむと思うけど」

「でも、そのほうが救いがある悲しみだと思わない？」

「どうかな。よくわからない」

もし私が死んだらお母さんは悲しんでくれるだろうか。そう考えながら野々子は正直に答えた。

「乾さんは俺のこと怖くないの？」

「うん。怖くない」

彼の衝動をはっきり知ったいまでも恐怖心も警戒心も湧いてこなかった。

「ふうん。変わってるね」

どうでもよさそうな口調だったが、彼の横顔にほっとした気配が感じられた。

餌を平らげた四匹の猫のうち、二匹は少し離れた場所で毛づくろいをし、もう二匹はどこかへ行ってしまった。

「うちの母さんはさあ」彼はやっと野々子に顔を向けた。「子供命みたいな人なんだよね。だから絶対に悲しませたくないんだ。ほら、肝っ玉母さんだからさ、悲しい顔は似合わないんだ。いつも笑っててほしいんだよね」
そう言って照れたように笑った。

この物語はフィクションです。登場する人物・団体・名称等は架空であり、実在のものとは関係ありません。

参考文献

『前世療法 米国精神科医が体験した輪廻転生の神秘』(ブライアン・L・ワイス著、山川紘矢・山川亜希子訳　PHP文庫)
『前世療法② 米国精神科医が挑んだ、時を越えたいやし』(ブライアン・L・ワイス著、山川紘矢・山川亜希子訳　PHP文庫)
『魂の伴侶―ソウルメイト 傷ついた人生をいやす生まれ変わりの旅』(ブライアン・L・ワイス著、山川紘矢・山川亜希子訳　PHP文庫)
『輪廻転生―驚くべき現代の神話』(J・L・ホイットン/J・フィッシャー著、片桐すみ子訳　人文書院)
『生まれ変わりの村①』(森田健著　河出書房新社)

解説

千街晶之

親と子。それはこの世にあって、最も宿命的で、最も濃密で、だからこそ最も厄介な人間関係と言えるかも知れない。

子は親を選べないし、親が子を愛せるとは限らない。一旦仲が険悪になった時、他人同士ならすっぱり縁を切れても、親子の場合はそうは行かない。互いに信頼が深いぶん、裏切られれば遺恨はただごとでは済まない。子は親の思う通りには育ってくれないことが多いし、また思い通りに育てようと無理を通せば必ず子の人生に歪《ゆが》みが生じる――まことに、親と子の間柄とはままならないものである。近年よく目にする「毒親《どくおや》」という言葉も、必ずしも暴力やネグレクトといったわかりやすい虐待をする親に限らず、さまざまなかたちで子の人生を支配しようとする親全般に用いられている。

まさきとしかは、そんな親子関係のさまざまな側面を繰り返し描いてきた作家である。例えば『完璧な母親』(二〇一三年)は、幼い息子の事故死に衝撃を受けた母親が、新たに生まれた娘に死んだ息子そっくりの名前をつけ、「完璧な母親」としての二度目の人生をやり直そうとする物語だったし、『途上なやつら』(二〇一四年。文庫化の際に『大人になれない』と改題)には、母親に見捨てられ、親戚の家に預けられた男の子が登場する。『きわこのこと』(二〇一五年。文庫化の際に『ある女の証明』と改題)で描かれる、複数の親子関係も印象的だ。『いちばん悲しい』(二〇一七年)では、殺人事件の被害者遺族となった妻と娘、そして義母の関係が描かれているし、後半には別の家族の物語も浮上してくる。『ゆりかごに聞く』(二〇一九年)は、どうしても自分の娘を愛することが出来ない「不正解の母親」を自認する新聞記者が、とっくの昔に死んだと思っていた父親が死体となって現れたのを機に、両親の過去を探りつつ娘との関係についても向き合おうとする物語である。

今回、文庫書き下ろしで刊行されることになった『あの日、君は何をした』は、その意味で実に著者らしい作品であり、従来の作風の集大成とも言える内容となっている。

物語は、二〇〇四年、北関東で幕が上がる。世間を騒がせた「宇都宮《うつのみや》女性連続殺人事件」の容疑者・林竜一《はやしりゅういち》が、警察署のトイレから脱走した。その三日後、宇都宮市から約七十五キロ離れた前林《まえばやし》市で、深夜に警察が不審人物を発見、職務質問しようとしたところ相手が自転車に乗ったまま逃走、駐車中のトラックに衝突して死亡するという悲劇が起きた。死んだのは男子中学生の水野大樹《みずのたいき》。林容疑者とは何の関係もない、とばっちりとしか言いようがない死だったが、この出来事は大樹の家族、特に母親のいづみの人生を一変させる。

いづみはそれまでずっと、自分を誰よりも幸福な母親だと思っていた。だが、大樹が深夜に外出していた理由が不明だったことから、水野家は世間のいわれなき誹謗《ひぼう》を受ける。その中で、いづみの心は深い悲しみに囚《とら》われ、夫の克夫《かつお》や娘の沙良《さら》にまで憤りをぶつけるようになる。

主にいづみの視点から描かれているので、読者は自然と、彼女に感情移入するかたちで読み進めることになる。しかし、まだ大樹が死ぬ前、「私を見て！　私はこんなに幸せなんだよ！」と、まるで自分は幸せだ、幸せだと言い聞かせるかのような心理状態の描写の時点で、いづみにどこか歪《いびつ》なものを感じる読者もいるだろう。また、娘の沙良の視点が挟み込まれることで、いづみの母性は相対化されることになる。そして、自分の中の理想の家庭像を破壊されたいづみの心理状態が常軌を逸してゆくあたりから、読者も「これは危ないぞ」と感じるようになるのではないか。

案の定、彼女はとんでもない行動に出てしまう。

……この出来事から、歳月は流れて二〇一九年。東京都新宿区のアパートで、小峰朱里《こみねあかり》という女性が何者かに殺害され、彼女の不倫相手である百井辰彦《ももいたつひこ》が行方不明となった。現場近くの防犯カメラに辰彦の姿が映っていたこともあり、警察は重要参考人として彼の足取りを追う。この事件で否応《いやおう》なしに複雑な立場に置かれたのが、辰彦の母の智恵《ちえ》と、妻の野々子《ののこ》だ。智恵は、素直でおっとりしていると思っていた野々子の言動に違和感を覚えるようになり、やがて疑心暗鬼に駆られてゆく。一方、野々子は実家の母親・瑤子《ようこ》のもとにまで警察がやってきたと知り、自分と母親が共有しているある秘密を思い出していた。こうして、辰彦不在の百井家は少しずつ崩壊へと向かう。

二〇〇四年のパートは全体の三分の一ほどで終わり、そこからは二〇一九年のパートに切り替わる。読者は当然、十五年の時を隔てた二つの物語に関連があるだろうと予想を立て、二〇〇四年のパートの登場人物がいつ出てくるか、注意深く読み進めるに違いない。ところが本書はその予想を裏切るかのように、過去と現在に共通する人物がなかなか顔を出さないのだ。通常の小説の構成ならば、過去パートの中心人物だった水野いづみが再び重要な役割で現れるだろう。あるいは、夫の克夫か、娘の沙良か。ところが、それらしき人物は現代パートの中に見当たらないし、水野家と百井家の接点らしきものも一向に見えてこない。

唯一、二つの事件の関連性に気づいている存在として登場するのが、小峰朱里殺しの捜査を担当する警視庁捜査一課の刑事・三ツ矢秀平《みつやしゅうへい》である。彼は所轄の新人刑事・田所岳斗《たどころがくと》と組んで捜査を行うけれども、その言動は田所を苛立《いらだ》たせるほどに風変わりだ。やがて、三ッ矢がかつて「宇都宮女性連続殺人事件」である役割を果たしていたことが判明するけれども、当時のことが今回の事件にどう関わるのかは、彼自身にも判然としていないらしい。わからないからこそ答えを知りたくなり、それに集中すると周囲が見えなくなってしまう性格の三ッ矢は、本書の登場人物の中でも特にユニークだ。

事件関係者たちを見渡してみるなら、本書において存在感が強いのはいづみ、智恵、野々子、瑶子といった、「妻」「母親」の立場にいるキャラクターたちだ。彼女たちと比較すると、いづみの夫・克夫、智恵の夫・裕造《ゆうぞう》、野々子の夫・辰彦といった「夫」「父親」たちは影が薄く、女たちの感情が衝突する場からの逃げ道を探しているかのようだ。ある理想像の鋳型に家族たちを嵌《は》めた母性の物語であるという意味では、本書は『完璧な母親』のテーマへの再挑戦とも言える作品なのだが、よりミステリ度が増している。ということは、作中で伏せられた情報が多く、それが結末のサプライズにつながっているということでもある。

多くの作品が親子の間柄をテーマにしていること以外にも、著者の作風のもうひとつの特色として、物語の背景が過去と現在にまたがっていることが多い点が挙げられる。もちろん、この二つの特色は密接な関連性がある。親と子という二世代の物語を綴《つづ》る以上、それぞれが生きた時代背景を描かなければならないことは理の当然だからだ。本書もこのパターンだが、そのような構成によって真相を巧みに隠しているという点では、著者の今までの作品で最もアクロバティックな趣向に挑んでいるように感じる。

最後にはもちろん、事件の真犯人の正体が明らかにされる。しかし、それは謎が解けたという爽快感とは程遠いものであり、犯人を動かしていた妄執には暗然とさせられる。真相に辿《たど》りつくのは三ツ矢だが、この風変わりな刑事もまたある意味で、過去の出来事のせいで何かに憑《つ》かれた存在であり、そんな彼だからこそこの事件を解決できたのかも知れないと思わせる。

本書は犯人捜しにとどまらず、『あの日、君は何をした』というタイトルが示す通り、事故死した水野大樹少年がその日に何をしようとしていたのかが大きな謎となっているが、その真実が明かされた時、この事件の背後にはいかに多くの人間の思いが複雑に入り乱れていたかが見えてくる。基本的にミステリとは、作中で複数の登場人物たちの人生を描きつつ、ラストの謎解きによってそれまでの物語をひとつの構図へとまとめ上げるジャンルだが、本書をはじめとする著者の作品の場合、ひとつにはまとめられない幾つもの人生を描きながら、それでもミステリである――という冒険に挑み、見事に成功しているのである。

まさきとしかは、一九六五年、東京都生まれ。北海道札幌市で育ち、現在も同市に在住。川辺為三《かわべためぞう》の創作教室で小説を学び、一九九二年には、正木としか名義で執筆した「風が吹く部屋」で文學界同人雑誌優秀作に選ばれている。一九九四年には、同じく正木としか名義の「パーティしようよ」が第二十八回北海道新聞文学賞で佳作に選ばれ、二〇〇七年、「散る咲く巡る」で第四十一回同賞を受賞した。翌二〇〇八年には、その受賞作を収録した『夜の空の星の』が初の著書として刊行され、『完璧な母親』からは、心理描写を重視したミステリに軸足を置くようになっている。

その作風は、海外で言えばマーガレット・ミラー、ルース・レンデル、パトリシア・ハイスミスといった作家たちや、近年で言えば『ゴーン・ガール』のギリアン・フリンを彷彿《ほうふつ》させる。妄執がひとを狂わせ、罪に走らせる精妙なメカニズムを描かせれば当代随一と言っていい書き手である。今度はどんな心理の綾《あや》を描いてくれるか、次作以降にも大いに期待を寄せたい。

（せんがい・あきゆき／書評家）

――本書のプロフィール――

本書は書き下ろしです。